THE PEOPLE'S GAME?

Matthew Bazell

THE PEOPLE'S GAME?

EIN BUCH GEGEN DEN MODERNEN FUSSBALL

TROLSEN

Über die Autoren

Matthew Bazell wurde 1977 in Euston im Londoner Norden geboren. Er ist Arsenal-Fan und interessiert sich nebenbei auch für Darlington FC und Millwall. *The People's Game* ist sein zweites Buch.

Rod Liddle ist gebürtiger Süd-Londoner und Fan von Millwall. Im britischen Journalismus ist er eine ebenso respektierte wie kontrovers diskutierte Größe. Er war Redakteur der preisgekrönten Radiosendung *Today* auf BBC 4, moderierte Dokumentationen auf Channel 4, schrieb regelmäßige Kolumnen für den *Guardian* und gab den *Spectator* heraus. Derzeit schreibt er wöchentlich für die *Times*.

Die englische Originalausgabe erschien bei Pegasus unter dem Titel „Theatre of Silence. The Lost Soul of Football", ISBN 978-1-903490-32-7.

ISBN 978-3-9812649-6-8
Aus dem Englischen von Henning Trolsen

TROLSEN communicate!
Johann-Rist-Kehre 30
25451 Quickborn
Deutschland
www.trolsen.de

Wir bei Trolsen bemühen uns um eine konservativ-zurückhaltende Umsetzung der diversen Rechtschreibreformen, die die deutsche Sprache in den letzten Jahren heimgesucht haben. In Zweifelsfällen ziehen wir den „Wahrig" heran.

Inhalt

Ein Vorwort zur deutschen Ausgabe

Nahezu jeder Verleger bekommt in seinem Berufsleben irgendwann ein Manuskript oder ein Buch zur Prüfung vorgelegt, von dem er schon nach wenigen Seiten des Lesens weiß: Dieses Buch *muss* ich machen. Matthew Bazells *The People's Game?* war für mich so ein Buch.

Natürlich beschreibt Matthew als Arsenal-Fan die Situation in England, seinem Heimatland. Aber dies bedeutet nicht, dass die Ergebnisse, zu denen er kommt, und die Schlussfolgerungen, die er zieht, nicht auch für den deutschen Fußball gelten.

Ich habe über vier Jahre ehrenamtlich im Aufsichtsrat eines deutschen Bundesligisten mitgearbeitet und versucht, dort etwas für die Fans zu bewegen. Vergleiche ich Matthew Bazells Schilderungen mit meinen Erinnerungen aus dieser Zeit, so muss ich – leider – sagen: Was sich in England abspielt, gilt auch für uns. Die englische Premiership ist nicht völlig anders als die Bundesliga; sie ist uns in der Entwicklung nur um ein paar Jahre voraus.

Noch haben wir, die Fans, Möglichkeiten, uns gegen die totale Vermarktung des professionellen Fußballs zu erheben und dafür zu sorgen, dass er bleibt, was er sein soll: ein Volkssport.

Im Widerstand gegen den modernen Fußball wird dieses Buch, so hoffe ich, eine kleine, bescheidene Rolle spielen können. Wenn es dazu noch lustig und gut zu lesen ist, hat es seinen Zweck erfüllt.

H. Trolsen
für den Verlag

Widmung

Dieses Buch ist dem Gedenken an Louis Calcagni und Richard Bazell gewidmet.

Besonderer Dank geht an...

Catherine Bazell, Rod Liddle, Tim Bazell, Katie Bazell, Ben Bazell, Dave Hooke, Jamie Mash, Marc Cohen, Garry Fagbemi, Penny Bazell, Mel Prescott, Max Lowe, Mike Slicker, Will Moss, Tom Youlden, Carol Youlden, Margaretta Calcagni, Grant Jenkins, Paulo Vignali, Ant McGinley, Tim Watson, Chris Nicholson, Darren Stockdale, Alex Mabon, Anna Greenway, Petros Petrou, Fanos Charalambous, Kevin Proctor, Jon Ewart, den Kartenvorverkauf von Wigan Athletic, Kim Frost, Shakirah Mustafa, Neg Dupree, Lee Fernandes, Nikki Kenny, Tina Hannon, Mark Hannon, Stephen Pickup, John Finnegan, Andrew Evangelou, Marcus Evangelou, Alex Keazor, Marco Aleni, Luca Pugliese, Cvetanka Atanasova, Mirjana Mihajlevic, Thomas Tsui.

Ein Vorwort von Rod Liddle

Ich lernte Matt in der langen Schlange vor den Getränkeständen kennen, zur Halbzeit, während einer dieser sinnlosen, desolaten Heimniederlagen von Millwall im letzten Jahr. Gegen Northampton, glaube ich, oder Brighton. Ich hatte auf meinem üblichen Platz im Oberrang West gesessen und dort das gewohnte Trauerspiel verfolgt: Der Ball wurde alle fünfzehn Sekunden in die Ränge gebolzt, unser Sturm war so beweglich und flink wie eine Ansammlung viktorianischer Kleiderständer – und ich kam die ganze Zeit beinahe um vor Durst. Sollte ich eventuell zwei Minuten vor der Halbzeit (oder „der Pausenunterbrechung", wie meine Chelsea-Freunde bei den Medien es nennen) loslaufen, um noch vor dem Schlusspfiff an meinen Drink zu kommen? Was aber, wenn noch etwas passiert auf dem Spielfeld? Was, wenn wir noch ein Tor machen? Also sitze ich und warte bis zum bitteren Ende, einem aberwitzigen, hoffnungslosen Wahn verfallen, und bekomme entsprechend meinen Becher kohlensäurehaltiger Pisse erst, als die Spieler zur zweiten Halbzeit einlaufen. In den letzten zwei Minuten der ersten Hälfte war natürlich nichts mehr passiert. Vielleicht trat ein Spieler einen anderen, oder es gab einen Einwurf, aber das war es dann auch. Dafür lassen mich jetzt die Ordner meinen Halben nicht zurück mit auf die Sitze nehmen. Ich könnte ja meinen Plastikbecher dem gegnerischen Verteidiger ins Auge rammen. Kein Alkohol auf den Plätzen, mein Sohn. Kein Rauchen im Stadion. Und nicht den Schiri eine blinde Fotze nennen. Nichts, was die grauenvolle Langeweile etwas mildern könnte. Zur Halbzeit stand es null zu eins. Und null zu eins stand es auch am Schluss. Es ist immer null zu eins. Null zu eins ist irgendwie ein Standard am Den.

Ich erwähne all dies, die, ähm, negativen Seiten eines Millwall-Heimspiels, damit du um so mehr verstehen kannst, wie eigentümlich es war, auf Matt zu treffen. Denn *ich* muss zu Millwall gehen: Ich habe den Verein nun so um die vierzig Jahre unterstützt, und damit gilt, was schon Van Morrison sagte: „It's too late to stop now". Millwall ist mein Verein, und es macht keinen großen Unterschied, ob die Mannschaft in der Premiership spielt oder in der Southern-Counties-Kredithai-Kneipenliga. Ich habe in dieser Angelegenheit keine echte Wahl: Es ist tief verwurzelt. Aber Matt stellte sich mir als Arsenal-Fan vor – als ein *Gooner!* Ich war so geschockt, so entsetzt, jemanden zu treffen, der nicht vor Ort sein *musste*, sondern *freiwillig* und *auf eigenen Wunsch* zu Millwall gekommen war, dass ich prompt vergaß zu tun, was Millwall-Fans eigentlich zu tun verpflichtet sind, wenn sie in ihrem eigenen Stadion von einem gegnerischen Fan angesprochen werden: ihn abzustechen oder so. Als ich dann aber seinen Worten lauschte, kam mir in den Sinn, dass ich doch ziemliches Glück habe, wenn man die Sache von allen Seiten betrachtet. Ich hatte es leicht. Irgendwie gibt es immer jemanden, dem es noch schlechter geht, oder?

Matts Geschichte – die ich zuerst in der Schlange vor den Getränkeständen hörte und deren Bericht bei den folgenden Millwall-Spielen fortgesetzt wurde, die wir null zu eins gegen irgendwelche Scheißtruppen verloren – war im Grunde die Erklärung dafür, warum er zu Millwall ging. Warum er den zerlumpten Haufen, den ich jede Woche zu ertragen hatte, der vergoldeten, glamourösen Schönheit seiner eigenen Mannschaft, Arsenal, vorzog. Er begann mit einer Aussage, die mich sofort an seiner geistigen Gesundheit zweifeln ließ: Bei Millwall macht es mehr Spaß, sagte er. Wo genau ist denn hier der verschissene Spaß, fragte ich, ein wenig beißend. Für mich ist es nicht gerade lustig, und für die Spieler scheinbar noch weniger, wenn man die Unbeholfenheit und Vorsicht betrachtet, mit der sie den Ball behandeln. Sein Argument aber war, wie bald durchklang, dass sich Arsenal, aber im Grunde die gesamte Struktur des Zuschauersports Fußball bis zur Unkenntlichkeit verändert hatte. Irgendwie hatte man ihn zurückgelassen. Dabei lag es nicht nur daran, dass er sich aufgrund der ungeheuerlichen Eintrittspreise einfach keine häufigen Besuche des wunderschönen Emirates Stadium mehr leisten konnte. Und es lag auch nicht daran, dass er, wenn er es ins Stadion geschafft hatte, von Leuten umgeben war, die das ganze Spiel über stumm blieben – und zwar nicht, weil das Spiel nichts taugte, sondern weil sie so selten kamen und kein einziges Lied mehr beherrschten, das angestimmt wurde. Früher „Bücherhalle Highbury",

„Highbury the Library", heute Leichenhalle Emirates. Nein, es war etwas noch viel Grundlegenderes, Elementareres. Zunächst einmal war es die Distanz der Spieler zu den Fans. Gemietete Söldner ohne jegliche Loyalität – mit Ausnahme jener zu ihrer Karriere und ihrem Kontostand. Ohne jegliche Verbundenheit zur Heimat des Vereins; zur Stadt, zum Stadtteil, zur Gemeinschaft. Entfernt von den Anhängern, und zwar nicht allein nur finanziell, sondern noch nicht einmal die gleiche Sprache sprechend – weder im bildlichen Sinne noch im tatsächlichen (erinnerst du dich an die Champions-League-Paarung zwischen Arsenal und Bayern München vor ein paar Jahren? Ich habe zu München gehalten, denn mit Owen Hargreaves hatten sie den einzigen britischen Spieler auf dem Feld. Und selbst der schafft diese Hürde nur ganz knapp...). Wenn du also unter diesen Voraussetzungen Arsenal anfeuerst – oder Chelsea, Spurs, Manchester United, Liverpool und so weiter – *wer oder was genau* ist es dann eigentlich, das du da abfeierst? Die erfolgreiche Anhäufung von Geld? Dass dein Verein, entweder durch die zweifelhafte Mildtätigkeit eines seltsamen Russen oder durch den Verkauf von Fan-Trikots in Thailand, genug Geld gemacht hat, um einen französisch sprechenden Typen von der Elfenbeinküste einzukaufen, der für ein paar Spielzeiten das Wappen auf seinem Shirt küsst, bis sich irgendwo ein einträglicheres Angebot auftut? Wen lohnt es zu feiern, wenn du ein altgedienter North Banker bist, oder ein Holte Ender oder einer aus dem Shed? Nur ein Name, eine Anhäufung von Vokalen und Konsonanten. Ein Franchise. Chelsea, Arsenal, Villa, Burger King, Starbucks, Halliburton. Oder du feierst eine verblassende Erinnerung, eine Zeit, die einmal war.

Fraglos dürfte es problematisch für dich sein, Eintrittskarten für deinen Verein zu bekommen, selbst wenn du es dir dann und wann leisten kannst, denn es gibt eine große Menge neuer Fans. Es sind dies die Leute, die die Idee vom Neuen Fußball voll verinnerlicht haben: Fußball als eine Art selbstgewählter Lifestyle; „ja, natürlich, ich war beim Spiel letzten Sonnabend. Wieder gewonnen. Werden es wohl schaffen dieses Jahr". Die vorsichtige und abgewogene Aneignung von Stellvertretererfolgen. Diese Neuen, konvertiert vielleicht durch die Euro 1996 (als der Fußball rein sportlich gesehen keineswegs „nach Hause kam"), wünschen nicht, Quälereien, Langeweile und Elend ausgesetzt zu sein. Und warum auch? Weil sie kein echtes Zugehörigkeitsgefühl zu den Vereinen besitzen, die sie angeblich unterstützen, kaufen sie stattdessen mit ihrer Eintrittskarte das Recht, jede Woche durch Siege erhoben zu werden. Und nur der Sieg zählt. Hast du gesehen, wie viele Leute bei Chelseas Spiel gegen Rosenborg in der Champions League auftauchten, nachdem ihr Verein so „mittelmäßig" in die Saison gestartet war (dritter Platz! Welche Schande!) Ungefähr 25.000, das war`s. Ungefähr so viele also, wie Nottingham Forest und Sheffield Wednesday regelmäßig bei ihren Spielen in der Division One oder Championship haben. Und das ist der andere Punkt: Diese Konvertiten zum Neuen Fußball haben eine Bindung zu ihren Vereinen, die so zerbrechlich, so dünn ist wie die Oberflächenspannung von Wasser; etwas, das sich bei der kleinsten störenden Strömung sofort auflöst.

Ein ziemlich berühmter Kollege von mir in den Medien entschied vor einigen Jahren, dass er ein Fußballteam unterstützen „sollte". Er landete bei - hey, Leute, ratet mal - Chelsea. Ungefähr so, als hätte er sich ein Sofa ausgesucht und sich nicht entscheiden können, ob er im Conran Store oder bei Heals-Designermöbel kaufen sollte. Ich schätze mal, er war nicht beim Rosenborg-Spiel. Beim ersten Hinweis auf eventuellen Misserfolg verschwinden die Neuen Fans wie Schnee in der Sonne. In Ordnung, kein Problem; ich hasse diese Leute nicht. Ich will sie nicht *umbringen*. Aber sie haben einen enormen Wandel für den Sport gebracht, den ich liebe; und dieser Wandel war keiner zum Besseren.

Kaugummi verliert seinen Geschmack nicht, egal, wie lange du darauf herumkaust. Tatsächlich nämlich gewöhnen sich die Geschmacksknospen deiner Zunge an das Aroma und beginnen, es zu ignorieren. So scheint das Kaugummi nach einiger Zeit nach nichts zu schmecken, obwohl weiterhin die gleichen Zuckerstoffe freigesetzt werden. So ist es auch mit dem Gewinnen von Fußballspielen. Beginne jede Saison mit der Erwartung, nur zwei oder drei deiner Heimspiele zu verlieren, und schon bald ist ein Heimsieg über Fulham oder Wigan so langweilig, dass es kaum zu ertragen ist. Vor einigen Spielzeiten stieg Millwall aus der Championship ab, in einer Saison, die so katastrophal und so entmutigend war wie keine sonst in vierzig Jahren. Jedes Spiel brachte eine neue Erniedrigung, eine weitere Seelenqual. Dann, eines Abends zu Winterbeginn, spielten wir gegen Norwich City, mit Darren Huckerby und allen – und gewannen, ziemlich unverdient, die Partie eins zu null. Kein Scherz: Meine Freunde und ich waren die ganze Nacht in Bermondsey unterwegs und feierten, völlig euphorisch. Wenn es etwas gibt, das man beim Fußball quasi nebenbei mitgegeben bekommt, dann ist es dieses Gefühl eines gemeinsamen Leidensweges, das Gefühl einer Gemeinschaft, die Mühen und Pein durchsteht, manchmal aber auch die Freude eines unerwarteten Sieges erfährt. Glaubst du, die Konvertiten des Neuen Fußballs haben Lust auf SOLCH sentimentale Scheiße?

Man hat den Fußball aufgeräumt, seine Ecken und Kanten glattgeschliffen, seine Boshaftigkeiten ausgesperrt. In mancherlei Beziehung, scheint mir, ist Fußball durchaus etwas geworden, was in größerem Umfang die Gesellschaft anspricht als früher. Frauen etwa mögen den Fußball heutzutage, und Schwule auch, zumindest bei Crystal Palace und Charlton. Im Fernsehen sehen wir beeindruckenden Sport – aber wir sehen auch die leeren Ränge und nehmen verwirrt die Stille zur Kenntnis. Michel Platini sieht den „unheilvollen" Einfluss des Geldes als Ursache für die Entstehung zweier Kategorien; die der Besitzenden und einer zweiten, die die der Besitzlosen ist. Er hat Recht, denke ich mal, aber Matt lässt mich dann doch überlegen, wer denn die „Besitzenden" sind in dieser Gleichung: Jene, die immer noch ihre Vereine haben, mit einer fest im Umland verwurzelten Fan-Basis, die sich den Besuch der Spiele leisten kann, deren Spieler kaum mehr verdienen als die Fans selbst, dafür aber dann und wann echten Einsatz für ihren Club zeigen – oder die anderen, die alles gewinnen.

Kapitel 1

„Es ist ziemlich ruhig geworden…“

> „Denn es ist ein großer Lärm in der Stadt, verursacht durch ein Gedränge um große Bälle, wodurch mag erstehen vielerlei Übel, welches Gott uns zu empfehlen bewahre und als ein Spiel in der Stadt abzuhalten wir zukünftig verbieten.“
>
> König Edward II, 1314

Am 15. August 1987 bolzten mein Vater, mein Bruder und ich im Finsbury Park in Nord-London herum, nur einige hundert Meter vom alten Arsenal-Stadion, dem Highbury, entfernt. Ich war zehn Jahre alt und war erst wenige Male im Highbury gewesen. Es war der erste Spieltag der Saison 1987-88. Liverpool war zu Gast, und Arsenal, unter George Graham, war nach einem Jahrzehnt der Mittelmäßigkeit ein junges, aufstrebendes Team.

Die Besucherzahl war beeindruckend an jenem Tag: 54.703 Zuschauer. Nur 5.397 weniger als die Kapazität des Emirates Airlines Stadium, Arsenals neuem Ground. Das Fernsehen und die Bilder in den Zeitungen am nächsten Tage zeigten das Highbury so überfüllt, dass manche Fans auf das Dach der alten North Bank geklettert waren, um einen guten Blick aufs Spielfeld zu bekommen. Bilder, die dramatisch genug wären, um den heute weit verbreiteten Sicherheitsfanatikern einen Herzschlag zu versetzen. Ich war an dem Tag nicht im Stadion, doch ich erhielt einen Eindruck von Live-Fußball, den ich bis heute erinnere: Der Lärm der Zuschauer an jenem Tage war für sich schon Theater genug! Das Gebrüll von der North Bank, der *Roar* aus dem Clock End war auf den Wiesen des Finsbury Park zu hören und übertönte den üblichen Lärm von der Seven Sisters Road problemlos. Es war laut genug, um sich auf dem Feld des Finsbury Park wie auf dem Rasen des Highbury zu fühlen. Obwohl ich nicht im Stadion war, hatte ich doch gute Laune, denn ein mächtiges Jubeln hatte mir verkündet, dass Arsenal das Spiel 1:0

gewonnen hatte. Entsprechend war ich um so mehr am Boden, als ich hörte, dass wir das Spiel tatsächlich 1:2 verloren hatten! In jener Saison marschierte Liverpool überzeugend weiter Richtung Titel und verlor nur ganze zwei Spiele. Der Lärm an jenem Tage war fast beängstigend. Aber auch großartig und lockend.

Neunzehn Jahre später, etwa zur Hälfte der Spielzeit 2005-06, war ich in der dritten Runde des Pokals im Highbury, um Arsenal gegen Cardiff City spielen zu sehen. War ich früher ein Stammgast, waren meine Fahrten zum Highbury mittlerweile selten geworden, und das Spiel gegen Cardiff war erst mein zweiter Besuch in dieser letzten Saison des alten Stadions. Mein Freund hatte sich verspätet, und so wartete ich vor dem Ground auf sein Eintreffen. Von innen brandete Jubel auf; offenbar war ein Tor gefallen. Weil der Lärm nicht laut genug war für den Heimanhang, vermutete ich, die etwa 6.000 Cardiff-Fans feierten eine frühe Führung. Erfreut hörte ich dann jedoch vom Stadionsprecher, dass Robert Pires Arsenal in Führung gebracht hatte.

Während ich so vor dem Haupteingang des Highbury herumstand, fiel mir auf, dass, wüsste ich es nicht besser, man nicht merken würde, dass drinnen gerade ein Spiel vor 38.000 Leuten ausgetragen wird. Allerdings hätte man sich in solchem Fall sicher gefragt, warum die ganze Avenell Road voller Pferdeäpfel ist und an jeder Straßenecke Hot-Dog- und Burger-Buden stehen.

Eine Viertelstunde nach Anpfiff erschien dann auch mein Freund, und zügig machten wir uns auf den Weg ins Stadion. Wenn man heutzutage verspätet ein Stadion betritt, dann kann es einem durchaus so vorkommen, als hätte man den Beginn einer Vorstellung im Theater oder im Kino verpasst. Die Sitzreihe, die für dich aufstehen muss, schaut unzufrieden, weil sie während der Darbietung gestört wurde. Als ich schließlich auf meinem Platz war, fielen mir zwei Fans einige Reihen vor mir auf, die sich über das Spiel unterhielten. Sie flüsterten fast. Es schien, dass sie sich über nichts anderes als das gerade laufende Spiel unterhielten. Warum also flüsterten sie? Vielleicht, weil das moderne Fußballpublikum so still ist, dass die beiden niemanden mit ihren Gespräch belästigen wollten. Es war tatsächlich so still, dass man die sprichwörtliche Nadel hätte fallen hören können. Irgendwann ließ dann jemand wirklich in gewisser Weise eine Nadel fallen, und die gesamte North Bank sprang auf und schaute sich um: In der ersten Halbzeit sprang unweit von mir ein Fan auf und schrie aus vollem Hals: „Verdammte Scheiße, macht den Mund auf!", bevor ein Ordner herbeigeeilt kam und ihn aufforderte, sich hinzusetzen.

Arsenal war schon bald 2:0 in Führung gegangen und das Spiel effektiv entschieden. So begann ich, mich ein wenig umzuschauen und die Gesichter einiger der 38.000 Zuschauer zu analysieren, die dieses Stadion bevölkerten, das ich lange Zeit mein zweites Zuhause nannte, und die auch im neuen Emirates Stadium zu finden sind.

Ich bin kein Psychiater, aber um einen Haufen Fußballzuschauer einzuschätzen, bin ich genauso geeignet wie Freud, Jung oder deren Schüler: Ungeachtet der Propaganda, wonach Fußballstadien mittlerweile eine geeignetere Umgebung für Kinder sind, ist das Durchschnittsalter des modernen Fußballanhängers 43 Jahre – dies wurde in der Menge, die ich betrachtete, ganz deutlich. Es gab im Grunde keine Kinder, keine Gruppen von Teenagern und auch nicht viele ältere Leute. Diese Zuschauer waren weiß, der Mittelschicht zugehörig und sahen eindeutig nach dreiundvierzig aus! Ein Gesichtsausdruck war bei den Männern und Frauen um mich herum vorherrschend: Es war der Ausdruck von Lethargie, von geistiger Abwesenheit, die an Langeweile grenzte. Was mich folgern ließ, dass viele Leute, die in neuerer Zeit zum Fußball gehen, dies aus Statusgründen und aus Gewohnheit tun, weniger aus echter Leidenschaft oder aus Freude. Es ist ein Zeitvertreib, den sie sich erwählt haben und für den sie, das muss man ihnen zugute halten, eine Menge Zeit und Geld opfern. Der Ausdruck auf ihren Gesichtern jedoch wirft die Frage auf, ob diese Zeit, dieses Geld nicht anderweitig besser investiert wäre. In jedem Fall fühlte ich mich bestätigt, dass meine Entscheidung, nicht mehr in Vollzeit Teil dieser Welt sein zu wollen, die richtige war. Niemand mehr scheint beim Fußball zu lächeln oder zumindest so auszusehen, als hätte er Spaß an der Sache. Wann wurde nur alles so ernst?

Wenn man in solcher Totenstille inmitten von annähernd 40.000 Menschen sitzt, dann ist das eine äußerst beunruhigende Erfahrung – ein klaustrophobisches Gefühl der Leere und Nicht-Zugehörigkeit. Diese Umgebung ist ein Theater. Ein Theater, in dem die Zuschauer an den richtigen Stellen klatschen, aufstehen, wenn sie dazu aufgefordert werden und ansonsten flüstern, um niemanden zu stören. Sie sind Gäste, die einer Aufführung beiwohnen, anstatt selbst Teil der Vorstellung zu sein. Sie haben nicht erkannt, dass das Mitmachen der Zuschauer ein lebenswichtiger Anteil der Unterhaltung ist. Es nervt mich, dass diese Sorte Fans heute die Zuschauer beim Fußball ausmachen, aber natürlich haben sie jedes Recht der Welt, im Stadion zu sein. Sie haben alles Recht der Welt, Anhänger ihrer Mannschaft zu sein, die sie sicherlich zweifellos toll finden, und ich habe kein Recht, Leuten vorzuschreiben, wie sie sich beim Fußball verhalten sollen. Wenn sie sich entscheiden, ein Spiel in Passivität und Stille zu verfolgen, dann ist es ihre Sache, alles okay. Manchmal setze ich mich selbst gerne hin und schaue mir ein Spiel in Ruhe an, besonders, wenn ich als Neutraler gekommen bin. Aber ich denke an die Leute, die draußen bleiben mussten, vor dem Stadion, jene, die man mit den neuen, wohlhabenden Konsumenten ersetzt hat. Jene Tausende, die früher auf den Tribünen leidenschaftlich mitgegangen sind und die jetzt so isoliert sind vom modernen Fußball, dass sie für immer draußen bleiben werden, wenn keine Änderung eintritt.

Cardiff, die Gäste am Highbury in dieser dritten Pokalrunde, brachte einen Anhang mit nach London, der den vielleicht landesweit übelsten Ruf hat, wenn es um Fußballgewalt geht. Dieser Ruf ist völlig gerechtfertigt, und es war klar, dass an Mitgliedern der *Soul Crew*, Cardiffs Hooligan-Truppe, an diesem Tage kein Mangel sein würde in Nord-London.

Nach dem Spiel machte sich ein dreihundert Mann starker Mob von Arsenal, *The Herd*, auf den Weg entlang der Blackstock Road, um sich mit der Soul Crew zu treffen. Nun, natürlich spreche ich mich nicht für Hooliganismus aus. Man kann sich sicher aus vielen Gründen schlagen, aber mir scheint eine Prügelei wegen des Fußballs einfach verschwendete Energie. Englische Vereine waren seit 1985 fünf

Jahre wegen Hooliganismus von europäischen Wettbewerben gesperrt, und auch die Stahlzäune rund um die Spielfelder entstanden wegen der Ausschreitungen – Zäune, die dann wiederum für den Tod von 96 Liverpool-Fans im Hillsborough von Sheffield verantwortlich waren. Und dennoch freute ich mich über den Anblick dieses Arsenal-Mobs, und zwar aus nur einem einzigen Grund: Wegen des Gesichtsausdrucks jener neuen Fußballfans, die der Gruppe auf dem Weg zur U-Bahn entgegenkamen. Nie zuvor hatten sie solch Haufen bei Arsenal gesehen, und viele der neuen Fußballfans waren sicher der Meinung, dass Arsenal niemals eine Hooligan-Truppe hatte. Aber am Akzent dieser Bande war klar zu erkennen, dass die Jungs Arsenal waren und nicht Cardiff.

Die ängstliche Verwirrung auf den Gesichtern der Passanten interessierte mich. Der Anblick dieses dreihundert Mann starken, übel dreinblickenden Mobs passte nicht in ihr modernes, kommerzielles Fußball-Ideal. Dies war ein Rückschritt in die Achtziger, in die sogenannte dunkle Zeit des Fußballs. Die Hooligans auf der einen Seite, die neuen Fußballkonsumenten auf der anderen – dies war ein Kontrast zwischen zwei Kulturen, die jede für sich für „dunkle Tage" im Fußball verantwortlich zeichnet. Dunkle Tage in unterschiedlicher Ausgestaltung, aber in ihrer jeweils extremen, einzigartigen Weise den normalen Anhänger aus dem Stadion vertreibend.

Es gibt sie noch, die dunklen Tage, aber das Pendel ist von einer Extremposition in die andere geschwungen. Der Sport des Volkes, „the people's game", das Spiel der einfachen Leute, ist in nur etwas mehr als einem Jahrzehnt und ohne nennenswerte Proteste völlig zermalmt und gepresst worden in eine Form, in der der Sport beinahe bedeutungslos geworden ist. Einst für jeden zugänglich, ist der Zuschauersport Fußball nun ein Hobby für jene, die ihn sich leisten können, und das ist ebenso skandalös wie tragisch.

Was bedeutet Profifußball heute? Ganz einfach: Profit zu machen. Das ist keine großartige Enthüllung. Die Leute, die im Fußball das Sagen haben, lassen uns dies ganz offen wissen. Auch jeder Fan, der ein Spiel besucht, wird dir sagen, dass

Fußball ein Business ist. Darum zahlt er ja auch ein Vermögen für die Eintrittskarten. Darum kauft er sich das Vereinstrikot, mit Beflockung und Aufnähern und allem, zwei Mal im Jahr. Darum hat er Kabelfernsehen. Die Phrase „Aber Fußball ist ein Geschäft heutzutage!“ wird immer wieder und regelmäßig zur Verteidigung (ja! Zur Verteidigung!) gebracht, wenn es darum geht, wie moderner Fußball organisiert ist. Und das ist es dann. Ende der Diskussion. Hör auf zu jammern und finde dich mit der Realität ab. Wie auch immer das Argument lautet, das gegen die Lauterkeit des modernen Fußballs vorgebracht wird – „Fußball ist nun mal ein Geschäft!“ wird schnell jede Debatte beenden. Dies ist ein Argument, das den Fans empfiehlt, sich nicht mehr länger um Herz und Seele jenes Vereins, den sie unterstützen, zu kümmern, sondern stattdessen Zweck und Realität des modernen Spiels zu akzeptieren. Der Zweck: Den leichtgläubigen Konsumenten auszubeuten. Die Realität: Es gibt hinreichend Fans, die fügsam genug sind, dies mit sich machen zu lassen.

Es gibt keine leichtgläubigeren, fügsameren Konsumenten als uns Fußballfans. Man braucht sich nur das Essen anzuschauen, das Anhänger während der Halbzeitpause in sich hineinstopfen, um zu erkennen, dass sie alles ertragen, alles mit sich machen lassen. Zwar scheint sich seit jüngstem eine gewisse Unruhe zu artikulieren hinsichtlich der Kosten, die den Fans durch den Fußball entstehen, aber das bisschen Gejammer stört die Clubs wenig, wissen sie doch, dass ihre Abhängigen immer wieder kommen.

Ich stelle meinen Mit-Fans also eine simple Frage: Warum geht ihr immer wieder hin? Wenn doch Fußball ein Geschäft ist heutzutage, und du doch auch weißt, dass dies so ist – warum sollte man dann noch hingehen? Warum drehst du nicht den Spieß einfach um? Die Welt der Wirtschaft ist unbeständig und gnadenlos. Als Fans sind wir die Geldgeber, auf die die Fußballindustrie angewiesen ist. Sie ist völlig von uns abhängig. Verlangt also dein Verein unrealistisch viel Geld von dir, dann frage dich, ob dieses Business nicht finanziell zu aufwendig ist, um es weiterhin mit deinen Beträgen zu unterstützen. Sollten wir nicht alle Geschäftsleute sein und zunächst an *uns* denken?

Ich denke so über den modernen Fußball, also mache ich es wie die Leute im modernen Fußball und verhalte mich wie ein Geschäftsmann. Ich werde nur noch an meinen Kontostand denken. Und daher, als ausgebuffter Businessman, betrachte ich das Produkt Fußball als überteuert und ziehe mein Engagement zurück. Ich bin nicht *per se* gegen Geschäfte; wir alle müssen von irgendetwas leben und vorankommen. Es ist einfach nur so, dass ich mir als Kind keine Poster von Donald Trump an die Wand meines Zimmers klebte. Und das Pay-TV schaltete ich auch nie ein, um live eine Vorstandssitzung mitzuerleben.

Leser, denen die wirtschaftliche Übernahme eines Sports egal ist, der früher als „the people's game", als Volkssport galt, mögen darauf hinweisen, dass es wichtigere Dinge im aktuellen Weltgeschehen gibt als die Tatsache, dass sich viele keinen Besuch von Fußballspielen mehr leisten können. Nun, jeder, der so denkt, hat sicher Recht. Auch ich tendiere dazu, hungernde Kinder in Afrika wichtiger zu nehmen als den Preis von Eintrittskarten beim Fußball. Aber überlassen wir es doch Leuten wie Sir Bob Geldorf, uns über diese Fragestellungen zu informieren. In diesem Buch bleiben wir beim Fußball. Und zweitens: Warum liest du ein Buch über Fußball, wenn du doch eigentlich eins über die Gefährdung der Wale oder über das Loch in der Ozonschicht lesen solltest?! Los, gib dies Buch zurück und lass dir den Preis erstatten, solange die Seiten noch keine Eselsohren haben. Für jene Leser, die die Quittung verloren oder Kräutertee über den Einband verschüttet haben: Tut mir leid, aber es folgt kein Kapitel über das drohende Aussterben der Orang-Utans.

Aber lies einfach weiter. Denn die Fußballwelt ist ein Abbild der Gesellschaft insgesamt - zumeist negativ, manchmal aber auch auf positive Art. Wenn der britische Fußball voll ist von Kommerz und von finanzieller Gier, dann vielleicht deshalb, weil Großbritannien insgesamt immer kommerzieller und oberflächlicher geworden ist. Auf der anderen Seite: Auch Rassismus wird in unseren Stadien nicht länger akzeptiert; vielleicht, weil unsere Gesellschaft insgesamt immer weniger bereit ist, solche Einstellungen hinzunehmen. Das grundlegende Prinzip im heutigen Fußball ist das gleiche wie das aller großen Unternehmen überall auf der Welt, und es ist zugleich auch das Prinzip, nach dem unsere Regierungen funktionieren. Dieses Prinzip lautet: Alles, was Geld bringt, ist willkommen – egal, was die Folgen sind. Der Export von Waffen aus Großbritannien in andere Länder gilt als positiv für unsere wirtschaftliche Entwicklung. Dabei wird ignoriert, welches Elend dieses Geschäft mit sich bringt, und wie viele Menschenleben es vernichtet. Denn nicht zuletzt wir schicken unsere Soldaten los, wenn die Leute, denen wir vorher Waffen verkauft haben, sich plötzlich als mordende Tyrannen herausstellen. Kurzfristiger wirtschaftlicher Zugewinn zählt mehr als das ökologische Gleichgewicht unseres Planeten. Ich weiß, das sind jetzt extreme Vergleiche; es geht ja eigentlich um Fußball, und kein Fußballclub ist verantwortlich für die Ermordung unschuldiger Zivilisten oder die Zerstörung des Regenwaldes. Aber die Geisteshaltung, die Einstellung ist grundsätzlich die gleiche: Geld kommt vor allen anderen Prinzipien.

Werbung und wirtschaftliches Engagement gelten als gut für den Fußball. Manchmal ist es auch so, und die erlangten Mittel können viel Gutes bewirken. Vereine in den unteren Ligen brauchen diese Summen, um überhaupt überleben zu können. Was aber, wenn etwa die Werbung solche Formen annimmt, dass sie die Zuschauerkapazität im Stadion verringert, weil man Platz für Bandenwerbung braucht, dafür aber Fans draußen bleiben müssen? Dies geschieht tatsächlich – in der Champions League! Kann der Austausch von Zuschauern zugunsten von Werbeträgern für einen Zuschauersport wirklich gut sein?

Der eigentliche Geniestreich bei der ganzen Sache ist der, dass viele Fans heute den Fußball mit genau der gleichen, eindimensionalen Haltung betrachten: Alles, was Geld einbringt, ist gut für den Verein. Selbst wenn das, was uns das Geld bringt, ein weiteres Stück der Seele, der Ästhetik des Sports nimmt und die Anhänger noch mehr von ihrem Fußball entfremdet. Es gibt Fußballfans, die reden wie Bankmanager oder Vereinsvorstände, wenn es darum geht, was gut ist für ihren Verein. Und *das* ist wirklich beängstigend.

Unter den neuen Fußballkonsumenten muss es eine ganze Reihe geben, die die

Dinge ganz anders sehen als ich. Ich hoffe, dass sie durch die Lektüre dieses Buches verstehen, warum sich viele Fans vom Profifußball abwenden. Entschuldigung, das muss ich noch einmal neu formulieren: Warum sich viele Fans vom Profifußball abzuwenden *versuchen*. Als ich neulich mit einem Freund über Fußball sprach, erklärte ich ihm irgendwann: „Ich hab' keine Lust mehr. Ich bin durch mit dem Fußball!" Und er antwortete: „Nein, das bist du nicht. Du bist nur ein Zyniker!" Das Schlechte daran: Er hatte hundertprozentig Recht. Ist Fußball erst einmal in deinem Blut, dann ist es quasi unmöglich, ihn gänzlich hinter sich zu lassen. Niemand, der irgendwann in seinem Leben vom Fußball infiziert war, kann sich gänzlich von ihm lösen. Wenn das jemand könnte, würde ich sofort anzweifeln, dass er überhaupt jemals Leidenschaft für einen Verein empfunden hat.

Ich versuche, meinen Beitrag zu leisten, indem ich nur noch selten zu den Spielen gehe und auf die Fanartikel, das Merchandising, komplett verzichte. Wie bereits erwähnt: Der gesunde Menschenverstand sagt mir, ich sollte der Fußballindustrie komplett den Rücken kehren. Denn so sollte man mit einem Geschäftszweig verfahren, der seine Kunden nicht korrekt behandelt. Aber das Problem, dem ich mich gegenübergestellt sehe, ist eben anders.

Es ist nicht so, als ob ich mit einer Supermarktkette unzufrieden wäre und einfach in einer anderen einkaufe. Ich stecke tief drin. Arsenal FC und die englische Nationalelf werde ich unterstützen bis zum letzten Tag meines Lebens. 2006 fuhr ich nach Madrid, um Arsenal im Bernabeu gegen die größte Vereinself der Welt antreten zu sehen; Real Madrid – und ich reiste zu einem Zeitpunkt nach Spanien, an dem ich gar nicht desillusionierter hätte sein können, was den Fußball angeht. Einen Monat später fuhr ich mit dem Auto durch Europa bis nach Turin, um Arsenal gegen das italienische Schwergewicht Juventus spielen zu sehen. Wieder einen Monat später fuhr ich rüber nach Paris, um für Arsenals erstes Champions-League-Endspiel vor Ort zu sein. Ein Jahr später – es war 2007, und ich hatte von Fußball absolut die Schnauze voll – fuhr ich nach Holland, um Arsenal beim PSV Eindhoven zu sehen: So desillusioniert vom Fußball zu sein und dennoch im Ausland herumzureisen und viel Geld auszugeben, um ihn sich live anzuschauen, ist verwirrend, um es mal vorsichtig auszudrücken. Ein komplizierter Fall, den wir hier haben!

Kapitel 2

Von der Welt beneidet?

> „Mittlerweile ist die englische Premier League fast zu einem Synonym für eine großartige Sache geworden... Vor weniger als zwanzig Jahren war der englische Fußball eher für randalierende Fans und heruntergekommene Stadien bekannt als für die gediegene Zuschauerschaft, die heute die Logen in den Stadien von Chelsea und Manchester United bevölkert."
>
> Time Magazine, Mai 2007

1992 wechselte die erste englische Liga den Besitzer. Die Premier League/Premiership wurde gegründet. Sie ersetzte die alte Football League, die es seit 1888 gab. Der Grund für die Einführung der Premier League war der Versuch, ein *Rebranding* durchzuführen: Das Spiel sollte kommerziell überlebensfähiger werden, und den Topp-Clubs sollte größerer finanzieller Zugewinn erwachsen. Die neue Liga hat ihren Zweck erfüllt – die FA Premier League ist in der Tat eine Gelddruckerei. Glaubt man der weltweit agierenden Steuer- und Unternehmensberatung Deloitte, so summierten sich die Einnahmen der Vereine der Premier League allein im Jahr 2007 zu unglaublichen 2,5 Milliarden Dollar – und das war die Zeit *vor* dem Drei-Jahres-Fernsehrechte-Vertrag über insgesamt 5,5 Milliarden Dollar, der zur Saison 2007-08 Gültigkeit erlangte. 2,5 Milliarden Dollar sind drei Mal so viel wie die Einnahmen, die zehn Jahre zuvor, 1997, eingefahren wurden, und annähernd 1 Milliarde mehr als die von der zweitreichsten Liga der Welt, der italienischen Seria A, generierte Zahl. Was also gibt es an solch einer Erfolgsstory herumzumeckern?

Es gibt keine allgemein gültige Antwort auf die Frage, ob der heutige Fußball besser oder schlechter ist als jener von vor zehn Jahren. Menschen haben die Eigenart, die Vergangenheit in einem romantisierenden Licht zu betrachten und von einer goldenen Ära zu schwärmen, die nie existierte. Ich werde das nicht tun. Ich werde nicht behaupten, dass der Fußball von damals perfekt war. Denn das war er nicht, bei weitem nicht. Ich werde nicht für die Rückkehr in eine Zeit plädieren, in der die Stadien auseinanderfielen, in der Fans sich von anderen Fans bedroht sahen, in der man schwarze Spieler mit Bananen bewarf und in der Terry Hurlock nicht mit Bananen beworfen wurde, obwohl er es verdient hätte. Der Fußball brauchte Investitionen und eine grundlegende Veränderung. Die Investitionen mussten irgendwo herkommen, und als zahlender Fan wäre ich sofort bereit gewesen, etwas mehr für meine Eintrittskarte auszugeben, wenn dies bessere Stadien und bessere Spieler aus Übersee bedeutet hätte. Der Wandel jedoch, der dann eintrat, und die finanzielle Last, die auf die Schultern der Anhänger in England geladen wurde, entbehrte jeglicher Rechtfertigung. Eine Mischung aus dem, was wir heute haben, und dem, was der Fußball bereits in den Tagen vor der Premier League war, wäre der perfekte Kompromiss bei der Modernisierung des Fußballs gewesen, der erhalten hätte, was bereits so großartig am Fußball war.

Erhalten geblieben wäre zum Beispiel ein englisches Spiel, in dem das Niveau des gezeigten Fußballs so gut ist wie in anderen Ländern, wo aber Menschen aller Einkommensschichten es sich leisten können, ihr Team live spielen zu sehen. Ein Sport, in dem die Spieler Großverdiener sind, aber nicht jenes obszöne Salär gezahlt bekommen, das sie völlig außer Bezug zum Rest der Gesellschaft setzt. Ein Fußball, bei dem Fans sich auf einer Stehtribüne die Lunge aus dem Hals singen können, während andere von einem Sitzplatz aus und in familienfreundlicherer Atmosphäre dem Spiel folgen. Ein Sport, der gute Kontakte zur Wirtschaft pflegt, aber es nicht so weit kommen lässt, dass die Jungs aus den Unternehmen die eigentlichen, echten Fans in den Stadien ersetzen.

Es sind die guten und die schlechten Seiten, die in diesem Buch betrachtet werden, eine Mischung der positiven und negativen Dinge, die in unserem modernen Fußball vorkommen, sowohl zuhause in England als auch im Ausland. Sollten die negativen Aspekte deutlich über die guten Seiten dominieren, dann mag das so sein. Aber dann, so wäre die Forderung, muss der Fußball bereit sein, die Richtung, in die er geht, zu revidieren – oder es zu riskieren, Leute wie mich als Fans und Anhänger zu verlieren.

2007 veröffentliche das Magazin *Time* ein Feature über den englischen Fußball, in dem es heißt, die Premier League würde „von allen anderen Sportligen der Welt beneidet" werden. Als amerikanisches Magazin und somit einer amerikanischen Denkart verpflichtet, feierte *Time* die Premier League aus keinen anderen Grund als dem, dass die Liga so finanziell erfolgreich ist. Die Wahrheit jedoch ist: Die Premier League wird von ausländischen Geschäftsleuten beneidet – nicht von ausländischen Fans! Ich denke wirklich nicht, dass Fußballanhänger anderer Länder uns aus irgendeinem Grund beneiden sollten. Ich bezweifle außerordentlich, dass deutsche Fans, die gerade mal 10 Euro zahlen müssen, um ihre Spitzenmannschaft spielen zu sehen, englische Fans beneiden, die sich mittlerweile sehr genau überlegen, welche Spiele sie sich ansehen, weil die Preise für die Tickets so unverschämte Höhen erreicht haben. Ich glaube auch nicht, dass Fans anderer Länder, denen erlaubt ist, ihr Team mit überkochender Begeisterung nach vorne zu schreien, vor Neid erblassen angesichts des „gediegenen" englischen Publikums, das stumm den neunzig Minuten folgt.

Es gibt nur vier Mannschaften in England, die jede Saison aufs Neue erwarten können, unter den ersten Vier zu landen: Chelsea, Man United, Liverpool und Arsenal. Bedeutet das, man müsste die Anhänger von Vereinen wie Aston Villa, Bolton, Middlesbrough, Portsmouth, Manchester City, Newcastle United und Sunderland für die beständige Mittelmäßigkeit ihrer Clubs beneiden?

Jene, die glauben, die Premier League sei ein fantastisches Produkt, betrachten die Liga nur aus einem finanziellen Blickwinkel, nicht einem sozialen. Was in diesem Zusammenhang noch wichtiger ist: Die gleiche Einstellung haben auch jene, die im Fußball das Sagen haben. Mit dieser Einstellung allein graben sie sich ihr eigenes Grab. Wenn dem Fußball schon lebenslange Fans verloren gehen können, was ist dann mit den neuen, „gediegenen" Zuschauern, die ins Stadion kommen, weil es angesagt ist?

Es gibt da etwas, was in den Jahren seit der Existenz der Premier League in Großbritannien noch nicht in Erscheinung getreten ist, was der Fußball aber in der Zukunft fürchten sollte. Es ist in der Vergangenheit geschehen, und es wird mit Sicherheit wieder passieren, besonders in einem Land, in dem Millionen von Menschen Schulden haben. Es geht um wirtschaftliche Rezession. Ein umfassender wirtschaftlicher Niedergang könnte den Fußball schwerer treffen als jemals zuvor. Denn in der Vergangenheit überlebte der Fußball die schweren Zeiten aus zwei einfachen Gründen:

1. Fußball war günstiges Freizeitvergnügen. Menschen konnten auch dann noch in die Stadien kommen, wenn es ihnen wirtschaftlich schlecht ging.

2. Die Spielergehälter waren nicht hoch genug, um den Finanzhaushalt der Vereine ernsthaft zu belasten.

Heute ist das Gegenteil der Fall, sowohl, was die Spielergehälter angeht als auch, was die Eintrittspreise betrifft. Die kommende Rezession ist eine Realität. Sie ist unausweichlich. Wir wissen nicht, wie schwerwiegend sie sein wird, aber aus der Wirtschaftshistorie ist klar abzuleiten, dass auch unserem Land irgendwann wieder schwere Zeiten bevorstehen. Eine Krise erlebten wir in den frühen Neunzigern, etwa um die Zeit, in der die Premier League gegründet wurde. In solcher Rezession werden die Menschen nicht wahnsinnige Summen für Fußball ausgeben, wenn sie schon mit Rechnungen, Krediten und Mieten zu kämpfen haben. Die Konsequenz könnten halbleere Stadien sein – und Spieler, deren Gehaltsabrechnungen die Einnahmen des Vereins übersteigen.

Wer wird dann die Premier League beneiden?

Dies ist der Grund, warum die Leute an den Schalthebeln des Fußballs ihre Politik der kurzfristigen Gewinnmaximierung aufgeben müssen. Weil ihnen sonst ihre Spekulationsblase mitten im Gesicht explodiert.

Kapitel 3

Kundenzufriedenheit

Viele Leute bei den Vereinen scheinen zu denken, Fußballclubs müssten wie Banken geführt werden. In jedem Fall hören sie nie auf, sich neue Wege auszudenken, ihre Kunden abzukochen. Als *Club Member* bei Arsenal bekam ich ständig irgendwelche Werbebriefe für Arsenal-Kreditkarten und Antragsformulare für Arsenal-Mobiltelefone geschickt (sie schicken mir noch immer diesen Schrott, obwohl ich nicht mehr länger *Member* bin)*

Mittlerweile schlägt Arsenal seinen Anhängern schon vor, mit einem extra aufgelegten Investment-Modell in den spanischen Immobilienmarkt einzusteigen. Nach dem Motto: Kauf eine Villa in Spanien und bekomme eine Dauerkarte gratis dazu.

Nun gut. Wenn die Clubs wie Banken und Business geführt werden, dann habe ich eine Idee: Ist es nicht an der Zeit, dass sie mal einen Fragebogen zur Kundenzufriedenheit an ihre *Club Members* und Dauerkarteninhaber rausschicken?

Du bist herzlich eingeladen, diese Fragen in Bezug auf deinen Verein zu beantworten.

---

* Einer meiner Freunde, ein Middlesbrough-Anhänger, bekam von seinem Verein einen Antrag für eine *Middlesbrough FC Credit Card* – die den Marketing-Spruch trug: „Jeder treue Boro-Fan sollte eine haben". Mein Freund schrieb seinem Verein einen Brief, in dem er ihn informierte, dass Treue als Boro-Fan nichts damit zu tun habe, den Verein durch exzessiven Kreditkartengebrauch profitabler zu machen. Jene Fans, die das Angebot von Middlesbrough annahmen, durften sich auf 19% effektiven Jahreszins freuen. Ein Bombendeal!

Wie zufrieden sind Sie mit der Form, in der Ihr Club geleitet wird?

1. Sind Sie zufrieden mit dem Umfang, mit dem Ihr Verein auf Ihre finanzielle Situation Rücksicht nimmt?
   o Sehr zufrieden o Zufrieden o Weniger zufrieden o Schwer angepisst

2. Sind Sie zufrieden mit der Form, in der Ihr Club auf dem Transfermarkt tätig ist?
   o Sehr zufrieden o Zufrieden o Weniger zufrieden o Schwer angepisst

3. Sind Sie zufrieden mit der Form, in der Sie Ihr Club als treuen Kunden behandelt?
   o Sehr zufrieden o Zufrieden o Weniger zufrieden o Schwer angepisst

4. Sind Sie zufrieden mit den Verpflichtungen Ihres Clubs in Bezug auf Management und Trainerstab?
   o Sehr zufrieden o Zufrieden o Weniger zufrieden o Schwer angepisst

5. Sind Sie zufrieden mit den Leistungen der Spieler Ihres Clubs auf dem Spielfeld?
   o Sehr zufrieden o Zufrieden o Weniger zufrieden o Schwer angepisst

6. Sind Sie zufrieden mit Aufsichtsrat, Großaktionären und Vorstand Ihres Clubs?
   o Sehr zufrieden o Zufrieden o Weniger zufrieden o Schwer angepisst

7. Sind Sie zufrieden mit dem Umfang, in welchem die Leitung Ihres Clubs Tradition und Geschichte des Vereins respektiert? Finden diese hinreichend Berücksichtigung gegenüber kommerziell-wirtschaftlichen Gesichtspunkten?
   o Sehr zufrieden o Zufrieden o Weniger zufrieden o Schwer angepisst

Bitte geben Sie an, ob Sie den folgenden Aussagen eher zustimmend oder ablehnend gegenüberstehen.

1. Die meisten Fußballkommentatoren könnten durch ein ehrliches und aufrichtig kommentierendes Stück Holz ersetzt werden.
   o Stimme vollkommen zu   o Stimme weitgehend zu
   o Stimme eher nicht zu   o Völlig falsch

2. Robbie Savage gehört eigentlich in den Zoo.
   o Stimme vollkommen zu   o Stimme weitgehend zu
   o Stimme eher nicht zu   o Völlig falsch

3. Clive Tyldesley ist fair und völlig neutral eingestellt, wenn er Manchester United kommentiert.
   o Stimme vollkommen zu   o Stimme weitgehend zu
   o Stimme eher nicht zu   o Völlig falsch

4. Ashley Cole wird eher für seine persönliche Integrität respektiert als für sein Talent als Fußballer.
   o Stimme vollkommen zu   o Stimme weitgehend zu
   o Stimme eher nicht zu   o Völlig falsch

5. Chelsea hat seinen sportlichen Erfolg durch geschickte Spielertransfers trotz chronisch leerer Kasse erreicht.
   o Stimme vollkommen zu   o Stimme weitgehend zu
   o Stimme eher nicht zu   o Völlig falsch

6. Die in Fußballstadien angebotenen Speisen sind von hoher Qualität und ihr Geld wert.
   o Stimme vollkommen zu   o Stimme weitgehend zu
   o Stimme eher nicht zu   o Völlig falsch

7. Portsmouth' ausländische Spieler (von denen Harry Redknapp mal sagte: „Don't speak good English") sprechen besseres Englisch als Jamie Carragher.
   o Stimme vollkommen zu   o Stimme weitgehend zu
   o Stimme eher nicht zu   o Völlig falsch

8. Fußballshow-Moderator Mike Parry ist ein leuchtendes Beispiel für Fußballsachverstand, taktische Kenntnis und gesunden Menschenverstand.
   o Stimme vollkommen zu   o Stimme weitgehend zu
   o Stimme eher nicht zu   o Völlig falsch

9. FIFA-Präsident Sepp Blatter klingt weniger wie ein Mann, der für den bedeutendsten Sport der Welt zuständig ist, sondern eher wie der menschliche Verdauungstrakt.
   o Stimme vollkommen zu   o Stimme weitgehend zu
   o Stimme eher nicht zu   o Völlig falsch

Eine vielleicht noch bessere Idee wäre ein bisschen Demokratie. Könnten wir als Fans nicht die Möglichkeit bekommen, unsere Vorstände selbst zu wählen? So, wie es etwa Baugesellschaften tun? Ohne Zweifel gibt es diverse Vorstände in diversen Clubs, die nicht einmal den ersten Wahlgang überstehen würden. Klingt wie eine verrückte Idee – wenn nicht zwei der bedeutendsten Vereine der Welt in genau dieser Weise vorgehen würden: Bei Barcelona und bei Real Madrid sind es die Anhänger, die entscheiden, wer den Verein führt, indem sie ihren Präsidenten im Rahmen einer Mitgliederabstimmung wählen.

Nun kann man sicher anführen, dass Katalonien als politisch links geprägte Region gilt und die Vereinspolitik von FC Barcelona daher nur die sozialen Ideale des heimatlichen Umfelds widerspiegelt. England als kapitalistischere Gesellschaft teilt diese Prinzipien eher weniger. Würde man den Fußball derart umgestalten, würde das auch bedeuten, die gesamte Grundhaltung des Landes ändern zu wollen. Richtig?

Äh, nein. Deutschland gilt als kapitalistisches Land, und dennoch schreiben die Statuten der Bundesliga vor, dass jeder Verein zu mindestens 50%+1 den Mitgliedern und Fans gehören muss. Dies ist keineswegs radikale Fan-Power; dies ist schlicht gesunder Menschenverstand, denn die Leute, die Fußballclubs leiten, sollten sich den Anhängern dieser Clubs gegenüber verantworten. Es gibt gewichtige Gründe dafür, warum Vereine einer Gemeinschaft gehören sollten und nicht nur einigen Individuen, die dann Dinge entscheiden, die Tausende berühren, ohne dafür zur Rechenschaft gezogen werden zu können. Wenn jene, die gewählt wurden, gute Arbeit leisten, dann werden die Fans sie lieben und im Amt bestätigen. Machen sie keinen guten Job und behandeln sie Verein und Anhänger ohne Respekt, dann haben die Fans weit mehr Möglichkeiten, als nur ein Protestbanner hochzuhalten oder „Vorstand raus!" von der Tribüne zu schreien. Regierungen werden ins Amt gewählt und wieder gestürzt, basierend auf genau diesen Prinzipien. Und ebenso sollte es mit Menschen ergehen, die unsere Clubs leiten. Hätten die Fans von Wimbledon FC damals diese Möglichkeit gehabt, hätte der Vereinsvorstand nicht einfach den ganzen Club einpacken und nach Milton Keynes umziehen lassen können. Das Gleiche gilt für die Anhänger von Brighton & Hove Albion, dessen Besitzer Bill Archer 1996 einfach das Stadion des Clubs an eine Immobilienfirma veräußerte - und den Gewinn einstrich. Brighton bekam so gut wie nichts ab vom Verkaufserlös und ist seitdem ohne heimatliches Stadion. Ein ähnliches Schicksal erwartete 2004 Wrexham FC, als Clubboss Alex Hamilton versuchte, den Verein vom eigenen Gelände zu vertreiben, um das Land an einen Bauträger zu verkaufen - dessen Besitzer ein gewisser Alex Hamilton war! 2005 kam der Oberste Gerichtshof zu dem Urteil, dass Hamiltons Firma zu Unrecht Grundeigentum am Stadiongelände erlangt hätte. Wrexham ging in Insolvenz.

Es ist schon besorgniserregend, was die Gier eines Einzelnen für eine ganze Gemeinschaft anrichten kann.

Darum benötigen die Fans mehr Mitspracherechte in ihren Vereinen.

Kapitel 4

Die einzige Liga, die zählt

„Wenn das Business bald wichtiger wird als der Sport selbst, dann wird der Fußball aufhören zu existieren."

Aime Jacquet, Trainer der französischen Nationalmannschaft und Weltmeister 1998

Es gilt als allgemein akzeptiert, dass das wichtigste Ziel im Fußball ist, mehr Geld einzunehmen als die Konkurrenz. Daher habe ich auch nicht ganz verstanden, was Chelsea machte, als sich die Mannschaft nach Abschluss der Saison 2005-06 in einem offenen Doppeldeckerbus durch die Straßen West-Londons fahren ließ. Okay, vielleicht haben sie eine kleine Meisterschaftstrophäe gewonnen, wenn auch erst das zweite Mal in fünfzig Jahren - aber eigentlich hätten sie doch hemmungslos in ihre Weingläser schluchzen sollen! Zwar waren sie Erster in der Premiership jenes Jahres, aber sie liefen nur als Fünfter ein in der Liga, die die wichtigste der Welt ist.

Die einzige Liga, die im modernen Fußball Bedeutung hat, ist die *Deloitte Football Money League*: Die Liga, die die zwanzig wohlhabendsten Fußballvereine der Welt auflistet. Also, es möge vortreten: Der wahre Champion dieser Saison: Real Madrid.

Die Deloitte Football Money League - veröffentlichte Zahlen für 2006

Diese Tabelle betrachtet die jährlich von den Clubs erzielten Einnahmen, nicht den finanziellen Reichtum der Vereine oder die Besitzverhältnisse. Angegebene Zahlen vor jeweiligen Ausgaben, alle Angaben in Millionen Pfund Sterling (GBP):

1.	Real Madrid	186,2
2.	Manchester United	166,4
3.	AC Milan	158,0

4.	Juventus	154,9
5.	Chelsea	149,1
6.	Barcelona	140,4
7.	Bayern München	128,0
8.	Liverpool	122,4
9.	Inter Mailand	119,7
10.	Arsenal	115,7
11.	AS Roma	89,0
12.	Newcastle	87,1
13.	Spurs	70,6
14.	Schalke 04	65,8
15.	Olympic Lion	62,7
16.	Celtic	62,6
17.	Manchester City	60,9
18.	Everton	60,0
19.	Valencia	57,2
20.	Lazio	56,1

Als diese Tabelle jedoch 2006 veröffentlicht wurde, da tanzten die Fans von Real Madrid nicht auf den Straßen und feierten ihren Erfolg. Sie machten sich nicht einmal die Mühe, eine Parade mit einem offenen Bus durch die Stadt zu machen. Und das, obwohl es in Spanien doch sonnig ist und die Wahrscheinlichkeit für Regen gering. Hey, Amigos, ihr ward die Champions, warum also die langen Gesichter? Die Tatsache, dass euch Barca in dieser Zeit auf dem Spielfeld in den Arsch getreten hat, hätte euch nicht so stören sollen. Die haben es doch nur auf Rang sechs in der Deloitte-Meisterschaft gebracht. Und dass sie 2006 auch noch die Champions League gewannen – hey, na und? Denn mal ehrlich: Die Frage ist doch eher, wie viele David-Beckham-Trikots sie in diesem Zeitraum verkauften. Na? Richtig! Sie sind Amateure!

Doch ungeachtet all ihrer Erfolge waren die Real-Anhänger nicht zufrieden.

Denn komischerweise beurteilen sie Erfolg nicht danach, wieviel Profit ihr Verein einfährt. Sie betrachten nur als Erfolg, wenn ihr Verein die spanische Meisterschaft oder die Champions League holt.

Verstehen diese Menschen denn den heutigen Fußball nicht?! Sie sind ja genauso schlimm wie die weinerlichen Fans von Newcastle United, die niemals zufrieden mit dem Zustand ihrer Mannschaft zu sein scheinen. Im Jahre 2006 schaffte es Newcastle immerhin auf Rang 12 in der Deloitte Money League; ein durchaus beachtenswerter Erfolg. Aber die verwöhnten Anhänger meckern immer noch darüber, dass ihr Club keinen Titel mehr geholt hat, seitdem Elvis auf seinen ersten größeren Plattenvertrag hoffte. Ende 2006 berichtete die Vereinsführung von Newcastle von Verlusten in Höhe von annähernd 12 Millionen Pfund, die unter anderem auf einem Nachfragerückgang bei den Eintrittskarten beruhte.

Porto, dieser arme, kleine Verein, hat vielleicht 2004 die Champions League gewonnen, aber ich bin sicher, seine Anhänger würden liebend gern den Pokal mit Everton tauschen, nur um ein einziges Mal das Glück zu verspüren, als Neueinsteiger auf Rang 18 der Deloitte Money League zu landen.

Im Folgejahr war übrigens West Ham United der Neueinsteiger. Man landete auf Rang 19 der Deloitte Money League. Nicht schlecht für einen Verein, der in der gleichen Woche, in der diese Neuigkeit bekannt wurde, sich in den Abstiegsrängen der Premiership bewegte und sich auf den Weg in die zweite Spielklasse vorbereitete.

Die schlichte Wahrheit ist eben, dass Vereine wie West Ham nicht wegen ihrer Erfolge auf dem Feld in der Deloitte Money League sind, sondern einzig aufgrund der Tatsache, dass sie ihren Anhängern durchschnittlich über 40 Pfund pro Heimspiel aus der Tasche ziehen – etwas, dass für alle nicht-englischen Clubs der oben abgedruckten Top-Twenty-Tabelle undenkbar ist.

Fast scheint es, als wäre die Deloitte Money League ebenso wichtig wie – wenn nicht sogar noch wichtiger als – die tatsächliche, aktuelle sportliche Tabelle. Eindeutig wird die Deloitte-Tabelle von den Medien dargeboten wie eine echte

Liga, mit Phrasen wie „Liverpool verbesserte sich um acht Ränge... während Arsenal eine schlechte Saison hatte und auf zehn rutschte...". In den letzten Jahren ist die Deloitte-Liga zunehmend zur Benchmark geworden, welche Vereine als die größten der Welt gelten. Da in jüngerer Zeit regelmäßig Manchester United die Deloitte-Tabelle anführte, haben sie auch den Titel des weltgrößten Clubs für sich in Anspruch genommen. 2006 konnte dann Real Madrid offiziell diesen Titel für sich beanspruchen, als man den Platz von Manchester United als einnahmestärkstem Club der Welt eroberte. Auch 2007 blieb Real ganz oben und bewies, dass ihr Erfolg in der Deloitte-Liga keine einmalige Sache war.

Aber Real Madrid war schon immer der größte Verein der Welt. Nicht, weil man weltweit mehr Fanartikel verkaufte als Manchester United, sondern weil der Verein in einem 80.000 Zuschauer fassenden Mekka von einem Stadion spielt und bisher neun Champions-League-Titel gewann. Ein Rekord. Ich habe meine Mannschaft im Bernabeu spielen (und 1:0 siegen) sehen, und es ist ein einzigartiges Erlebnis. Der Klub hat eine ehrfurchtgebietende Ausstrahlung; mehr als alle Vereine, die ich bisher besuchte. Ich kaufte meine Eintrittskarte auf dem Schwarzmarkt und musste zwischen den Heimzuschauern sitzen. Viele von ihnen waren schick angezogen, und man sieht dort sogar Frauen in Pelzmänteln, die aussehen, als hätten sie sich auf dem Weg in die Oper verlaufen. Die Erwartungshaltung ist immens. Mit Ausnahme der paar tausend politisch rechts stehenden Ultras macht der Rest der Zuschauer kaum Lärm und feuert die Mannschaft wenig an. Aber anders als in stillen englischen Stadien wirkt es dennoch einschüchternd, weil die Madrid-Fans Erfolg erwarten und, wenn sie den nicht bekommen, man förmlich spürt, wie sich Ärger und Spannung unter den Zuschauern aufbaut. Als Arsenal dann mit 1:0 gewann, sah ich um mich herum jedenfalls nicht viele Leute, die von der Tatsache besänftigt schienen, dass Real der reichste Verein der Welt war.

Die Champions League (bzw. ihr Vorläufer, der Europapokal) ist die prestigeträchtigste Trophäe im Vereinsfußball. Als angeblich einer der größten Klubs der Welt hat Manchester United diesen Pokal jedoch nur zwei Mal geholt, was weniger ist als (oder zumindest nur gleich häufig wie) die folgenden Mannschaften:

Real Madrid	9
AC Milan	7
Liverpool	5
Ajax	4
Bayern München	4
Juventus	2
Inter Mailand	2
Nottingham Forest	2
Barcelona	2
Porto	2

Ich gebe zu, dass Manchester United ein größerer Klub ist als die Mehrzahl der Vereine auf dieser Liste, und dass Man U sicher als Weltverein gelten kann. Denn sonst würde man ja auch sagen können, Nottingham Forest sei genauso erfolgreich wie Barcelona, haben doch beide zum Zeitpunkt der Drucklegung dieses Buches den Wettbewerb zwei Mal gewonnen.

Worauf ich hinaus will: Richtwerte für Erfolg im Fußball sollten nicht auf Marketingzahlen beruhen. Nicht darauf, dass man fähig ist, tonnenweise David-Beckham-/L.A.-Galaxy-Trikots an fünfzehnjährige Teenager in Tokyo zu verkaufen. Es gibt etwas, das man den „Big Club Factor“ nennen könnte. Ob der eigene Club ein „Big Club“ ist, entscheidet sich anhand von Vereinsgeschichte, Größe der Fanbasis, Tradition, Stadion und Erfolg auf dem Rasen. Und nicht nur Marketing und Kommerz. Denn echter Ruhm entsteht auf dem Platz und wiegt allemal schwerer als Profit.

Mein Verein, so sieht es zumindest aus, wird mit ziemlicher Sicherheit bald die Deloitte-Tabelle anführen. Immerhin hat man vor kurzem eine aktuelle Saisoneinnahme von über 200 Millionen Pfund verkündet. Schon habe ich Arsenal-

Fans gehört, die mit stolzgeschwellter Brust verkünden: „Wir sind der reichste Verein der Welt!" Hurra, Leute, hurra! Holt den Champagner raus und mietet den offenen Doppeldecker. Tut mir leid, euch den Spaß zu verderben, aber finanzieller Erfolg dieser Art macht mich nicht stolz. Vor allem nicht, weil er entstanden ist, indem man wirtschaftlichen Interessen Vorrang gewährte. Und indem man die Eintrittskarten zu Preisen zwischen 46 und 94 Pfund verkaufte. Dieser Erfolg erfüllt mich mit ungefähr so viel Freude wie die Tatsache, dass ich mit dem Kauf meines Computers geholfen habe, Microsoft noch reicher zu machen.

Erfolg in der Deloitte-Liga mag für einige als die höchste Ehre gelten, die man im Fußball erreichen kann – für echte Anhänger jedoch ist fußballerischer Erfolg nur auf eine, auf die altmodische Weise zu erzielen.

Kapitel 5

Das Spiel wird abgewogen – Teil 1

Im heutigen Fußball scheinen viel zu viele Dinge völlig deplatziert und im Widerspruch zur Ästhetik dieses Sports. Angefangen bei der Musik, die der Vereins-DJ abdudelt, sobald ein Tor gefallen ist, bis zu den manisch depressiven Fans, die keine Telefon-Liveshow im Fernsehen auslassen, um die Zuschauer und -hörer in tiefe Schwermut zu versetzen. Die positiven Seiten des Fußballs scheinen kaum Gewicht zu haben.

Also prüfte ich diesen Eindruck mal genauer. In meine linke Hand legte ich alles, was ich, als ganz gewöhnlicher Fan, als positiv am modernen Fußball empfinde. In meine rechte Hand kamen die Negativeindrücke. Wie sieht das Ergebnis aus?

Positiv:

+ Fußball auf großen Leinwänden und illegal empfangene ausländische Fernsehsender
+ Internationale Superstars und der „Technik-Faktor"
+ Wembley
+ Der Kampf gegen Rassismus
+ Die unteren Ligen machen Entscheidungsspiele

Negativ:

- Schwalben und Täuschungsmanöver
- Wie Fußball im Fernsehen präsentiert wird
- „Amerikanisierung" des Sports
- Rolle der Wirtschaft
- Spielansetzungen rund um die Uhr, sieben Tage die Woche
- Chelsea FC und Übernahme durch Milliardäre
- Eintrittspreise

- Verwarnungen für Belanglosigkeiten
- Der neue Konsument
- Ordnungsdienste und Sicherheit
- Reine Sitzplatzstadien
- Überbordende Werbung und ein Zuviel an Marketing
- Jedes Jahr ein neues Trikot
- Trikotnummern
- Gehaltsforderungen
- Stadionarchitektur und -identität
- Fehlen einheimischer Spieler
- Kein Recht auf freie Meinung
- Spielerberater
- Berichterstattung der Medien
- Spielanalysen und -wertungen
- Krabbenschnittchen

Positives:

Fußball auf großen Leinwändenund illegal empfangene ausländische Fernsehsender

In den letzten paar Jahren habe ich mich gewandelt. Von einem Fan, der regelmäßig live im Stadion war, wurde ich zu jemandem, der allgemein „Sofa-Fan" (oder in diesem Zusammenhang besser „Barhocker-Fan") genannt wird. Mit anderen Worten: jemand, der seinen Verein vornehmlich auf der Leinwand sieht.

Wenn man aufhört, regelmäßig ins Stadion zu gehen, dann ist die Beziehung zum eigenen Club irgendwie unterbrochen. Ich bin nicht mehr so extrem fröhlich, wenn sie gewinnen, aber auch nicht so am Boden zerstört, wenn sie verlieren. Außerdem kommen aus dem eigenen Mund zunehmend diese merkwürdigen Sätze, die man früher nie gesagt hat. Dinge wie: „Gegen wen spielen wir eigentlich nächste Woche?"

Jetzt, wo der Fußball so teuer geworden ist, füllen viele vergessene Fans die Pubs und Bars anstelle der Reihen von Plastiksitzen in den Stadien. In manchen Läden kann die Stimmung elektrisierender sein als vor Ort. Ich war in Kneipen, die bei einem Tor beinahe in die Luft flogen, wo Anspannung und Energie so explosionsartig freigesetzt wurde, dass es mich unwillkürlich an die „dunklen Tage" des Fußballs erinnerte. Ich begegne mittlerweile vielen, die das Spiel ihres Teams lieber in einem Pub oder einer Bar sehen; es bringt mehr Spaß und ist mehr ein Gemeinschaftserlebnis als direkt vor Ort. Auf eine gewisse Art hat die Kultur der Fantribünen in diesen Läden überlebt. Hauptsächlich deshalb, weil...

1. man aufstehen darf von seinem Stuhl, wenn einem danach ist,
2. man das Spiel zusammen mit seinen Freunden sehen kann,
3. man noch am Spieltag entscheiden kann, ob man sich das Spiel anschauen möchte,
4. man nicht 40 Pfund zahlen muss, um in den Pub zu kommen,
5. dort keine Männer in orange Lätzchen herumlaufen und dir sagen, was du sagen darfst und was nicht.

Was also sagt es uns über den modernen Fußball, wenn sich so viele Fans entschließen, das Spiel aus diesen Gründen lieber im Pub zu verfolgen?

Als Fan eines Premiership-Teams muss man sich heutzutage fast glücklich schätzen, beinahe jedes Spiel der eigenen Elf auf der Mattscheibe sehen zu können. Viele Bars und Kneipen zeigen die Spiele der Premiership im Rahmen von Übertragungen ausländischer Sender. Ausländische Sender deshalb, weil es in Großbritannien ein Gesetz gibt, wonach die Übertragung von Live-Spielen zwischen 15.00 und 17.00 Uhr an Sonnabenden untersagt ist (auf diesem Wege wollte man den Zuschauerzuspruch bei parallel stattfindenden Spielen ungefährdet lassen).

Die großen Leinwände, die nun allgemein zur Verfügung stehen, sind eine neue, verbesserte Möglichkeit, Sport im Fernsehen zu schauen. Während einer Weltmeisterschaft oder einer Europameisterschaft werden überall im Land (mit Ausnahme unserer Hauptstadt vielleicht) Großbildleinwände aufgebaut, und selbst einige Kinos sind zu der alten Tradition zurückgekehrt, bedeutende Spiele in ihren Sälen zu zeigen. Sport, genau wie ein großer Spielfilm, kommt besser auf einer großen Leinwand (aber - und diese Warnung zum Schluss muss sein - ich war auch schon in einer Kneipe, wo die Promi-Ausführung von *Big Brother* auf der Großbildleinwand lief...!)

Internationale Superstars und der „Technik-Faktor"

Jene von uns, die Probleme mit der finanziellen und sozialen Entwicklung des englischen Fußballs haben, müssen allerdings auch anerkennen, dass sich der Standard unseres nationalen Fußballs seit Einführung der Premier League deutlich gebessert hat. Dies ist größtenteils auf den Einfluss ausländischer Topp-Spieler zurückzuführen. Leider jedoch hat ihr Wirken in der Liga nicht dazu geführt, dass diese mehr Wettbewerb erlebt, denn immer wieder ist es die gleiche Handvoll Vereine, die eine ernsthafte Chance auf den Meistertitel hat. Aber die technische Qualität und die Schnelligkeit unserer Spiele hat sich verbessert. Ohne den Einfluss hochklassiger Ausländer hätten die Clubs der Premiership deutlich geringere Chancen, die Champions League zu gewinnen, und in der Theorie sollten auch unsere Nationalspieler von ihrem Einfluss profitieren, spielen sie doch mit ihnen auf Club-Ebene in den gleichen Mannschaften. Englands Nationalmannschaft hat seit Einführung der Premier League deutlich weniger geleistet als erwartet, aber hier liegt die Schuld wohl auch eher bei den ausländischen Durchschnittsspielern innerhalb der Liga, deren Anwesenheit die Entwicklung heimischer Talente im Keim erstickt. Eric Cantona, Gianfranco Zola und Thierry Henry werden gern gesehen, teure Fehleinkäufe wie Bosko Balaban, Winston Bogarde und Steve Marlet weniger.

Der englische Vereinsfußball litt und fiel insbesondere zurück durch die Sperre für die europäischen Wettbewerbe zwischen 1985 und 1990. Obwohl englische Mannschaften mit heimischen Spielern in der Vergangenheit diverse

Male die Champions League gewannen, wurde doch seit der Sperre der Einfluss ausländischer Spieler benötigt, um unsere Teams wieder auf ein internationales Niveau zu befördern.

Es ist überraschend, wie lange es gedauert hat, bis die englische Liga ausländische Spieler als normalen Bestandteil des Fußballsports akzeptierte. Die Ligen in Spanien und Italien hatten schon seit ihrer Gründung in den dreißiger Jahren des letzten Jahrhunderts keine Probleme, gute Fußballer aus anderen Ländern auflaufen zu lassen. In gleicher Zeit jedoch war es undenkbar, dass englische Teams ihre Spieler von jenseits des Kanals rekrutierten – was einen deutlichen Blick auf die lange Zeit vorherrschende englische Arroganz wirft. In der Frühzeit des Fußballs hielten wir uns für unerreichbar. Und zwar so sehr, dass wir uns bis 1950 nicht einmal um eine Teilnahme an einer Weltmeisterschaft bemühten. Für eine gewisse Zeit war diese Haltung durchaus gerechtfertigt, und selbst der Rest der Welt betrachtete England als den Meister der Sportart Fußball. Doch 1948 galt Italien für viele als beste Elf der Welt; zumal sie auch amtierender Weltmeister waren.

In jenem Jahr spielte Italien gegen England. Viele Fußballinteressierte sahen in England den eigentlichen, wenn auch inoffiziellen Weltmeister. Das entsprechend unter großer öffentlicher Anteilnahme stattfindende Spiel wurde in Rom ausgetragen. England demütigte den amtierenden Weltmeister mit einem 4:0. Dies bestärkte in England die Auffassung, man sei noch immer der Herr in dem Spiel, das man selbst erfunden hatte. Erst mit dem berühmten Aufeinandertreffen von England und Ungarn 1953 im Wembleystadion wurde dieser Glaube endgültig und auf dramatische Art beendet. Die Ungarn waren die Großmacht des europäischen Fußballs und hatten mit Puskás einen der weltbesten Spieler in ihren Reihen. England ging 3:6 unter; das erste Mal, dass die Erfinder des Fußballs auf eigenem Territorium unterlagen. Einundachtzig Jahre der Heimspiel-Dominanz gingen in einem Spiel unter, das den Engländern auf grausame Weise bewies, wie sehr sich der Fußball im Ausland technisch verbessert hatte. Dort waren jetzt die Meister des Sports zu finden.

Ohne die ständige Überheblichkeit wären Spieler aus anderen Ländern schon

Jahrzehnte früher Normalität in England gewesen, aber erst in den ausgehenden Siebzigern war der Anblick kontinentaleuropäischer Spieler in heimischen Teams nichts Außergewöhnliches mehr.

Am Highbury sah ich am ersten Spieltag der Saison 1995-96 Dennis Bergkamps Debüt. Wir spielten gegen Middlesbrough. Bergkamp beendete das Spiel ohne Torerfolg, und die Presse zerriss ihn, weil seine Leistung angeblich wenig beeindruckend gewesen war. Ich jedoch, als Augenzeuge, hatte noch nie zuvor in meinem Leben einen Spieler mit mehr Können, mehr Finesse gesehen. Ihn live zu erleben war wie eine Offenbarung im Hinblick auf Ausstrahlung, Präzision und hohem technischen Können. Leute wie Bergkamp haben zudem jüngeren englischen Spielern durch ihre Professionalität und ihre konzentrierte Arbeit an ihrer Karriere ein Beispiel gesetzt. Während englische Spieler allgemein dafür bekannt waren, gerne mal einen trinken zu gehen oder das falsche Essen in sich hineinzuschaufeln, schienen die ausländischen Spieler ihren Beruf ernster zu nehmen und achteten auf ihren Körper. Entsprechend mussten letztlich auch englische Fußballer ihre Ernährungsgewohnheiten umstellen. Tony Adams und Lee Dixon haben beide geäußert, Arsene Wengers Verständnis von Ernährung und körperlicher Fitness habe ihnen zwei weitere Jahre als Profis ermöglicht. Und Dennis Wise bestätigte einmal, dass Gianfranco Zola, als er Ende der Neunziger zu Chelsea kam, alle anderen Spieler mit seiner professionellen Haltung beschämte.

Einige Spieler von Übersee sprechen zudem ein besseres Englisch als ihre in England aufgewachsenen Kollegen. Nachdem er lange Jahre in der englischen Liga gespielt hatte, beschwerte sich Liverpools deutscher Mittelfeldmann Dietmar Hamann: „I still can't understand Jamie Carragher!" Dies ist de facto eine Klage von fast allen ausländischen Liverpooler Spielern, die zwar mittlerweile sehr gutes Englisch sprechen, extremes *Scouse*, den Liverpooler Dialekt, jedoch noch nicht.

Falls es ihnen dadurch besser geht: Ich verstehe Jamie Carragher ebenfalls nicht.

Wembley

Es fällt irgendwie schwer, Wembley auf die positive Seite der Liste zu schreiben. Genau so gut hätte man auch die Negativ-Seite verwenden können. Denn zunächst wendete sich das Blatt von schlecht zu sehr schlecht mit dem Stadionneubau, was Zeitplan und Budgeteinhaltung anging. Fast zwangsläufig wurden Vergleiche angestellt mit dem Millenium Dome, was explodierende Kosten und die Unfähigkeit anging, zeitliche Vorgaben einzuhalten. Viele Leute glauben mittlerweile, dass wir, weil Wembley so spät fertig wurde, auch Olympia 2012 in großem Stil vermasseln werden. Das einzige Argument, das zur Entschuldigung vorgebracht werden kann: Wenn solch einzigartige Bauwerke entstehen, dann, so zeigt es die Geschichte, muss man fast davon auszugehen, dass das Projekt nicht gänzlich glatt und plangerecht abläuft.

Seit Stadioneröffnung hat sich die Vergabe und die Preisstruktur der Eintrittskarten als beschämend und katastrophal gezeigt. So sehr, dass diese Mängel beinahe exemplarisch sind für all das, was im modernen Fußball schiefgeht. Leere Sitzreihen sind bei vielen Spielen, die offiziell als ausverkauft gemeldet werden, ein häufiger Anblick. Der Grund: Echte Anhänger erhalten nicht genug Karten zugewiesen, während die Mitglieder des *Club Wembley* (einer exklusiven Organisation für Leute, die 10.000 Pfund für das Recht gezahlt haben, Eintrittskarten erwerben zu können) nicht immer große Lust zeigen, die Tickets, die ihnen angeboten und für sie freigehalten werden, auch abzunehmen. Diese Eintrittskarten sind nur für Club-Wembley-Mitglieder verfügbar und können nirgendwo sonst verkauft werden – selbst, wenn dies bedeutet, dass Sitze im Stadion leer bleiben. „Fans" aus der Wirtschaft werden also gegenüber den Anhängern der beiden spielenden Vereine bevorzugt, was noch skandalöser ist, wenn man daran denkt, dass der Wembley-Neubau in Teilen mit Mitteln aus der *National Lottery* finanziert wurde; mit Geldern also, die eigentlich mildtätigen Zwecken zugute kommen sollen.

Für das FA-Cup-Finale 2007 waren die Preise der Eintrittskarten um vierzig

Prozent teurer als jene des Pokalendspiels 2006 – das noch in Cardiff stattfand. Eine äußerst begrenzte Anzahl „billiger" Karten wurde für 35 Pfund angeboten, die nächsten Preisgruppen jedoch waren dann bereits 60 Pfund, 80 Pfund und 90 Pfund. Brian Barwick, Vorstandssprecher der *Football Association,* behauptete jedoch, die Preise seien „angemessen, erschwinglich und wettbewerbsfähig". Der Vorsitzende der *Football Supporters Federation,* Malcolm Clarke, antwortete daraufhin: „Wenn sie sagen, ihre Preise seien wettbewerbsfähig, dann vergleichen sie sie mit den Preisen in der Premier League! Was nützt das schöne Stadion und eine spannende Paarung? Wenn du nicht das Geld hast, war's das für dich." Ein weiterer Sprecher der FA verteidigte die Endspielpreise 2007 auf Radio BBC 4, indem er ausführte, es seien sogar Karten für gerade mal 17 Pfund auf dem Markt gewesen. Was er anzumerken vergaß, war natürlich, dass dies die billigste Preiskategorie *für Jugendliche* war!

Was also ist positiv am neuen Wembleystadion? Abgesehen von all den Fehlern, all den Schwierigkeiten ist es doch immer noch ein fantastisches Stadion, vermutlich das beste der Welt. Der gigantische Bogen sieht wirklich beeindruckend aus (besonders nachts, wenn er beleuchtet ist) und wurde schon zu einem britischen Wahrzeichen, als der Rest des Stadions noch weit von seiner Fertigstellung entfernt war. Auch das Innere des Stadions ist ausgezeichnet gelungen; ein perfekter Platz zum Fußballgucken.

Wir haben ein super Nationalstadion. Das ist doch schon mal was. Aber der nächste Schritt muss nun sein, Wembley zu einem Stadion für die Menschen, für das Volk zu machen. Ein Stadion, für jeden zugänglich.

Wie lange wir *dafür* wohl brauchen?

Der Kampf gegen Rassismus

> „Der Fußball ist farbenblind. Als etwa in den Siebzigern die brasilianische Militärregierung versuchte, die Nationalmannschaft

‚weißer' zu machen, forderte die Öffentlichkeit in großem Stil eine Rückkehr der schwarzen Spieler, die schon vorher – und bald wieder – aufgrund ihrer Leistungen in der Nationalelf spielten."

Melvyn Bragg

Zu den schlimmsten Dingen im Fußball der siebziger und achtziger Jahre gehörten die Affengeräusche, die aus einigen Bereichen des Stadions in Richtung farbiger Spieler erklangen.

Die Beleidigungen, mit denen Spieler wie John Barnes, Cyril Regis und Luther Blissett zurechtkommen mussten, sind zum Glück eine Sache der Vergangenheit, und dies ist ein positives Beispiel, wie sich der Fußball mit der Gesellschaft ändern musste. Persönlich habe ich nie Affengeräusche im Stadion gehört, und ich bin seit 1986 regelmäßig dabei gewesen. Das einzige Mal, bei dem mir diese Art von Rassismus begegnete, war bei einem Spiel in Mailand: Ich sah mir AC Milan gegen Lazio an. Milan-Spieler Clarence Seedorf bekam den Ball zugespielt, als er sich in der Nähe des Lazio-Blocks aufhielt, und ein nicht zu überhörender Teil der Lazio-Fans begann, laut Affenlaute von sich zu geben. Überrascht schaute sich unsere Gruppe an, aber für den Rest der Zuschauer schien das ein normaler Bestandteil des italienischen Fußballs zu sein und kein Grund, sich aufzuregen. In England würde so etwas nicht mehr toleriert werden, und gegen Lazio würden entsprechende Maßnahmen ergriffen werden.

Viele europäische Ligen scheinen dieses Problem zu haben; die bedeutendste, die davon betroffen ist, ist dabei die spanische. 2006, während er für Barcelona spielte, drohte Kamerun-Stürmer Samuel Eto'o gar damit, das Spielfeld zu verlassen, nachdem große Zuschauergruppen von Real Saragossa ihn mit Affenlauten empfingen. Für Samuel Eto'o war dies kein vereinzelter Zwischenfall: Auch in anderen spanischen Stadien hatte man ihn rassistisch beschimpft, so bei Real Madrid, Athletico Madrid und Racing Santander, um nur einige Clubs zu nennen.

In England gibt es sicher noch viele Rassisten bei Fußballspielen, aber die

Verantwortlichen haben ganz klar herausgestellt, welche Konsequenzen eine offene Zurschaustellung dieses Rassismus hat. Die Aktion *Let's Kick Racism Out Of Football,* gestartet 1993, ist die bekannteste in diesem Zusammenhang und wird getragen von allen maßgeblichen Institutionen im englischen Fußball, einschließlich der Premier League, der Football Association und der Professional Footballers' Association.

Leute, die keinen engen Bezug zum Fußball haben, behaupten, Rassismus sei immer noch weit verbreitet. Egal, ob das der Wahrheit entspricht oder nicht – jeder, der so etwas sagt, sollte mal einen Blick auf die Branchen werfen, in denen er arbeitet, und prüfen, inwieweit dort ethnische Grenzen überwunden worden sind. Der Fußball ist einer der wenigen Orte, wo Leute aller Rassen, aller Ethnien tatsächlich zusammenkommen. Ein Fußballspiel in einem Park irgendwo im Norden Londons wird garantiert multikultureller ablaufen als eine Feier unter Arbeitern oder Medienmachern oder Marketingleuten. Wie viele Schwarze in Anzügen sieht man an einem normalen Werktag in der City of London, dem Londoner Finanzviertel? Wie viele schwarze Abgeordnete sitzen im Parlament? Schau dich in deinem Büro um und zähle die Schwarzen, die dort arbeiten (vergiss dabei mal den schwarzen Pförtner unten am Empfang, der nur da ist, um deinen Laden wie einen Arbeitgeber aussehen zu lassen, der auf Chancengleichheit achtet). Seit 2000 habe ich immer wieder für die Film- und Fernsehbranche gearbeitet. Bei mittlerweile Hunderten von TV- und Spielfilmproduktionen war ich tätig – und ich habe nicht einen einzigen schwarzen Regisseur, nicht einen einzigen schwarzen Produzenten gesehen.

Viele beschweren sich darüber, dass einfach zu viel Fußball im Fernsehen gezeigt wird. Das mag sein. Aber zumindest sieht man während eines Fußballspiels Schwarze im Fernsehen, noch dazu in tragender Rolle. Anders jedenfalls als bei MTV oder *Crimewatch*. Fußball ist keine Branche, in der die „guten Kontakte" zählen. Hier zählen Können und Charakter.

Und trotzdem gibt es immer noch einen Mangel an Farbigen in den oberen

Etagen des Fußballs. In der Premiership gab es außer dem Holländer Ruud Gullit und dem Franzosen Jean Tigana keinen einzigen schwarzen Trainer. Auch von irgendwelchen schwarzen Aufsichtsräten, Vorständen oder Geschäftsführern habe ich weder etwas gesehen noch gehört. Aber dies ist die geschäftliche Seite des Fußballs, und somit ist es keine Überraschung, dass die Leute, die Fußballvereine leiten, so aussehen wie die Leute, die anderen großen Unternehmen vorstehen.

Es ist also noch ein langer Weg zu gehen im Hinblick auf Gleichheit.

Kein Brite asiatischer Herkunft hat es bisher in die höchsten Fußballränge geschafft oder hat sich einen Namen machen können, der in jedem sportinteressierten Haushalt bekannt ist. Angesichts der Anzahl britischer Asiaten, die Fußball spielen, ist das erstaunlich, um mal das Mindeste zu sagen.

Auffällig ist auch, wie wenig schwarze oder asiatische Fans es in die Stadien zieht. Für einige Vereine jedoch ist es geradezu lebenswichtig, mehr Unterstützung von den unterschiedlichen ethnischen Gruppen ihrer Region zu bekommen. Eine Stadt wie Birmingham hat eine Einwohnerschaft, die zu etwa dreißig Prozent nichtweiß ist. In der Fanszene der örtlichen Vereine – Aston Villa, Birmingham City, Wolves, Walsall und West Bromwich Albion – spiegelt sich das jedoch nicht wider. Auch andere Clubs, Vereine, denen es nicht sonderlich gut geht – Bradford City, Blackburn, Burnley und Oldham – müssen früher oder später einen Weg finden, die Minoritäten ihrer Gegend als Zuschauer zu gewinnen: Das Potenzial für eine große Fanbasis, die diese Clubs derzeit nicht haben, ist da. In London, vielleicht mehr als in anderen Städten, findet man die Stadien in Gegenden mit einem großen Migrantenanteil. Auch hier ist die Vielfalt der Ethnien in den Grounds jedoch nicht repräsentiert. Stattdessen scheint es mir, dass sich jeder Londoner Asiate, den ich kenne, aus irgendeinem Grund Liverpool als Team ausgesucht hat!

Es mag auch mit den Eintrittspreisen zusammenhängen, denn Schwarze und Leute mit asiatischem Hintergrund gehören zu den Niedriglöhnern, und der moderne Fußball von heute ist ein Sport für die Wohlhabenden.

Arsenal und Spurs sind stolz darauf, einen vergleichsweise großen Anteil an

Farbigen im Anhang zu haben. Diese beiden Vereine sind es auch, die in jüngerer Zeit kaum noch rassistische Ausfälle in ihren Stadien zu vermelden haben, wenn es auch kleinere Gruppen im Arsenal-Anhang gab, die bei Gelegenheit antijüdische Gesänge anstimmten, die auch Anspielungen auf die Gaskammern enthielten. Dies war ohne Zweifel motiviert durch die Tatsache, dass sich die Spurs-Fans selbst als „Yids" bezeichnen. Gesänge über Hitler und Gaskammern sind etwas, das ganz klar die Grenzen fußballbegründeter Rivalität überschreitet - wenn man sie auch nicht verwechseln darf mit vielen Arsenal-Liedern, in denen „Yids" oder „Yidos" vorkommen: Wenn Arsenal-Fans so etwas singen, beziehen sie sich immer auf Tottenham, nicht etwa auf „Juden".

Doch obwohl Arsenal und Spurs viele schwarze Fans haben, die zu den Spielen gehen, so ist ihre Zahl jedoch immer noch weit unterrepräsentiert; sowohl in Bezug auf den Heimatstadtteil des Vereins als auch im Hinblick auf den Anteil der schwarzen Spieler auf dem Platz. Bei Arsenal und Spurs geschieht die Integration in den Kneipen und Bars der Gegend. Dort schaut sich ein mehr gemischtes Publikum die Spiele an - auf den Leinwänden. Dies ist ehrliche Integration, die schlicht durch den Fußball bewirkt wird.

Also: Obwohl es noch Probleme gibt, überwiegen die positiven Aspekte doch die negativen. Fußball hat jede Menge für die Integration unserer Minderheiten getan und verdient daher mehr, als mit dem vereinfachenden Etikett „rassistisch" versehen zu werden. Und in den Stadien selbst haben sich alle Verantwortlichen ernsthaft bemüht, Rassismus zu bekämpfen. Und diese Bemühungen waren erfolgreich.

Die unteren Ligen machen Entscheidungsspiele

Genau genommen gehören die Entscheidungsspiele nicht auf diese Liste, denn hier geht es um die positiven und negativen Seiten seit Einführung der Premier League. Die Entscheidungsspiele wurden das erste Mal jedoch schon 1986 ausgetragen.

Aber ich nenne sie hier, weil sie seit dieser Zeit an Bedeutung gewonnen haben und ein fester Bestandteil des englischen Fußballkalenders geworden sind. Die Wichtigkeit, in der Premiership zu bleiben oder in sie aufzusteigen, ist so immens, dass die Paarungen noch härter, noch verzweifelter ausgetragen werden als früher und häufig großartigen Fußball bedeuten. Das über den Aufstieg in die Premiership entscheidende Spiel ist mittlerweile das Sportereignis mit der weltweit höchsten Einnahme und angeblich um 45 Millionen Pfund wert. Aber der echte Lohn für die Fans ist natürlich das Wissen, dass der Sieger in einer Liga antreten wird mit Manchester United, Liverpool, Arsenal, Everton und Spurs.

Wenn Fußball gut ist, dann ist er Aufregung und Drama. Aufregung und Drama stellen sich ein bei einem Wettstreit, der bei gleichen Chancen leidenschaftlich ausgetragen wird.

Die Entscheidungsspiele, Play-Offs genannt, bestimmen die Aufsteiger der drei unteren englischen Profiligen: Die beiden ersten Mannschaften der Abschlusstabelle steigen automatisch in die nächsthöhere Klasse auf, die nächsten vier Teams spielen den verbleibenden dritten Aufstiegsplatz dann untereinander aus.

Meistens kommt es jedes Jahr aufs Neue zu dem sehr vorhersehbaren Kommentar des jeweiligen Tabellendritten, man solle doch besser zukünftig auch den Verein auf Platz drei automatisch aufsteigen lassen und nicht noch gegen Mannschaften antreten lassen, die auf den nachfolgenden Rängen eingelaufen sind. Dies ist ein sinnlos vom Zaun gebrochener Streit: Jedem Verein sind die Regeln bekannt, nach denen gespielt wird – die vier Vereine auf den Rängen drei bis sechs spielen den dritten Aufsteiger aus. Ende der Durchsage. Wir wissen doch alle, dass die gleichen Leute, die darüber meckern, wie unfair die Play-Offs seien, den Mund halten würden, wären sie bei einem der Clubs beschäftigt, die es auf Platz vier, fünf oder sechs geschafft haben. Es kommt häufig vor, dass die auf Rang drei in die Entscheidungsspiele startenden Vereine am Ende den Aufstieg verpassen, während das Team von Tabellenplatz sechs oft die folgende Saison in der nächsthöheren Liga spielt. Man darf wohl annehmen, dass psychologische Gründe dahinterstehen – der Dritte ist enttäuscht, den direkten Aufstiegsplatz verpasst zu haben, auf dem Sechsten lastet kaum Druck; man kann befreiter aufspielen. Und nicht selten beweist der Sechste, dass er genauso in der neuen Spielklasse standhalten kann wie die direkten Aufsteiger. 2005 schaffte West Ham durch die Play-Offs den Aufstieg, während Sunderland direkt nach oben marschierte. Die Folgesaison, 2005-06, beendete West Ham auf Rang neun der Premiership – und Sunderland landete mit traurigen fünfzehn Punkten im Tabellenkeller (immerhin holten sie so den – unerwünschten – Titel der Premiership-Mannschaft mit den wenigsten Punkten am Saisonende).

Der Grund für die Entscheidungsspiele ist einfach: Sie sorgen dafür, das Interesse an den unteren Ligen die ganze Saison hindurch aufrechtzuerhalten. Viele kleine Clubs werden nur durch die Entscheidungsspiele am Leben erhalten. In den unteren Klassen ist die Saison nie wirklich vorbei; immer gibt es irgendeinen Grund, sportlich noch einmal anzugreifen. Von einer Abstiegsposition zu den Rängen, die eine Play-Off-Teilnahme ermöglichen, ist es oft nur ein kurzer Weg. 2004 marschierte Crystal Palace aus der Abstiegszone der zweiten Liga, der Championship, innerhalb von nur drei Monaten in die Premiership. Welch ein Kontrast zu der Vorhersagbarkeit etwa der Premier League oder der anderer erster Ligen überall in Europa.

Negatives:

Schwalben und Täuschungsmanöver

> „Die Spieler linken sich gegenseitig. Ich bin froh, dass ich nicht mehr spiele, vor allem nicht in der Premiership. Ich versteh's nicht: Ein Spieler rollt auf der Erde herum, und dreißig Sekunden später spielt er wieder. Mir wäre das peinlich. Leute, mit denen ich zusammen gespielt habe, fallen jetzt um, als hätte sie eine Kugel getroffen. Das macht mich wahnsinnig."
>
> Roy Keane

Der Anblick trainierter Athleten, die sich auf dem Spielfeld herumwälzen und vorgeben, sie hätten sich verletzt, gehört zum Lächerlichsten, was der moderne Fußball zu bieten hat. Solch Darbietung hätte einen gewissen komischen Wert, wenn der schauspielernde Fußballer nicht viel zu häufig damit davonkäme. Wenn man ein Spiel als neutraler Zuschauer sieht, dann kann man sich zurücklehnen und herzlich lachen, wenn ein Spieler sich mal wieder zum Kasper macht, den Kopf zurückschmeißt und wie ein Schwan zu Boden sinkt. Sehr oft ist die Vorstellung so schlecht, dass man sich wundert, warum immer noch einige Schiedsrichter drauf reinfallen.

Wer wie ich selbst Fußball gespielt hat, der weiß, dass übertriebenes Herumrollen auf der Erde das Letzte ist, was ein ernsthaft Verletzter tun würde. Mir fällt kein anderer Sport ein, in dem die Spieler eine Verletzung vorgeben, um einen Vorteil zu erlangen oder einen Gegner bestraft zu sehen. Viele halten die WM 2006 als das bisher schlimmste Beispiel exzessiver Schwalben, aber vermutlich waren die auch dort nicht häufiger oder extremer als überall sonst im modernen Fußball. Der Unterschied ist nur: Den Leuten beginnt es richtig auf die Nerven zu gehen. Denn so wird der Fußball ruiniert.

Die Verantwortlichen in den Verbänden haben sich bisher als völlig unfähig gezeigt, mit Täuschungsmanövern dieser Art umzugehen. Seit den späten Neunzigern läuft bei der FIFA eine Fair-Play-Kampagne, die aber nur aus vielen Gesten und wenig Taten besteht. Die FIFA glaubt ernsthaft, dass der beste Weg, unsportliche Tricks einzudämmen, der ist, Kinder vor dem Anpfiff Banner mit der Aufschrift FIFA FAIR PLAY durchs Stadion tragen zu lassen. Entschuldigung, wenn ich diese beißende Kritik mal ausspreche: Das wird nicht klappen. Fußballer reagieren nur auf Gesten in Form von Geldstrafen und Sperren. Halbwegs vernünftige Leute wissen, dass es eine einfache Methode gibt, diese Betrügerei über Nacht zu beenden, und die beinhaltet Videobeweise: Wird einem Spieler nachgewiesen, eine Schwalbe fabriziert oder eine Verletzung vorgegeben zu haben, dann wird er für, sagen wir, drei Spiele gesperrt. Wird ihm solch Fehlverhalten zwei Mal in einer Saison nachgewiesen, dann gibt es eine Fünf-Spiele-Sperre. Trainer Brian Clough sagte mal: Würde man dem Trainer jedes Mal, wenn einer seiner Spieler eine Schwalbe macht, einen Wochenlohn als Geldstrafe aufbrummen, dann hätte sich das Problem über Nacht erledigt. Aber diese Lösung ist offenbar zu vernünftig für Leute wie die bei der FIFA, die lieber sinnlose Fair-Play-Gesten zeigen als Regeln einzuführen, die das Spiel tatsächlich auch fairer machen. Schnell sind sie, wenn es gilt, zu intensive Zweikämpfe zu bestrafen, oder zu viel gezeigte Emotionen, oder zu viel freie Meinungsäußerung. Wenn ein Spieler aber versucht, einem anderen durch eine vorgetäuschte Verletzung eine Karte zu verpassen, dann wird nichts getan.

Eine noch bessere Regelung zur Eindämmung von Schwalben und sterbenden Schwänen wäre die Legalisierung von körperlicher Bestrafung. Ja, körperliche Bestrafung! Warte mal, ich erkläre es doch: Wenn ein Spieler vorgibt, er hätte sich sein Bein verletzt, und wenn er dann als Betrüger entlarvt wird, dann sollte sein Bein den Preis zahlen. Lass uns mal sagen, unser Spieler ist gerade theatralisch in sich zusammengebrochen, ohne irgendwelchen Kontakt mit seinem Gegenspieler gehabt zu haben. Mit schmerzverzerrtem Gesicht hält er sich sein Schienbein und schaut zugleich vorsichtig nach oben, ob sein Gegner für das Foul, das der nie beging, die erhoffte gelbe Karte bekommt. Unser Schwalbenkönig denkt, er hätte alles richtig gemacht, aber die FIFA prüft die Videoaufzeichnung und erkennt, dass er nur schauspielert, damit der Schiri seinem Gegner die Karte zeigt. Als Bestrafung darf der Gegenspieler dem Betrüger nun tatsächlich gegen das Schienbein treten. So hart er möchte. Eine Übertragung dieser Bestrafung könnte man vielleicht in das Pay-per-view-System von Sky Sports integrieren.

Selbst, wenn man die Regeln mal beiseite lässt, sollten die Spieler genug professionellen Stolz besitzen, um auf Schwalben und gespielte Verletzungen zu verzichten. Die alten, gestandenen Profis wie Roy Keane, Terry Butcher, Stuart Pearce, Julian Dicks oder Tony Adams ließen sich kein einziges Mal zu solch entwürdigendem Betrug herab. Fallsüchtige Spieler verschaffen sich gegebenenfalls auch einen Ruf, der für den Fall, dass sie sich tatsächlich mal verletzen, gegen sie arbeiten kann. Nationalspieler Andy Johnson ist solch ein Experte, wenn es darum geht, den Schiedsrichter zu betrügen, dass auch dann überall im Stadion „Schwalbe!"- und „Kein Foul!"-Rufe zu hören sind, wenn es ihn einmal wirklich erwischt hat. Robert Pires und David Ginola bekamen viele berechtigte Freistöße und Elfmeter nicht zugesprochen, weil ihr Ruf als Fallobst ihnen zu sehr vorauseilte. Als er für Newcastle spielte, flog Ginola mal wegen wiederholter Schauspielerei vom Platz – die Wiederholungen im Fernsehen zeigten später, dass er fraglos von seinem Gegenspieler gefoult worden war. Wer einmal lügt, dem glaubt man nicht – und niemand anders als er selbst hatte Schuld daran.

Die Spieler fallen zu schnell. Körperkontakt allein ist bei vielen schon Grund genug, zu Boden zu gehen. Und das, obwohl Fußball doch eigentlich ein Sport mit Körpereinsatz ist. Die Schuld hierfür auf sich nehmen können eindeutig die Verbände. Zu weit sind sie gegangen bei dem Versuch, alles Körperliche zu unterbinden – so sieht sich jeder Spieler im Recht, beim kleinsten Kontakt gen Boden zu segeln.

Diego Maradona war in den achtziger Jahren der bedeutendste Fußballer der Welt und vielleicht der beste Fußballer aller Zeiten. In der Glanzzeit seiner Laufbahn war das Erstaunlichste an seinem Spiel die Fähigkeit, sich auf den Beinen zu halten und nicht zu stürzen, wenn er gefoult wurde. Dies war maßgeblicher Bestandteil seiner Spielweise und zudem zu seinem Vorteil, denn einige seiner besten Tore oder Vorlagen entstanden aus Situationen, in denen er die Balance hielt, obwohl man ihn gerade gefoult hatte. Eine ehrliche, fast einem Schuljungen ähnliche Art, Fußball zu spielen. Doch während der WM 1990 änderte sich sein Spiel, und Maradona wurde ein schlechterer Spieler. Bei diesem Turnier hatte sich sein Stil darauf reduziert, den Schiedsrichter zu täuschen, wann immer sich die Möglichkeit bot. Nicht länger blieb er auf den Beinen, solange das irgend möglich war, und das Endergebnis hieraus war, dass er nie wieder die Sprints, die Pässe zeigte, zu denen er eigentlich noch fähig war. Es war traurig anzusehen, wie ein solch großartiger Spieler elegante und effektive Anteile seines Spiels zugunsten einer lächerlichen und peinlichen Mogel-Manier aufgab. Insgesamt war die Weltmeisterschaft 1990 eine Zeit, in der Schwalben und vorgegebene Verletzungen zu einem großen Problem wurden. Hätte die FIFA schon damals mit aller Macht eingeschritten, wäre es, so denke ich, heute kein so drängendes Thema mehr.

Der theatralische Sturz, das *Diving*, ist ein solch akzeptierter Bestandteil des Fußballs geworden, dass es schon als professionelle Fähigkeit gilt, den Schiedsrichter so zu betrügen. Spieler gelten als clever, wenn sie durch eine Schwalbe einen Elfmeter geschunden haben – dabei sollte es als nichts anderes gelten als das, was es ist: Betrug. Wenn so etwas zum Profifußball gehört, dann lasst uns keine halben Sachen machen und gleich bei *Match of the Day* eine Schwalbe des Monats wählen. 2002 bei der WM galt Michael Owen als „clever", weil er sich fallen ließ und somit den Elfmeter rausholte, der uns den Sieg gegen Argentinien brachte. Wäre es jedoch ein argentinischer Spieler gewesen, hätte man ihn verschlagen, unehrlich und einen schleimigen Betrüger genannt.

Einige versuchen solch Betrug zu rechtfertigen, indem sie anmerken, die Fußballer stünden unter einem enormen Druck, ihre Spiel zu gewinnen. Wenn das der Fall ist, dann lasst uns doch alle nach den gleichen Prinzipien leben. Unsere heutige Zeit beruht auf Wettbewerb und Konkurrenz, und finanziell ist sie für viele schwierig. Weil wir also alle unter diesem Druck stehen, auch ich, ist es also völlig okay, wenn ich in meiner Steuererklärung für das abgelaufene Jahr ein wenig bescheiße. Solange mich das Finanzamt nicht erwischt, oder? Aber irgendwie habe ich das Gefühl, der Richter würde diese Argumentation nicht nachvollziehen.

Strafen für den Gegner durch Schwalben und Scheinverletzungen zu erwirken sollte nie akzeptierter Bestandteil unseres Fußballs sein. Wenn es als hinnehmbar gilt, dass durch eigenes Tun ein Unschuldiger bestraft wird – welches Vorbild ist dann der Fußball für die Kinder und Jugendlichen, für die ganze Gesellschaft?

Wie Fußball im Fernsehen präsentiert wird

„Ich habe die Expertenrunden im Fernsehen gemacht, zusammen mit Leuten wie Jimmy Hill, Jack Charlton, Malcolm Allison und Bill Shankly. Das war damals wie das *Who is who*, fernsehmäßig. Aber ich war meistens derjenige, den die Presse hinterher auseinandernahm. Ich habe nie einen Sinn darin gesehen, im Fernsehen aufzutreten, wo man von mir eine ehrliche Stellungnahme wollte, um dann doch im Grunde nichts zu sagen, oder überaus vorsichtig zu sein, um ja auch niemandem wehzutun. Es gibt heutzutage zu viele angebliche Experten, die sich genau so verhalten. Was für ein Leben! Du bist im Fernsehen, verdienst ein kleines Vermögen, lächelst in die Runde und sagst im Grunde nichts. Nette Arbeitsstelle, wenn man sie denn bekommt."

Brian Clough

Was Brian Clough hier meint: Aus irgendeinem Grunde wählen Sky Sports, ITV und die BBC Moderatoren und Experten aus, die eine Kunst daraus gemacht haben, sich nicht zu entscheiden, nicht konkret zu werden. In ganz einfachen Worten: Die Experten vergangener Jahre waren unterhaltsamer und frei heraus.

Ian St. John und Jimmy Greaves waren die wichtigsten Gesichter im Sportfernsehen der achtziger Jahre. Der Saint und Greaves waren beide ehemalige Spieler-Legenden, aus denen man Moderatoren gemacht hatte. Entsprechend fühlten die Fans eine Affinität zu ihnen; beide kamen als äußerst bodenständig rüber und schienen wie zwei alte Männer, die sich im Pub oder im Wettbüro über Fußball unterhielten. Jimmy Greaves war sicher nicht der repräsentativste Mann, der je im Fernsehen erschien, aber er war witzig, geradeheraus und hatte Charisma. Die beiden Männer passten wunderbar zusammen; der Saint verbrachte meist die Hälfte der Sendung damit, über Greavsies Kommentare zu lachen. Das war noch vor der Entscheidung der Fernsehbosse, dass niemand über fünfzig noch in irgendwelchen Sendungen auftreten sollte (von der jährlichen Ansprache der Königin und *Dad's Army* mal abgesehen).

Zu gleicher Zeit hatte die BBC Jimmy Hill und Terry Venables als Fußballexperten engagiert, und Des Lynam machte den Moderatorenjob. Es ist leicht, jemanden wie Jimmy Hill zu kritisieren, aber als Fernsehpersönlichkeit hielt er nie seine abweichende Meinung zurück und langweilte seine Zuschauer auch nicht. Terry Venables zog sich angesichts der Kommentare von Jimmy Hill nicht selten verzweifelt am Kopfhaar, und regelmäßig kam es zwischen den beiden zu einer lebhaften Diskussion. Dieser Stil ist eindeutig in scharfem Gegensatz zu den heutigen Expertenrunden, die sich alle annicken und einander zustimmen, uns aber ansonsten wenig berichten, was wir als „Nicht-Experten" nicht doch schon lange wüssten. Aber das soll nicht heißen, dass alle diese neuen Experten langweilig sind. Denn es gibt Ausnahmen. Alan Hansen und Ian Wright, zum Beispiel, sind beide ehrlich und sagen, was sie denken. Das ist es auch, was der Zuschauer von ihnen erwartet. Ein weiterer Experte, der sein Geld wert ist, ist Chris Kamara von Sky Sports, dessen Begeisterungsfähigkeit und Achtziger-Jahre-Haarschnitt und Schnurrbart ihn zu einem sympathischen Typen machen. Bei zu vielen anderen Experten jedoch scheinen die Fernsehanstalten auf Nummer Sicher gegangen zu sein; man wählte Leute, die in den Mainstream passen, der derzeit den Fußball dominiert. Wie es scheint, ist das wichtigste Kriterium, um als Fußballexperte im Fernsehen auftauchen zu dürfen, ein netter Haarschnitt, ein netter Anzug und das Fehlen jeglichen Charismas, jeglicher Präsenz.

Die einzige Person, über die sich mit Sicherheit alle TV-Analysten äußern, ist der arme, alte Schiedsrichter. Die Experten im Studio schauen sich eine Spielszene aus zehn verschiedenen Kamerapositionen und in Zeitlupe an, kommen dann zu dem Schluss, dass hier eine Fehlentscheidung vorliegt und erklären dann den Schiedsrichter kurzerhand für inkompetent. Mit allen anderen Spielbeteiligten gehen sie dafür um so vorsichtiger um. Gut geeignet sind hier Klischees, die nicht wirklich den Kern der Sache treffen. Beispiele:

„Er ist leicht von den Beinen zu holen."

Er gibt gerne den sterbenden Schwan und ist ein ganz mieser Betrüger.

„Die Mannschaft durchlebt gerade eine Phase der Umstellung."

Früher waren sie gut, jetzt gehen sie den Bach runter.

„Über diese verpasste Chance wird er sich ärgern."

Er kassiert vierzig Riesen die Woche, aber ist zu blöde, aus zwei Metern das Tor zu treffen.

Moderne Fußballberichterstattung kann manchmal des Guten zuviel sein. Dann tut sie in den Augen, den Ohren und im Gehirn weh. Eigentlich sollten wir uns im goldenen Zeitalter der Sportreportage befinden – aber nur in dem Sinne, als dass es mehr Live-Spiele im Fernsehen gibt und die Technik besser ist als je zuvor. Spezialkameras am Spielfeldrand und Zeitlupenwiederholungen gewähren uns tieferen Einblick in das Live-Geschehen, und das ist sicher zunächst mal eine gute Sache. Manchmal allerdings sorgt die Art, mit der diese Technik eingesetzt wird, für unangenehm anzuschauende Bilder. Der Grund liegt in der Bildregie. Ich habe wirklich gute Augen, aber selbst die können kaum mit der Anzahl der Bildschnitte pro Sekunde und den wackligen Kameraeinstellungen mithalten. Hat man keine Superman-Augen, die den Bewegungsablauf verlangsamen können, dann ist die Mehrzahl der Clips und Zusammenschnitte, die nach einem Spiel gezeigt werden, kaum anzuschauen (zudem präsentieren sich die meisten dieser Clips im Stil von nervenden, über Gebühr verwendeten Musikcollagen). Ein solcher Fußball-Clip hat genauso viele Schnitte pro Sekunde wie ein MTV-Musikvideo, nämlich bis zu zwei. Zwei Schnitte pro Sekunde – so kann man keinen Sport gucken. So kann man, genau gesagt, gar nichts gucken. Im Kino habe ich manchmal meine Augen geschlossen, wenn die Schnittfolge so schnell ist, dass ein Versuch, der Handlung zu folgen, völlig sinnlos scheint. Als würde man eine DVD schauen mit dem Finger auf dem Fast-Forward-Knopf der Fernbedienung. Technisch betrachtet ist diese Art von Bildschnitt höchst beeindruckend, als Zuschauer jedoch kaum hinnehmbar. In den Sportsendungen früherer Tage bekamen wir am Schluss einfach eine Zusammenfassung der besten Szenen, ohne irgendwelche tollen Mätzchen.

Könnte ich es mir also aussuchen, dann würde ich einige Änderungen vornehmen an der Art, wie Fußball heutzutage im Fernsehen präsentiert wird. Mit langweiligen Experten und tollen Moderatoren würde ich beginnen. Und dann würde ich alle englischen Kommentatoren zur Tür geleiten (im Fall von Clive Tyldesley wäre diese Tür der Eingang zur Folterkammer). Ersetzen würde ich sie mit Ausländern. Was?! Warum nicht?! Spieler, Trainer, sogar Clubeigner kommen aus Übersee, warum also nicht auch die Kommentatoren? Sie haben mehr Stil, sind überschwänglicher, und wie kann man ein Tor besser vermelden als mit dem südamerikanischen GOOOOOOOOOOOOAAAAAAAAAAAAAAL... GGG... GOOOOOOOOAAAAAAAAAAL. Sky Sports hat dies taktisch umgesetzt, indem man dort auch Fans als Kommentatoren einsetzt, im Gegensatz zum offiziellen Kommentar. Eine vielversprechende Idee, die jedoch nicht wirklich funktioniert, weil die, die sich als Kommentatoren versuchen, absolut kein Talent haben. Zwar schreien diese – völlig voreingenommenen und ihrem Club ergebenen – Fans mit aller Kraft los, wenn ein Tor fällt, aber in den Ohren ist's schwer zu ertragen, und sie klingen wie eine gefolterte Katze. Oder eine Christina-Aguilera-Platte. Oder eine Katze, die man zwingt, eine Christina-Aguilera-Platte zu hören.

Das südamerikanische GOOOOOOOOOOOOOOAAAAAAAAAAAL hat fast etwas Opernhaftes, aber, viel wichtiger, diese Amigos klingen, als hätten sie echt Spaß bei ihrem Kommentar – mehr jedenfalls als viele englische Sprecher, die einfach nur langweilig und zugeknöpft rüberkommen. Und: Unsere einheimischen Kommentatoren sind unheimlich schnell, alles zu verdammen, was Emotion beweist, von einer Platzstürmung bis zu einem Spieler, der sich überschwänglich freut. John Motson wurde in den Siebzigern bekannt, als er einen legendär gewordenen Favouritensturz im Pokal kommentierte: Die Amateure von Hereford schlugen die Hochglanztruppe von Newcastle United 2:1, nachdem man schon zurückgelegen hatte. Die Tore wurden von Hunderten in Parkas gekleideter Jugendlicher gefeiert, die auf den Platz stürmten - ein Bild, das später berühmt werden sollte, und das die BBC regelmäßig wiederholt, wenn es um das Ausscheiden großer Mannschaften im Pokal geht.

Heutzutage allerdings würde man die Platzerstürmer von Hereford als Schwerkriminelle betrachten, deren Verbrechen mit einer Geldstrafe oder gar einer Haftstrafe geahndet werden würde, zuzüglich eines Eintrags in der Hooligan-Kartei und einem landesweiten Stadionverbot. Diese strenge Haltung wird auch in den Kommentaren reflektiert. Ich wage mir gar nicht vorzustellen, wie bei einer solchen rigiden Einstellung Kenneth Wolstenholmes unsterbliche Sätze am Ende des Weltmeisterschaftsendspiels 1966 gelautet hätten. Denn der sagte: *„...und einige Leute sind bereits auf dem Platz. Sie denken, das Spiel sei vorbei. Das ist schade... Sie sollten nicht auf dem Spielfeld sein... Wo sind die Ordner? Ach, wie schade... Diese Zuschauer ruinieren das Spiel...“*

Kenneth Wolstenholme ist ein gutes Beispiel dafür, dass britische Fußballreporter nicht immer lahm und uninspiriert waren. Wolstenholme, Brian Moore und David Coleman waren drei echte Könner auf ihrem Gebiet, und ihre Stimmen hatten etwas von britischen Filmstars. Und auch ein witziger Zug, eine humorvolle Lockerheit klang durch. Im FA-Cup-Finale von 1966 schlug Everton Sheffield Wednesday mit 3:2, nachdem sie schon zwei Tore zurücklagen. Evertons Ausgleichstor nahm ein fettleibiger, glatzköpfiger Everton-Fan zum Anlass für eine Ein-Mann-Platzerstürmung. Von einer Seite des Platzes zur anderen wurde er von der Polizei verfolgt, vor der er wegtauchte wie ein Rugbyspieler, der auf dem Weg zu einem Versuch die gegnerischen Spieler umkurvt. Wolstenholmes Kommentar angesichts dieser Szene zeigt eine grundsätzlich entspanntere Haltung - und einen gewissen Sinn für Humor: Er kommentierte einfach, was er sah. Als einer der Polizisten den Everton-Fan auf Höhe des Sechzehners mit einem Rugby-Tackling von den Beinen holte, rief Wolstenholme ins Mikro: „Und ein super Tackling! Beinahe auf der Linie!“

Nur noch einer der aktuellen Reporter ist eine ähnliche Persönlichkeit, und das ist Stuart Hall, der alte Moderator von *Spiel ohne Grenzen*. Er arbeitet im Radio, für BBC Five Live. Seine Stimme hat diese altmodisch, dramatische Qualität, gepaart mit durchklingendem Humor. Aber man lässt ihn nur noch die weniger wichtigen Paarungen kommentieren (meistens Spiele von Manchester City), und irgendwie setzt man ihn mehr als Gag ein, nicht so sehr als ernstzunehmenden Sprecher. Um so bemerkenswerter ist es da, dass er trotz der Tatsache, nicht recht ernstgenommen zu werden, der unterhaltsamste und eloquenteste Fußballreporter ist, den sie haben.

Clive Tyldesley gilt bei vielen als der beste Fußballmann im Fernsehen. Ja, stimmt, er hat Preise für seine Arbeit erhalten, und sein Wissen im fußballtaktischen Bereich ist gut. Aber das ist es dann auch schon mit dem Lob für ihn. Ich – und jede Menge andere – finden seine Art der Berichterstattung eher ermattend; besonders Formulierungen wie diese: *„Hier sind wir also, in dieser Fußball-Arena, wo die beiden Gladiatorenscharen gleich antreten werden, die Schlacht vor einer begierigen Menge auszufechten bis zum Ende."* Oder, noch schlimmer: *„Willkommen im Old Trafford, dem* Theatre of Dreams, *wo die Stars des heutigen Abends sich bereitmachen, vor diesem bis auf den letzten Platz besetzten Auditorium aufzutreten. Welcher der heutigen Darbieter wird das Drehbuch schreiben..."*

Solche Art metaphorischer Sprache könnte vielleicht gerade noch akzeptabel sein, wenn Orson Wells oder Laurence Olivier sie vorträgt – zwei Schauspieler, die etwas hatten, was man auch von jedem Fußballkommentator als Voraussetzung erwarten sollte: eine gute Stimme.

Clive Tyldesley ist, wie er selbst sagt, sein ganzes Leben lang schon Fan von Manchester United. Dies wird auch ganz eindeutig klar, wenn er Spiele seines Lieblingsvereins kommentiert. Und es wird auch klar, wenn er Spiele kommentiert, die mit Manchester United einen Scheiß zu tun haben. *„Die Zuschauerzahl hier bei Rochdale: 3.000. Das sind 87.000 Menschen weniger als ins Nou Camp passen... Moment, das erinnert mich an... wer könnte jene milde Nacht in Barcelona vergessen, als Manchester United die zwei Tore in der Nachspielzeit machte."* Clive Tyldesley hat mittlerweile so einen Ruf, über „milde Nächte in Barcelona" zu faseln, dass er nun jedes Mal eine Geldspende abführen darf, wenn er Entsprechendes in seinem Kommentar erwähnt (da hat jemand eine Goldmine aufgetan!) Hier kommt mein Beitrag zum „Clive-Tyldesley-Buch der schnell erdachten Metaphern", Band III: „Nun, Ron, das Kommentieren von Fußballspielen ist eine Kunst, aber im Moment fehlt es uns an Rembrandts und Michelangelos".

Und die Kunst des Sportkommentars liegt in einer dramatischen Stimme und dem Rüberbringen echter Emotionen. Heute ist man viel zu sehr von tollen Formulierungen und gediegener Bildsprache begeistert. Und es wird übertrieben, wenn Reporter einen guten Spielzug beschreiben. Wörter wie „prächtig", „mundwässernd", „großartig" und „knisternd" erinnern mehr an einen Sonntagsbraten als an Fußball.

Die britische Fußballberichterstattung zeigt sich mehr und mehr bemüht, bloß nichts Kontroverses zu senden. Stürmt ein Flitzer über den Platz, dann hält die Kamera auf die andere Seite des Stadions. Es scheint so, als sei alles zu unterbinden, was als stillschweigende Zustimmung gewertet werden könnte. Jessica Alba aus *Dark Angel* könnte nur mit ihren Ohrringen bekleidet über den Rasen des Old Trafford laufen, wir würden es nicht sehen. Und das soll Unterhaltung sein? Die Frage ist doch: Was ist die kriminellere Vorgehensweise: Mit der Kamera draufzuhalten - oder nicht? Okay, ich gebe zu, es ist nicht sonderlich wahrscheinlich, dass Jessica Alba so ein Vorhaben plant. Die meisten Flitzer haben wenig Ähnlichkeit mit Hollywood-Schauspielerinnen. Aber ein paar ganz nette gab es im Laufe der Jahre doch.

Selbst ein nackter Fettsack, verfolgt von den Ordnern, kann sein Gutes haben. Während eines Chelsea-Heimspiels gegen Arsenal 2005 lief ein nacktärschiger Arsenal-Fan mit der Botschaft „Steck dir deine russischen Rubel in den..." auf den Platz. Auf seinen Rücken hatte er einen Abwärtspfeil gemalt, der direkt auf sein Hinterteil zeigte. Sky Sports zeigte das nicht: Die schwenkten stattdessen auf die Chelsea-Trainerbank, wo Jose Mourinho gerade in Gelächter ausbrach über den Zwischenfall.

Wenn die Berichterstattung aus Europa oder Südamerika kommt, ist sie unzensiert. In diesen Fällen gibt es zwar einen englischen Kommentar, die Bilder jedoch werden durch die Fernsehanstalt produziert, in deren Heimat gerade gespielt wird. Während der Euro 2004 in Lissabon rannte ein Spanier auf den Platz und wurde in bester Police-Academy-Manier von den Ordnern verfolgt. Während sich der englische Sprecher wortreich für die unzensierte portugiesische Übertragung entschuldigte, konnten die Zuschauer mitverfolgen, wie der Platzstürmer auf eines der Tore zustürmte, um dann in die obere Ecke des Kastens zu hechten. Der Laden, in dem ich das Spiel sah, brach angesichts des gewaltigen Satzes in begeisterten Jubel aus. Der englische Kommentator dagegen kam mit dem üblichen Blabla: „So etwas wollen wir beim Fußball nicht sehen".

Sicher darf man auch davon ausgehen, dass die südamerikanischen Reporter beim Anblick des ins Tor hechtenden Spaniers ein lautes GOOOOOOOAAAAAAAAL hören ließen.

Als Fernsehzuschauer will ich schlicht als Erwachsener behandelt werden. Ich brauche keinen Schutz vor diesen „schockierenden Bildern".

Da haben wir es also: Die Art, wie Fußball im Fernsehen präsentiert wird, ist stark verbesserungswürdig. BBC, ITV und Sky sollten mich zum Sportchef machen, und innerhalb weniger Wochen würden uns Brasilianer aus unseren Fernsehlautsprechern anschreien: GOOOOOOOOOOAAAAAAAAAL!

Die „Amerikanisierung" des Sports

Eigentlich bin ich nicht antiamerikanisch eingestellt. Ich mochte die meisten Amerikaner, die ich kennenlernte, und ein Land, das der Welt die Jeans gab, den Rock and Roll und Hollywood, hat einige Pluspunkte auf seiner Seite. Was ihren Sport angeht, so haben die Amerikaner ein gewisses Bild davon, einen bestimmten Stil etabliert, der sich vom Rest der Welt unterscheidet. Dieser Stil funktioniert jedoch nicht, wenn ihn Vereine wie Leyton Orient zu kopieren versuchen. Das beste Beispiel, worüber ich spreche, sind die Musikeinspielungen, wann immer ein Tor geschossen wird – etwas, das wir mittlerweile in vielen Stadien finden. Der Lärm der Menge nach dem Torschuss wird jetzt übertönt von lauter Musik, die über die Zuschauer hinwegplärrt. Ein Fußballspiel ist nicht selten achtundachtzig Minuten ereignisloses Geplänkel und zwei Minuten Dramatik; Drama, das in einem oder vielleicht zwei Toren seinen Höhepunkt hat. Muss dieser Höhepunkt jetzt noch gekrönt werden mit *„Let me entertain you"* von Robbie Williams? Wer hatte diese tolle Idee als erster? Der Gedanke, ein zweitklassiger Popsong sei passender als der Klang einer durchdrehenden Menge, um ein Tor zu feiern, ist pervers. Noch haben die großen Premiership-Clubs diese Unart nicht übernommen, aber viele andere schon, auch in den unteren Ligen. Ich hasse diesen Trend so sehr, dass mich der Abstieg von Norwich in der Saison 2004-05 aus keinem anderen Grund begeisterte als dem, dass sie nach geschossenen Toren immer so beschissene Musik abspielten. Also, Delia Smith, Mehrheitseignerin von Norwich City: Hör auf Morrisey – *Hang the DJ*!

Ein weiterer Amerikanismus sind die Cheerleader vor dem Spiel oder in der Halbzeitpause. Die Cheerleader, die wir Fußballfans zu sehen bekommen, sind ohnehin nicht die aus dem erweiterten *Playboy*-Umfeld, die bei den Dallas Cowboys herumhüpfen. Nein, unsere sind zwölfjährige Mädchen!

Betroffen sind neben der Premiership vor allem auch wieder die unteren Klassen. Dabei ist dieser Versuch, Ramba-Zamba zu veranstalten, völlig zwecklos bei Clubs wie Macclesfield, Grimsby und Hull. Diese armen Mädchen laufen bei Hartlepool auf den Platz – und kommen vor Kälte fast um! Bei Hartlepool sollte man sie in Pullovern, gestrickten Leg Warmers und mit einer Tasse heißen Kakaos ins Stadion schicken. In jedem Fall hat sich viel verändert, seitdem uns die gute, alte Blaskapelle vor dem Anpfiff eins aufspielte. Zumindest bestand darin ein gewisser Sinn, denn viele der Marschkapellen hatten historische Bezüge zu den Vereinen, bei denen sie spielten.

Das eigentliche Problem mit dem Cheerleading ist doch, dass es nicht sonderlich unterhaltsam ist. Oder ist irgendjemand schon mal nach einem Spiel nach Hause gekommen und hat gesagt: „Die Cheerleader waren echt gut in Form heute"?

Nichts erscheint amerikanischer als unechte Umarmungen. Bei vielen Mannschaften werden uns diese Umarmungen unmittelbar vor dem Anpfiff gezeigt, als Zeichen der Einheit und des Zusammenhalts im Team. Damit sieht der Beginn eines Spiels nicht selten aus wie eine Folge aus einer Schnulzen-Reality-TV-Talkshow. Lasst das Geturtel, Jungs! Ihr müsst uns nicht beweisen, dass ihr euch alle liebt. Reserviert euch die Umarmung für die Momente, in denen ihr tatsächlich etwas geleistet habt. Etwa: ein Tor geschossen.

Die Trommler, die bei vielen Clubs herumlärmen und allen auf den Sack gehen, können auch wieder abhauen; denn nicht immer sind sie echt. Wenn ich versuchen würde, mit einer Trommel ins Stadion zu gehen, käme ich jedenfalls nicht durch die Einlasskontrolle.

1998 war ich in Texas und bekam einen Eindruck vom amerikanischen Sport. Ich schaute mir die Texas Rangers an, die gegen die Chicago Cubs im Baseball anzutreten hatten. Das Stadion war beeindruckend und die Partie eine einzigartige Erfahrung. Aber was die Fans anging, so hatte ich das Gefühl, dass viele nur da waren, um einen Grund zu haben, noch mehr Hot-Dogs und Pizza zu essen als ohnehin schon. Es kommen tatsächlich Kellner an deinen Platz und nehmen deine Bestellung auf! Das ist ein Amerikanismus, den ich eindeutig nicht in England erleben möchte - obwohl ich sicher bin, dass wir ihn eines Tages hier haben werden. Allerdings würde es dann die Leute davon abhalten, fünf Minuten vor der Halbzeit aufzuspringen, um am vorderen Ende der Schlange vor den Burger-Buden zu landen (es scheint medizinisch bewiesen, dass es Fußballfans keine neunzig Minuten ohne Essen aushalten). Ich schätze, die Sache mit den Kellnern behagt mir nicht, weil es den Fußball noch weniger wie ein Sport, aber dafür noch mehr wie ein Betriebsausflug aussehen lassen würde.

Sicher kann man nicht jeden Amerikanismus eliminieren, aber die meisten Importe dieser Art funktionieren einfach beim Fußball nicht und sollten daher an Uncle Sam zurückgeschickt werden, zusammen mit der Kaffeekette Starbucks, der Politik der einfachen Lösungen, Paris Hilton und Jade Goody (ja, ich weiß, die *Big-Brother*-Teilnehmerin ist keine Amerikanerin, aber das sollte eine zügige Abschiebung nicht behindern...). Feuerwerk und Konfetti dürfen bleiben, und sehr gerne auch die Filmmusik von *Rocky*, die Manchester United in letzter Zeit kurz vor dem Einlaufen immer spielt.

Die Rolle der Wirtschaft

Eine Menge Leute schimpfen auf den Einfluss, den die Wirtschaft im Fußball erlangt hat, ohne jedoch in vollem Umfang zu verstehen, warum das so schlimm ist. Darum nenne ich hier mal ein Beispiel, das deutlich macht, wie sehr wirtschaftliche Interessen den echten Fans im Wege stehen.

Im Sommer 1998 reiste ich nach Frankreich, um England bei der WM zu sehen. In unserem zweiten Gruppenspiel sollten wir im schönen Toulouse im Süden Frankreichs gegen Rumänien antreten. Die Stadionkapazität war nicht ausreichend, um die vielen tausend England-Fans aufzunehmen, die für das Spiel angereist waren. Mehrere Tausend waren ohne Eintrittskarte. Ich auch. Der Durchschnittspreis für ein Ticket auf dem Schwarzmarkt lag bei 2.000 Francs, ungefähr 200 Pfund also; mehr in jedem Fall, als wir bereit waren zu zahlen.

Eine Stunde vor Anpfiff, während ich nach Eintrittskarten Ausschau hielt, kam ein Engländer an mir vorbeigelaufen; mit einer Hand wedelte er ein Ticket herum, auf seinem Gesicht war ein breites Grinsen. Unter unserem lauten Gelächter wurde er verfolgt von einem hoffnungslos zurückbleibenden, fetten Schwarzhändler, der ihm „Mon Billet! Mon Billet!“ hinterherrief. Ich jedenfalls fand es lustig: 2.000 Francs für eine Schwarzmarkt-Karte – wer war hier also der Dieb?! Der Schwarzhändler hatte nur bekommen, was er verdiente.

Aber: Unsere Suche nach Eintrittskarten blieb erfolglos. Die Preise fielen nicht, und die angetretenen Einsatzkräfte der Polizei ließen uns nicht näher ans Stadion heran. Also setzten wir uns an eine Mauer und begannen uns mit dem Gedanken anzufreunden, dass wir dieses Spiel, für das wir Hunderte von Kilometern angereist waren, wohl verpassen würden. Wir waren nicht sauer oder verbittert, wir waren einfach nur enttäuscht. Doch dann sahen wir links von uns einen großen Parkplatz, auf dem dicht an dicht Reisebusse vorgefahren waren. Dies waren keine England-Supporters-Busse oder Busse der Rumänen: Jedes dieser großen Fahrzeuge hatte ein Schild in der Windschutzscheibe, auf dem Namen zu lesen waren wie McDonalds, Canon, Fuji Film, Coca Cola und so weiter. Und dann hielt solch ein großer Bus direkt neben uns.

Heraus trat eine Gruppe von Angestellten-Typen, gekleidet in leichten Sommerhosen und adrett reingesteckten Oberhemden, ausstaffiert mit nagelneuen Carlsberg-Baseballkappen. An der Absperrung zeigten sie ihre Ausweise, und dann durften sie passieren. Keiner von uns sagte ein Wort. Das war auch nicht nötig. Es war ein klassisches Beispiel, wie die FIFA Unternehmen gegenüber den normalen Fans bevorzugt.

Wir waren sauer und hatten auch das Recht dazu. Alle waren wir Mitglieder beim offiziellen *England Members Club* (auch bekannt als *englandfans*), der vom englischen Verband geleitet wird. Das ist der einzige offizielle Weg, um an Karten für England-Länderspiele zu kommen. Doch das Kontingent, dass die Football Association zugewiesen bekommen hatte, war nicht ausreichend, um die Kartennachfrage durch die Mitglieder zu decken – denn die FIFA hatte große Mengen von Eintrittskarten an die Sponsoren vergeben.

Es ist ein Bestandteil dieser neuen Fußballmentalität: Der Glaube, dass alles, was Geld einbringt, gut für den Fußball ist. Aber wenn hereinkommendes Geld echte Fans aus den Stadien verdrängt, dann kann das nicht wirklich gut sein. Es entsteht einfach nur Mehrwert für jene an der Spitze, nicht für den Fan. Das Endspiel 2006 der Champions League wurde in Paris in einem 80.000-Zuschauer-

Stadion ausgetragen. Trotzdem erhielten die Fans beider Mannschaften zusammen nur 40.000 Tickets; in einem Spiel, dessen Nachfrage die Gesamtkapazität des Stadions mehrfach überstieg. Die Frage ist also: Wohin verschwanden die zweiten 40.000 Eintrittskarten?

Gleiches geschah im UEFA-Pokal-Endspiel jenes Jahres, als der Anhang von Middlesbrough und der von Sevilla nur je einen kleinen Teil des Gesamtkontingents erhielt. Für Middlesbrough-Fans war dieses Spiel das bedeutendste ihrer Vereinsgeschichte. Ihr Team in einem UEFA-Endspiel zu sehen war das Größte für jene, die ihrem Club durch Jahre der Mittelmäßigkeit die Treue gehalten hatten. In der mauen Zeit, der Zeit des Durchschnitts, waren sie willkommen. Nun, wo die Zeiten besser werden, müssen sie zurücktreten zugunsten irgendwelcher Firmen- und Sponsorenmitarbeiter.

Echte Fans haben also immer die Null gewählt. Selbst die Anhänger unterklassiger Clubs müssen sich jetzt damit abfinden, dass die Jungs aus den Firmen und von den Sponsoren in großem Umfang Karten abgreifen, zumal bei den wichtigen Partien. Für das erste Entscheidungsspiel der Championship 2007 im neuen Wembleystadion ging ein knappes Drittel aller Tickets an Firmen – während Tausende treuer Fans von Derby County und West Bromwich Albion draußen bleiben mussten.

Seit Frankreich 1998 hat der Fußball noch unverhohlener Kurs auf Kommerz genommen. Anlässlich des Spiels England gegen Rumänien in Toulouse betrug der an Firmen und Sponsoren abgegebene Anteil an Eintrittskarten 24 Prozent. Bei der WM 2006 in Deutschland war dieser Anteil bereits auf 31 Prozent gestiegen! Eine Zahl, die höher ist als die Menge an Eintrittskarten, die an die beiden spielenden Teams ging und nur 8 Prozent betrug. Wenn die Wirtschaftsjungs bei den großen Turnieren mehr Karten bekommen als die normalen Fans, dann ist etwas mächtig aus dem Ruder gelaufen!

FIFA-Präsident Sepp Blatter führt aus, dass „die FIFA stolz ist auf die langjährige Zusammenarbeit mit ihren Partnern. Sie sind ein essenzieller

Bestandteil bei der Ausrichtung der Weltmeisterschaft." Interessant jedoch, dass die Weltmeisterschaften früherer Jahre diesen essenziellen Bestandteil nicht gebraucht haben, um ausgetragen zu werden.

Die Behauptung, wonach es ohne mächtige Sponsoren keine WM geben würde, ist eine Lüge. Die Aufgabe eines Sponsors ist, anlässlich einer Veranstaltung zu werben, nicht, echten Anhängern einen Großteil der Eintrittskarten wegzuschnappen.

Ein Jahr vor der WM 2006 stieg der Beitragssatz für den England Members Club von 25 Pfund auf 60 Pfund. Diese Erhöhung wurde begründet mit der WM, die in der Beitragsperiode stattfinden würde, und für die man nur über den England Members Club an Karten kam. Was weniger laut herausposaunt wurde war die Tatsache, dass für jedes England-Spiel nur maximal 8 Prozent der Gesamtkapazität überhaupt in den Verkauf kommen würden. Anstatt die 60 Pfund abzudrücken, kündigte ich meine Mitgliedschaft – denn das war nichts anderes als ein unverhohlener Versuch, mit der WM zusätzlich Kohle zu machen, bevor auch nur eine einzige Karte in den Handel geht.

Rückblickend war diese Entscheidung richtig. Als es losging mit dem Kartenverkauf für die WM, blieben Tausende treuer England-Fahrer ohne Ticket. Wenn Mitglieder des England Member Clubs ein Spiel sehen, dann werden ihnen Treuepunkte angerechnet. Jene mit einer hohen Zahl solcher Punkte auf ihrem Konto bekommen ein gewisses Vorrecht eingeräumt, wenn Karten für die großen Turniere in den Verkauf gehen. Auswärtsspiele und Freundschaftsspiele machen die Mehrzahl dieser Punkte aus. Aber viele der Fans, die England auswärts und zuhause unterstützen, galten offenbar weniger als jene Menschen, die für die Sponsoren der FIFA arbeiteten.

Der England Members Club würde sicherlich ausführen, er sei für die Ticket-Regularien der FIFA nicht verantwortlich zu machen. Aber der Club wird durch die Football Association geleitet, die natürlich Mitglied der FIFA ist. Doch von der FA höre ich wenig Proteste hinsichtlich des überbürdenden Einflusses der Wirtschaft. Denn sie sahnt genauso ab wie die FIFA.

Weil man die Sponsoren gegenüber den einfachen Fans bevorzugt, bin ich nicht nach Deutschland zur WM gefahren.

Eigentlich hatte ich geplant, mich auf dem Schwarzmarkt mit Eintrittskarten zu versorgen. Denn es ist allgemein bekannt, dass es die Sponsorentickets sind, die auf dem Schwarzmarkt landen – ebenfalls etwas, was ich 1998 während der Tour nach Frankreich mit eigenen Augen miterlebt habe. Echte Fans verkaufen meist ihre Karte nicht. Die FIFA hingegen füllt die Stadien, indem die Freikarten wenig interessierter Sponsorenmitarbeiter in den Händen der Schwarzhändler landen. Mir wurde zunehmend klar, dass ich, indem ich einem Schwarzhändler eine WM-Karte abkaufte, genau jenes System unterstützen würde, mit dem die FIFA auf viele Tausend kleiner Fans wie mich herunteruriniert. Der treue Anhang muss draußen bleiben, damit die Sponsoren für die großen Spiele Karten zugesteckt bekommen können? Also ist die einzig logische Lösung, draußen zu bleiben und mein Geld nicht den gierigen Bastarden zu geben.

Die FIFA gibt sich gar keine große Mühe, ihre Verachtung für den einfachen Fan zu verhehlen. Und daher hatte ich auch keine Lust auf ihre große Firmenfeier.

In Toulouse zeigte einer der Firmenmitarbeiter, die aus dem Reisebus stiegen, dann doch noch Klasse: Er ging auf einen meiner Freunde zu und drückte ihm eine Eintrittskarte für das Spiel in die Hand. Auf die Frage: „Wie teuer?“ antwortete er mit „Nichts“ und ging von dannen. Der Rest unserer Gruppe machte sich dann auf, eine Bar mit einem Fernseher zu suchen.

Wenn du ins Ausland fährst, um ein Spiel zu sehen, dann aber keine Karte mehr abbekommst, dann wäre es nett, sich damit trösten zu können, dass der eigene Platz im Stadion von jemandem eingenommen wurde, der es verdient hat. So, wie sich heute der Fußball zeigt, kann man diesen Trost sicher vergessen.

Spielansetzungen rund um die Uhr, sieben Tage die Woche

> „Bei der Weltmeisterschaft 1986 in Mexiko sorgten die Fernsehberichterstatter dafür, dass Mannschaften in Mexico City in der Mittagshitze antreten mussten; auf 2.500 Meter Höhe, in Smog und hoher Luftfeuchtigkeit. Das war unmenschlich. Damit wurde schlechter Fußball produziert und der Welt verkauft. Man muss vorsichtig mit dem Spiel umgehen und es vor den Auswüchsen der Kommerzialisierung schützen."
>
> Jorge Valdano, Weltmeister mit Argentinien 1986

Am 6. Oktober 2007 wurde ein Rekord aufgestellt: Nur ein einziges Spiel der Premiership wurde an einem Sonnabend um 15.00 Uhr angepfiffen. Einziger Grund war der Einfluss des Fernsehens. Am gleichen Wochenende wurden Sunderlands Fans in London erwartet; für ein Spiel, das am Sonntag live um 12.00 Uhr mittags im Fernsehen übertragen wurde.

Nur einen Monat später wurde der Rekord eingestellt. Diesmal, am 10. November, war Derby County gegen West Ham United das einzige Spiel um 15.00 Uhr an einem Sonnabend.

Aber es sind nicht nur die Fernsehsender, die ihren Einfluss auf die Anstoßzeiten geltend machen. Es ist auch die Polizei, die Terminansetzungen mit der viel zu häufig schon gehörten Sicherheitsargumentation bestimmt. Große Spiele müssen jetzt bereits um 12.45 Uhr stattfinden, damit den Fans keine Gelegenheit gegeben wird, sich vor dem Anstoß zu betrinken. Paarungen wie Liverpool gegen Manchester United, Arsenal gegen Spurs, Everton gegen Liverpool werden also nun immer früh am Tage beginnen. Was die Polizei aber übersieht: Fans, die trinken wollen, bleiben nach dem Schlusspfiff entsprechend länger in den Pubs und konsumieren so vielleicht noch mehr Alkohol als bei einem 15.00-Uhr-Anstoß. Auch die Fans, die während des Spiels in den Kneipen bleiben, werden so insgesamt früher und länger trinken.

Es ist nicht der Alkohol, der in Paarungen wie Aston Villa gegen Birmingham City Spannungen, Hektik oder Leidenschaft verursacht. Was die Hooligan-Mobs angeht, so werden sie aufeinander losgehen, egal, wie spät es ist. Alkohol spielt in organisierter Fußballgewalt eine weit weniger wichtige Rolle als allgemein angenommen. Hooligans aus Liverpool und Manchester oder von Newcastle und Sunderland werden sich prügeln, egal, ob sie betrunken oder nüchtern sind.

Ein Spiel, das um 12.45 Uhr angepfiffen wird, ist so etwa gegen 14.45 Uhr beendet. Das erlaubt den Hooligans beider Seiten, sich den ganzen restlichen Nachmittag zu suchen, zu verabreden und aufeinander einzuschlagen. 2006-07 war einer der schlimmsten Zwischenfälle eine Stecherei mit zehn Verletzten nach einem Pokalspiel zwischen Chelsea und Spurs – das um 12.45 Uhr angepfiffen wurde. Zeigt nicht schon dieser Vorfall allein, dass frühere Anstoßzeiten zur Gewaltvermeidung eine ungeeignete Taktik sind?

Das beste Beispiel einer übereifrigen Art der Einflussnahme von Polizei und Sicherheitsbeauftragten war das Lokalderby zwischen Wrexham und Chester City im Dezember 2005. Diese Paarung war seit vielen Jahren wieder die erste zwischen den beiden Teams, und entsprechend groß war die Erwartung beider Fangruppen. Ursprünglich war die Anstoßzeit auf den Abend des 28. Dezember gelegt worden. Chester erwartete sein erstes ausverkauftes Haus seit 2003. Dann: Auftritt der Spielverderber. Polizei und Sicherheitsbeauftragte rieten, das Spiel möge doch dringend in die Tagesmitte verlegt werden. Und das, obwohl der 28. Dezember ein normaler Arbeitstag war und somit viele Fans nicht zum Spiel würden gehen können!

Diese Einmischung ist völlig sinnlos. Denn Chester City gegen Wrexham ist nicht gerade West Ham gegen Millwall oder Boca Juniors gegen River Plate. Bei solch eng angelegten Standards muss alles entschärft werden, das auch nur im Entferntesten als minimal gefährdet angesehen werden kann. Eine öffentliche Veranstaltung, auf die sich die Leute freuen? Da empfiehlt die Polizei doch am besten, aus Sicherheitsgründen vom Veranstaltungsgelände fernzubleiben.

Das gilt für alles – außer für Festivitäten unserer Royals. Plötzlich ist man gar nicht mehr so bedacht auf öffentliche Sicherheit. Hauptsache, die Straßenränder sind gut gefüllt, damit jeder sieht, wieviel Unterstützung die Monarchie in unserem Lande nach wie vor genießt. Oder riet die Polizei der Öffentlichkeit etwa, 2002 angesichts des fünfundzwanzigjährigen Thronjubiläums der Königin zu Hause zu bleiben? Nein, hätte sie auch nicht gewagt. Die Stadt war gerammelt voll an dem Tage, und kaum ein größeres Ereignis hat es in London in letzter Zeit gegeben. Für alles andere jedoch – für ein Feuerwerk an Silvester oder ein Open-Air-Konzert – wird die Polizei immer schnell anraten, die Gegend weiträumig zu meiden.

Das Sicherheitsargument ist eine effektive Methode, Menschen zu kontrollieren und ruhigzustellen. Man sollte es daher immer höchst misstrauisch prüfen.

Alkohol wird üblicherweise als Grund angegeben, wenn die Polizei frühe Anstoßzeiten fordert. Aber ein Spiel aus diesem Grunde zu verlegen ist so ineffektiv wie ein komplettes Alkoholverbot. Bei der WM 1998 erlebte ich einen Vorfall, der ein direktes Resultat dieser Paranoia war. England musste in der kleinen Industriestadt Lens gegen Kolumbien antreten. Die Behörden bestanden darauf, dass sämtliche Bars und Kneipen am Spieltag geschlossen zu bleiben hatten, damit der Alkoholkonsum die Fans nicht dazu verleitet, Ärger zu machen.

Lens ist wirklich keine besondere Stadt (es ist ein bisschen das Swindon Frankreichs, sozusagen), und wenn man nicht in einer Bar oder in einem Restaurant sitzen kann, gibt es im Grunde dort nichts zu unternehmen. Da nun die Stadt wortwörtlich dichtgemacht worden war, hingen Tausende von Engländern herum und begannen, sich mächtig zu langweilen. Mit einigen hundert anderen Fans landete ich schließlich an einem Verkehrskreisel. Ein paar Leute suchten sich in der Nähe geparkte Autos und drapierten die mit England-Fahnen. Ergebnis: Wenig später marschierte die Polizei auf, mit bösen Gesichtern und ernster Absicht. Innerhalb von Sekunden war ich, zusammen mit vielen anderen Fans, die nicht das Geringste getan hatten, auf der Flucht durch Tunnel und entlang von Unterführungen vor einem schlagstockschwingenden Polizeimob. Die nächsten fünf Stunden verbrachten wir in einem eingezäunten Gelände und konnten nicht einmal die Stadt verlassen.

Dieses umfassende Ausschankverbot wurde später von britischen Politikern – die nicht in Lens mit dabei waren – als großer Erfolg und effektiver Weg gefeiert, Krawalle rund um den Fußball zu vermeiden.

Was sagt uns das? Die Leute, die die Gesetze und Verordnungen machen, die doch nur unser Bestes wollen und unsere Gesundheit und Sicherheit schützen, haben nicht die leiseste Ahnung von den tatsächlichen Zuständen. Und das schließt die Polizei ein: Die Polizei sollte nicht das Recht haben, die Anstoßzeit eines Fußballspiels zu bestimmen. Ließen wir die Polizei gewähren, würde keine Veranstaltung je stattfinden. Es könnte ja jemanden geben, der sie besuchen will.

Schon 2006 wurden durchschnittlich vier der zehn Paarungen eines Premiership-Spieltages nicht zur traditionellen Zeit – sonnabends um drei Uhr nachmittags – angepfiffen. In der Spielzeit 2006-07 begannen Liverpools erste sieben Spiele nicht um 15.00 Uhr (die Saison begann am 19. August. Liverpools erstes Spiel an einem Sonnabend um 15.00 Uhr fand am 14. Oktober statt)!

Es gibt jetzt Fußball an jedem Tag in der Woche. Die uneinheitlichen Anstoßzeiten sind nichts anderes als eine Bevorzugung des Fernsehzuschauers gegenüber den Fans, die tatsächlich zum Spiel gehen. Sky und Setanta Sports dürfen qua Gesetz kein Live-Spiel um 15.00 Uhr an einem Sonnabend zeigen. Aber selbst wenn eine Fußball-Liveübertragung zu dieser Zeit erlaubt wäre, hätten wir immer noch einen Haufen Spiele, die man am Mittag anpfeifen würde. In der Saison 2005-06 stießen Manchester City und Everton ihre Premiership-Partie am Sonntag um 11.30 Uhr an. So konnte Sky an diesem Sonntag so viele Live-Spiele wie nur irgend möglich zeigen. Dabei sind viele Menschen um halb zwölf am Sonntag noch in tiefem Schlummer, geschweige denn in der Stimmung, Fußball zu gucken.

Die richtige Zeit für den Fußball ist 15.00 Uhr am Wochenende. Denn damit liegt der Anstoß nach der Mittagszeit, und die Fans haben den frühen Nachmittag, um zu entspannen und sich auf den Weg zu machen.

Die meisten arbeiten von Montag bis Freitag schwer und bleiben daher am Sonnabend gerne morgens etwas länger im Bett. Aber für Auswärtsreisende, die mit ihrem Team kreuz und quer durchs Land fahren, bedeutet ein Anstoß um 12.45 Uhr, dass sie früher aufstehen müssen als unter der Woche, wenn sie zur Arbeit gehen. Doch Fernsehanstalten setzen solche Anstoßzeiten fest für Partien zwischen Mannschaften, die aus entgegengesetzten Ecken des Landes kommen! Fans Londoner Vereine müssen sich nach Newcastle auf den Weg machen für Spiele, die um viertel nach fünf beginnen! Wenn die Partie abgepfiffen wird, ist der letzte Zug zurück nach London lange weg. Gleiches gilt natürlich für Newcastles Auftritte in London. 2003 spielten sie an einem Freitagabend bei Arsenal. Viele der Gästefans müssen über 200 Pfund losgeworden sein für Fahrtkosten, Eintrittskarte und vor allem die Übernachtung in London.

Allgemein scheint Freitag der einzige Tag zu sein, der nicht recht Berücksichtigung findet im Spielplan. Dabei ist dieser Tag de facto ein guter, um Fußball zu sehen. Es ist der Beginn des Wochenendes, alle sind in guter Stimmung und die Atmosphäre ist entsprechend. Sollte man also nicht lieber aus dem Montagsspiel das Freitagsspiel machen? Egal – man sollte in jedem Fall festhalten, dass wegen der Fernsehberichterstattung ein Spiel, das eigentlich ins Wochenende gehört, auf einen Werktag verlegt wird. Darum sollten mindestens die Interessen der auswärtsfahrenden Fans berücksichtigt werden und Ansetzungen nur jene Paarungen betreffen, deren Vereine räumlich nah beieinander liegen (ich befürworte keineswegs mehr als nur ein paar Spiele pro Verein und Saison, die an einem Freitag ausgetragen werden sollten. Manche von uns haben ja tatsächlich auch ein soziales Leben neben dem Fußball...).

So, wie heutzutage die Spielpläne gestaltet werden, muss ein Fan, der alle Spiele seiner Mannschaft vor Ort sehen will, einen Großteil seines Jahresurlaubs nur für die Pflichtspiele opfern. Gäbe es die Auswärtsreisenden, die Gästefans nicht, dann hätten die Sender ein Produkt, was für den Fernsehzuschauer weniger attraktiv anzuschauen wäre, und auch die Vereine hätten Verluste, nämlich an den Kassenhäuschen. Ist dieser Punkt erst einmal erreicht, dann darf man sicher sein, dass sich die Spielpläne ganz schnell wieder ändern. Fernsehsender und Clubs haben bisher jedoch überaus eindeutig gezeigt, wie wenig Respekt sie dem reisenden Fan entgegenbringen, und allein dafür sollten sie ebenfalls ohne jeden Respekt behandelt werden.

Chelsea FC und Übernahme durch Milliardäre

> „Es ist uns deutlich geworden, dass Sie [Liverpool-Mehrheitseigner George Gillett und Tom Hicks] nur wegen des Profits hier sind, dass Sie Liverpool als eine Art Geldautomat in Stadionform sehen (...) Vorsicht! Liverpool ist nicht einfach nur eine Firma, und bei den englischen Fußballclubs geht es nicht um Immobilien; wenn sich Fans unterhalten, dann sprechen sie nicht über Reingewinn, sondern über gemeinsam erlebte Trauer, gemeinsame Triumphe."
>
> Harry Winter, Daily Telegraph, 2007

Frage: Welche der folgenden fünf Anschuldigungen wurde laut Wikipedia gegen den Boss von Manchester City und Ex-Präsident Thailands, Thaksin Shinawatra, in der Vergangenheit erhoben?

a) Verstoß gegen die Menschenrechte
b) Interessenkonflikt
c) Ablehnung einer freien Presse
d) Verrat
e) Volksverhetzung und Diktatur

Antwort: Alle. Willkommen in der englischen Premiership, Herr Shinawatra. Sie werden sich hier sicherlich sehr wohlfühlen.

2006-07 erlebte die englische Premiership eine Phase der Übernahme durch ausländische Investoren. West Ham, Portsmouth, Aston Villa, Liverpool und

Manchester City wurden alle aufgekauft – ein Trend, der sich höchstwahrscheinlich fortsetzen wird. Drei unserer größten Vereine – Villa, Man United und Liverpool – wurden allein von amerikanischen Großindustriellen gekauft.

Eins aber haben alle Clubs der Premiership gemeinsam: Sie müssen einen Weg finden, mit einem Verein aus dem Londoner Westen mitzuhalten, dessen Finanzkraft die finanzielle Balance im englischen Fußball seit 2003 schwer aus dem Gleichgewicht gebracht hat.

In meiner alten Schule in Nord-London betrug die Schülerzahl insgesamt immer so um die eintausend. Fußball war der mit Abstand populärste Sport, und der beliebteste Verein war Tottenham; die Gegend, aus der auch die Mehrzahl der Schüler kam. Die einzigen weiteren Teams, die Anhänger in meiner Schule hatten, waren Arsenal und Liverpool. Während der fünf Jahre meiner Zeit dort gab es nur einen einzigen Chelsea-Fan – und keinen einzigen Manchester-United-Anhänger. Jeder respektierte den Chelsea-Fan, denn sein Club war einer, der absolut nicht angesagt war und beschissenen Fußball spielte. Immer wieder wurde er verarscht, aber er störte sich nicht zu sehr daran: Er ging zu jedem Heimspiel, und diese Treue fanden seine Mitschüler dann auch irgendwie toll. In jenen Tagen war ein Chelsea-Fan in Nord-London so häufig anzutreffen wie etwa ein griechischer Vegetarier – es gab sie im Grunde nicht.

Nun haben sich die Zeiten geändert, und in jedem Viertel unserer Hauptstadt und darüber hinaus trifft man auf Legionen von blauen Trikots. Die Chelsea-Fans, die jetzt die Schulen Englands bevölkern, können vielleicht gegenüber ihren Freunden angeben mit den Erfolgen ihrer Mannschaft. Ob sie für die Wahl ihres Lieblingsvereins auch von ihren Mitschülern toll gefunden werden, ist eine andere Sache.

Nachdem ein Milliardär als Financier eingestiegen ist, hat Chelsea großen sportlichen Erfolg. Achtung für diesen Erfolg wird dem Verein allerdings eher weniger entgegengebracht. Nicht immer kann Geld Respekt oder Glück erkaufen, und ich habe bisher noch keinen Trainer gesehen, der nach dem Gewinn einer

Meisterschaft so unglücklich aus der Wäsche guckte wie Jose Mourinho am Ende der Saison 2005-06. Er war so fassungslos, weil noch niemals einem Meister-Team so viel Desinteresse, so viel Gleichgültigkeit entgegengebracht wurde wie in jenem Jahr. Am gleichen Tag, als Chelsea sich den Titel sicherte, machte Portsmouth FC mit einer dramatischen Rettung vor dem Abstieg Schlagzeilen. Mourinho, erkennbar genervt, machte deutlich, dass sein Team nicht jene Würdigung durch Öffentlichkeit und Medien erfuhr, die es seiner Ansicht nach verdient hätte, indem er seine Meistermedaille wutentbrannt in die Zuschauer warf.

Meistens ist es so, dass große, dominante Mannschaften verhasst sind. Zugleich aber werden sie auch für ihren Erfolg respektiert: Teams wie Liverpool in den Achtzigern, Manchester United mit seinen diversen Erfolgsmannschaften der Neunziger oder Arsenal mit seiner Elf unter Arsene Wenger oder George Graham. Chelsea hingegen erfährt keinerlei Achtung, und dies deshalb, weil die Menschen allgemein glauben, dass der Erfolg des Clubs ausschließlich auf Geld beruht. Chelsea-Anhänger verneinen dies gern und behaupten stattdessen, Ursache ihres Erfolgs sei ihr Trainer Mourinho gewesen. Aber Geld beschafft eben auch gute Trainer. Mourinho wäre nämlich kaum 2004 zu Chelsea gekommen ohne die Aussicht auf ein weit geöffnetes und einsatzbereites Heft mit Blankoschecks. Wer nicht erkennt, dass Chelseas Erfolg einzig auf Geld beruht, der fantasiert. Vor der Übernahme durch Abramovich hatte Chelsea genau ein einziges Mal den Meistertitel geholt. In nur drei Jahren uneingeschränkt sprudelnder russischer Öl-Rubel schaffte man zwei weitere Meisterschaften!

Chelsea ist die USA der Fußballwelt. Und dies aus folgenden fünf Gründen:

1. Keine große Geschichte
2. Mehr Geld als alle anderen
3. Eine arrogante Rüpelmentalität mit einhergehendem Superioritätskomplex
4. Immer darüber jammernd, dass keiner sie mag
5. Die Bombardierung Iraks

Okay, den letzten Grund habe ich mir ausgedacht. Klar, natürlich bin ich parteiisch. Ich mag Chelsea nicht besonders und konnte den Verein schon früher nicht leiden, selbst in den Achtzigern nicht, als Ken Bates ihn für den Preis eines halben Liters Bier kaufte. Aber ich versuche, objektiv zu sein und nicht nur deshalb zu pöbeln, weil es um Chelsea geht. Es ist leicht, die Blues zu kritisieren, aber wir wollen mal ehrlich sein und uns die Situation in der Premiership anschauen, bevor Roman Abramovich mit seinen Milliarden kam. Als er 2003 Chelsea übernahm, waren die folgenden sechs Dinge bereits Standard im Fußball:

1. Obszön hohe Spielergehälter
2. Verrückte Transferzahlungen
3. Wuchernde Werbung aller Art
4. Wirtschaft hatte Vorrang vor Fans
5. Wenig Spannung in der Liga
6. Clive Tyldesley

Die gleichen Probleme, die heute unseren Fußball belasten, waren schon damals, 2003, vorhanden. Chelsea allein ist also nicht schuld am Ruin des Fußballs. Aber man hat dort die letzten Nägel produziert, um den Sarg ordentlich zuzuhämmern. Abramovichs Milliarden haben die Messlatte, den Standard, noch einmal mächtig nach oben verschoben, in einem Moment, als der Fußball nichts mehr brauchte als eine Abkehr vom Geld. Fußball benötigte eine Kehrtwende, wurde aber stattdessen noch besessener vom Profit. Denn die konkurrierenden Vereine mussten nun versuchen, mit Chelsea in irgendeiner Form mitzuhalten. Hohe Eintrittspreise und alle anderen Wege, Geld einzutreiben, werden nun mit der Argumentation verteidigt, man müsse der Finanzkraft der Blues etwas entgegensetzen können.

Doch das Besorgniserregende hierbei ist, dass es völlig egal ist, wieviel Erlös die anderen Clubs generieren – sie werden nie das gleiche finanzielle Niveau erreichen wie Chelsea. Roman Abramovich ist der elftreichste Mann der Erde und der zweitreichste in Großbritannien. Sein Vermögen wird auf etwa 18,2 Milliarden

Dollar geschätzt. Zu Beginn des Jahres 2007 sah es kurzzeitig so aus, als würde Scheich Mohammed bin Rashid Al Maktoum, Herrscher der Vereinigten Arabischen Emirate, Liverpool übernehmen. Maktoum gilt als fünftreichster Mann der Welt und ist seine 27 Milliarden Dollar wert (wenngleich auch debattiert wird, ob nicht ungefähr die Hälfte dieser Summe seinem Staat und nicht etwa ihm persönlich gehört). Der Deal platzte, aber hätte Maktoum Liverpool übernommen, hätte sein Geld sicher mit Liverpool gemacht, was das von Abramovich mit Chelsea gemacht hat. Für den Fußball insgesamt jedoch wäre die Übernahme zerstörerisch gewesen. Schon jetzt hat sich die Schere zwischen einer Handvoll wohlhabender Vereine und dem Rest weit geöffnet. In keiner Weise können die kleineren Clubs gegen solche Marktdominanz bestehen, und wir erleben eine Finanzhierarchie, die die Hoffnungen derer vernichtet, die den sportlichen Ehrgeiz haben, aber nicht über die Geldmittel verfügen. Liverpools neue Besitzer George Gillett und Tom Hicks haben nicht die Milliarden Abramovichs oder Maktoums, aber sie haben dennoch die Mittel, Liverpool nahe der Spitze der finanziellen Rangordnung Europas zu platzieren.

Es bleibt die Frage, ob die ausländischen Investoren, die unsere Vereine übernehmen, bereit sind, mehr Geld in die Clubs zu stecken als diese ihnen erwirtschaften. Denn der neue Investorentypus scheint (mit Ausnahme von Roman Abramovich) wenig Ähnlichkeit mit Menschen wie Jack Walker zu haben. Jack Walker war ein Investor, der in den Neunzigern Geld in die Blackburn Rovers steckte, um sportlichen Erfolg zu sehen. Er war nicht auf finanziellen Zugewinn aus, sondern engagierte sich aus Zuneigung zu den Rovers. So floss mehr Geld in den Verein hinein als Walker je vernünftigerweise erwarten durfte, zurückgezahlt zu bekommen.

Wenn sich George Gillett auf Liverpool als ein „Franchise" bezieht, dann vermittelt uns das den Eindruck, dass er den Verein in erster Linie als ein Geschäft versteht.

Tritt ein Milliardär bei Arsenal auf den Plan und führt den Verein we

Kommerz und senkt die Eintrittspreise, investiert dabei jedoch in die Mannschaft, dann werde ich diese Person mit offenen Armen empfangen. Aber wenn man sich die neue Sorte Investoren anschaut, scheint dies nicht gerade wahrscheinlich.

Die Verteidiger jener neuen Investoren geben an, es würde sich bei diesen Leuten um Sportenthusiasten handeln, denen es keineswegs in erster Linie ums Geld geht. Nun denn, warum engagieren sich diese „Sportfreunde" dann nicht finanziell bei den großen Vereinen in Brasilien und Argentinien? Der Grund ist einfach: Diese Vereine machen nicht genug Umsatz. Die Investoren wollen ein Stück vom Premiership-Kuchen, denn der jährliche Ertrag der Premiership ist so ungleich viel höher als der jeder anderen Liga. Die Fans scheinen von den Übernahmen nicht zu profitieren, und das Geld, was zusätzlich reinkommt, wird für höhere Ablösen und noch üppigere Spielerverträge ausgegeben. Roman Abramovich hat durch sein Engagement bei Chelsea Geld verloren (zumindest direkt; allgemein wird davon ausgegangen, dass seine Verbindungen zu Chelsea ihm Geld in anderen Geschäftsfeldern gebracht hat). Um ihm gegenüber fair zu bleiben: Es scheint, als wäre er ein echter Fußballfan. Bei der Mehrzahl der Spiele ist er dabei; was man von Leuten wie Malcolm Glazer von Manchester United nicht behaupten kann (war der *jemals* bei einem Spiel?) Es wird berichtet, dass Abramovich nach einer Halbfinal-Niederlage von Chelsea in der Champions League im Umkleideraum der Mannschaft gesessen und sich die Augen ausgeheult hätte. Aber das ändert nichts an der Tatsache, dass die derzeitige Dominanz der Wenigen ein klarer Negativpunkt der englischen Premiership ist. Ohne echten Wettbewerb kann es keine echte Spannung, keine echte Meisterschaft geben. Die UEFA hat dieses Problem erkannt. Ende 2006 wurde berichtet, dass man Regeln einzuführen gedenkt, wonach ein Club nicht Geld in einer Höhe ausgeben darf, die zu seinen ...lichen Einnahmen in krassem Missverhältnis steht. Sollten diese Regularien je ...lten und von der Europäischen Union abgesegnet werden, dann sind die ... wie Chelsea und anderen Milliardärsprojekten gezählt.

Eintrittspreise

Neulich war ich im Londoner West End im Kino, um mir den neuesten Hollywood-Blockbuster anzuschauen. Das Kino, das ich besuchte, ist vermutlich eins der besten landesweit: ein Bombensound, eine riesige Leinwand, bequeme Sitze und beeindruckendes Jugendstil-Ambiente. Das Ticket war keineswegs billig – 13 Pfund 50. Ziemlich viel, um einen Film zu gucken, denke ich mal.

Auf der anderen Seite jedoch hätte mich die billigste Eintrittskarte bei Leyton Orient 20 Pfund gekostet! 20 Pfund für nasskaltes Wetter, ungemütliche Plastiksitze und Fußball aus den unteren Ligen.

Die hohen Eintrittspreise sind ohne Frage ein maßgeblicher Grund, warum der Volkssport Fußball stirbt, und zugleich deutlichstes Zeichen. Dieser Themenkreis wird in Kapitel sechs behandelt. Doch schon jetzt sei die simple Frage gestellt: Ist der Fußball, für den wir so viel Geld zahlen, sein Geld wert?

Verwarnungen für Belanglosigkeiten

> „In den letzten Jahren hat sich der Fußball rasant entwickelt, und insgesamt zum Besseren. Mehr Partien werden übertragen, mehr Geld wird investiert, mehr Spiele ausgetragen, sogar mehr Regeln werden eingeführt. Es ändert sich so viel, dass ich manchmal denke, wir entfernen uns von dem, was die ursprünglichen Fußballregeln vorausgesetzt haben: Alles, was man braucht, um Fußball zu spielen, ist Aufrichtigkeit, Mut und Geschicklichkeit."
>
> Sir Bobby Charlton

Als Teenager spielte ich mit meinen Freunden aus der Schule meist auf dem Kunstrasenplatz in Haringey, Nord-London. Eines Tages erlebten wir völlig überraschend auf diesem Platz eine Trainingseinheit für Jugendliche, die von einer

Fußball-Legende abgehalten wurde. Diese Legende war Sir Bobby Charlton. Als er uns am Zaun stehen und starren sah, kam er rüber und plauderte ein wenig mit uns. Wir waren natürlich alle starr vor Staunen und bekamen kaum ein Wort raus, er jedoch erzählte uns über seine Zeit als Spieler, und dass er in seiner gesamten Laufbahn keine einzige gelbe Karte bekommen hätte, und dass wir uns das doch auch zum Ziel setzen sollten.

Ein weiterer Spieler, der nie eine gelbe Karte sah, war Gary Lineker, der sich in den frühen Neunzigern zur Ruhe setzte. Aus dem gleichen Zeitabschnitt stammt auch Nationalspieler Alan Smith. Er beendete seine Karriere mit genau einer erhaltenen gelben Karte.

Heute hätte ein ehrlicher Spieler kaum eine Chance, ähnlich verschont zu bleiben. Man müsste völlig auf Tacklings verzichten, das Zeigen jeglicher Emotionen unterdrücken und, am allerwichtigsten – nie spielen.

Es scheint beinahe so, als kassierte ein Spieler heutzutage schon für merkwürdiges Luftholen die Karte oder für eine vergessene Rasur. Es gab Zeiten, da war eine rote Karte eine Schlagzeile in der Zeitung, und selbst die gelbe wurde vom Fernsehreporter mit Erstaunen und Erregung vermeldet. Mittlerweile resultieren die meisten roten Karten aus zwei gelben, die für Kleinigkeiten gezückt wurden.

Der inflationären Verwendung gelber Karten tut es auch nicht gut, dass unfaire Spieler ständig versuchen, beim Schiedsrichter Freistöße zu schinden. Besonders nervtötend ist es, mit anzusehen, wie Spieler durch entsprechende Gesten den Schiedsrichter ermuntern, doch endlich eine Karte für den Gegenspieler zu zücken. *Das* ist zweifellos eine Geste, die eine gelbe Karte verdient hat. Leider aber geht die Sache ständig ungestraft durch.

Bei der WM 2006 wurden mehr rote Karten gezeigt als je zuvor. Dieser Rekord war schon in der zweiten Runde des Turniers erreicht. Es ist traurig, dass Spieler ein wichtiges Endspiel ihrer Laufbahn verpassen, weil sie in den frühen Phasen des Turniers zu viele gelbe Karten angesammelt haben. Ein Weltmeisterschaftsen dspiel ist für jeden Spieler ein Höhepunkt seiner Karriere, und jemandem diesen wegen Kleinigkeiten zu verwehren, scheint mir unfair. Besonders deutlich wurde dies im Halbfinale der WM 1990, als Paul Gascoigne im Spiel gegen die Deutschen wegen eines schlecht abgepassten Tacklings und etwas Schauspielerei seines Gegenspielers die gelbe Karte sah. Es war Gascoignes zweite in diesem Turnier, und hätte England es ins Endspiel geschafft, wäre er nicht mit dabei gewesen. Gascoignes Reaktion auf die Karte wurde legendär: In dem Wissen, im vielleicht wichtigsten Spiel seines Lebens, auf dem Höhepunkt seiner Laufbahn, nicht dabei sein zu können, weinte er hemmungslos.

2006 konnte Louis Saha, Frankreich, nicht am Endspiel teilnehmen, weil er im Halbfinale wegen eines fairen Zweikampfs eine gelbe Karte kassiert hatte. Weil die gelben Karten so häufig hervorgeholt werden, sollte ein Spieler eine *pro Spiel* kassiert haben, um fürs Endspiel gesperrt zu sein!

Es wäre nicht fair, den Schiedsrichtern die alleine Schuld für die Kartenflut im modernen Fußball zu geben. Denn die müssen die Regeln umsetzen, die man ihnen vorgibt. Die Zuschauer erwarten vom Schiedsrichter sowohl gesunden Menschenverstand als auch eine gewisse Gleichförmigkeit, Verlässlichkeit in den Entscheidungen. Beides zugleich anzuwenden ist jedoch schwierig. Schauen wir uns also mal zwei Beispiele an – die beide eine rote Karte nach sich ziehen müssen – und prüfen, ob sowohl gesunder Menschenverstand als auch Gleichbehandlung einsetzbar ist:

Wenn der letzte Verteidiger einen angreifenden Stürmer von den Beinen holt, so muss nach den Regeln des modernen Fußballs eine rote Karte gezeigt werden.

Fall 1) Torwart A läuft als letzter Mann aus dem Sechzehner, dem ballführenden Stürmer entgegen. Er foult diesen absichtlich. Der Torhüter fliegt vom Platz, und es gibt Freistoß von außerhalb des Sechzehners. Der Freistoß geht weit neben das Tor.

Fall 2) Torwart B läuft als letzter Mann dem ballführenden Stürmer entgegen. Noch im Sechzehner bringt er den Angreifenden unabsichtlich zu Fall. Der Torwart fliegt vom Platz, und es gibt einen Strafstoß, der im Tor landet.

Um verlässlich und gleichförmig-erwartungsgemäß zu entscheiden, muss der Schiedsrichter in beiden Fällen die rote Karte ziehen. Zieht er seinen gesunden Menschenverstand zu Rate, reicht dem Schiedsrichter in Fall 2 vielleicht das erzielte Tor als Bestrafung; schließlich ist der Torwart ja zum Ball gegangen. Er zieht also keine rote Karte.

Die Verantwortlichen sind zu weit gegangen bei ihrem Versuch, aus dem Fußball einen körperlosen Sport zu machen. Viel schneller als früher wird auf Foul entschieden, und schon der kleinste Körperkontakt kann zu einem Freistoß führen. Sicher, es bestand Handlungsbedarf, technisch versierte Spieler zu schützen. Bekanntestes Beispiel war die WM 1982 in Spanien, als Diego Maradona ununterbrochen gefoult und getreten wurde, während seine jeweiligen Gegenspieler mit dieser Taktik ungestraft davonkamen. Maradonas Spiel wurde auf diese Weise eingeschränkt, und auch als überragender Fußballer konnte er effektiv nichts tun, wenn er bei jeder Ballannahme physisch attackiert wurde. Ein gleiches Schicksal ereilte auch Pele, der bei der WM 1966 durch aggressive europäische Verteidiger quasi aus dem Spiel getreten wurde.

Es gab also Bedarf an strikteren Regeln, um diese Spieler zu schützen, aber das Pendel ist nun viel zu sehr in die andere Richtung geschwungen. Spieler werden bestraft, obwohl sie sich fair um den Ball bemühen. Spiele werden kaputtgemacht, weil schon früh in der ersten Halbzeit Leute vom Platz fliegen. Solche Regeln betrügen den zahlenden Zuschauer, und sie sind unfair für jene Trainer und Spieler, die ihnen zum Opfer fallen. Statt gelber Karten für harten, aber fairen Körpereinsatz sollte es lieber welche geben für ständige Meckerei gegenüber dem Schiedsrichter, Zeitspiel, Schwalben und Schauspielerei. Aber die Regelgestalter sehen es wohl als wichtiger an, Spieler für Trivialitäten zu bestrafen – für das Ausziehen des Trikots etwa oder einen Torjubel zu nah an den Fans. Viel zu sehr hat die paranoide Angst vor Emotionen bei den Verbandsfunktionären um sich gegriffen, die Angst vor allem, was die Zuschauer aus ihren Plastiksitzen holt. Und entsprechend wollen sie die Spieler bestrafen.

Das WM-Turnier 2006 war zur Hälfte gespielt, da beschuldigte FIFA-Präsident Sepp Blatter die Engländer, sie hätten auf dem Weg ins Viertelfinale langweiligen Fußball gezeigt. Etwas unverschämt, um mal das Mindeste zu sagen, denn wenn es jemanden gibt, der dafür verantwortlich ist, den Fußball langweilig gemacht zu haben, dann ist das Sepp Blatter. Er ist Chef einer Organisation, die Regeln eingeführt hat, die das kämpferische Element im Fußball und den Spielfluss stark beeinträchtigen. Wenn die ständige Flöterei des Schiedsrichters auf seiner Pfeife und die damit einhergehenden Unterbrechungen den Angriffsfußball fördern und die Spannung steigern soll, dann hat das bisher nicht funktioniert. Sepp Blatter sollte sich die Weltmeisterschaft von 1982 anschauen, als Maradona aus dem Turnier getreten wurde. Denn ungeachtet einiger rüder Fouls war diese WM die vermutlich beste aller Zeiten und war echter und besser als das verwässerte Produkt, mit dem uns Blatter heute beliefert. Als Fans wollen wir, dass die Topp-Spieler geschützt werden, aber wir wollen keinen Fußball, in dem harter, aber fairer Einsatz sofort abgepfiffen wird.

Viel Zeit scheint vergangen seit 1860, als Lord Kinnard vor einem Spiel in einem Brief an die schottische Mannschaft Queens Park FC schrieb: „Bitte, treten Sie kräftig zu! Es ist solch ein Spaß!"

Auf dieser Welt gibt es viel zu viele Sepp Blatters, die in hochrangigen Positionen sitzen. Ständig wird am Fußball herumgepfuscht, und das Problem mit den Regel-Änderern ist vor allem, dass sie zu der Sorte von Leuten gehören, die auch für Sicherheitsfragen zuständig sind. Nie ist ihre Arbeit beendet, ständig finden sie neue Gefahren, neue Fehler, die dann wieder in mehr Bürokratie münden. Diese Besessenheit macht den Fußball, macht die ganze Welt mehr und mehr zu einem Bürokratenparadies. Ein Paradies wie eine Südseeinsel - nur mit einem rot-weißen Flatterband entlang der Küstenlinie, für den Fall, dass tatsächlich jemand schwimmen gehen will. Er könnte ja ertrinken. Die Öffentlichkeit wird wie ein Haufen kleiner Kinder behandelt, indem die Sicherheitsfanatiker immer neue Wege finden, uns vor uns selbst zu schützen. Am Jahrestag der Trafalgar-Schlacht

2005 in London musste der Schauspieler, der bei der historischen Darbietung an der Themse den furchtlosen Admiral Nelson spielte, eine Rettungsweste tragen! Man darf wohl sagen, dass dieses Historienspiel nicht richtig authentisch wirkte. Mein Bruder arbeitet in einer Schule - und wurde dafür gescholten, mit einer leeren Teetasse den Korridor entlanggegangen zu sein; er könne ja hinfallen und sich mit der verletzen!

Dies alles ist so verrückt wie die Regelkommissionen der Fußballverbände, die glauben, dass ein Spieler mit dem Ausziehen seines Trikots einen Massenkrawall auslösen könnte.

2007 kam die Football League mit der Idee, Meisterschaftsspiele, die nach neunzig Minuten unentschieden stehen, mit einem Elfmeterschießen zu entscheiden. Das Motiv dahinter: Dies würde den Fußball spannender machen (obwohl es ihn doch eigentlich langweiliger und defensiver machen würde; schwächere Teams würden hinten dichtmachen und aufs Elfmeterschießen hoffen). Aber Fußball wurde der beliebteste Sport der Welt, weil er so ist, wie er ist. Man muss ihn daher nicht ständig ändern.

Das Sahnehäubchen auf all den schwachsinnigen Regeln ist jene, die in Kraft tritt, wenn ein Spieler sich nach einer kurzen Verletzung wieder vom Boden erhebt. Früher hatte man eine einfache Lösung für diese schwierige Situation: Der Spieler spielte weiter. Heute nicht mehr. Denn die einfache Lösung war zu einfach und musste daher von den Herren in den dunklen Anzügen geändert werden, die wahrscheinlich in ihrem Leben noch gegen keinen einzigen Ball getreten haben, aber scheinbar das Spiel besser verstehen als wir alle. Wenn sich heute ein Spieler nach einer Verletzung vom Boden aufrappelt, muss er zunächst den Platz verlassen. Ist er draußen, winkt ihn der Schiedsrichter wieder herein. Warum? Ich weiß es nicht. Keiner weiß es außer den Herren in den dunklen Anzügen.

Was werden sie sich als nächstes ausdenken? Vielleicht sollte der Spieler dem Schiri eine SMS schicken, wenn er wieder rein will. So könnte der Schiedsrichter gleich erkennen, ob der Gefoulte nach dem Sturz noch alle seine Sinne beisammen hat (jeder Spieler könnte ein individuelles Sponsoring durch eine Telefongesellschaft haben, und das würde mehr Geld bringen und den Fußball zu einem noch besseren Produkt machen). Aber ich höre besser auf, bevor ich irgendjemanden bei der FIFA oder bei T-Mobile auf dumme Gedanken bringe. Weiter im Text.

Der neue Konsument

> „Das Stadion ist der Ort, wo die Argentinier Dampf ablassen. Fußball gehört den einfachen Spielern und den armen Leuten. Leuten, die sich einen Opernbesuch zum Beispiel nicht leisten können. Also gehen sie zu Boca [Juniors] oder River [Plate]. Das hält das Feuer und den Zorn am Leben."
>
> Diego Maradona

Vor der Weltmeisterschaft 2006 strahlte die BBC eine Sendung aus, in der Gary Lineker nach Argentinien reiste, um dort Diego Maradona zu treffen. Man sah, wie Maradona ein Spiel der Boca Juniors besucht, einen Club aus dem Hafengebiet von Buenos Aires. Dies ist der Verein, in dem er seine Karriere begann. Jetzt führt man ihn dort als Ehrenpräsident, und die Fans verehren ihn wie einen Gott. Boca ist einer der größten Vereine der Welt und hat einen fanatischen Anhang wie kaum ein anderer Club. Maradona kommt zu jedem Spiel in seinem Boca-Trikot und sieht sich die Partie zusammen mit seiner Familie vom Balkon seiner eigenen Loge aus an. Die BBC-Dokumentation zeigte Maradona als einen Fan, der ebenso leidenschaftlich ist wie der Fußballprofi, der er früher war. Keine Sekunde konnte er stillsitzen und schien fast das ganze Spiel über stehend und schreiend zu verbringen, herübergebeugt über das Geländer des Balkons, singend, tanzend und rundherum das Spiel miterlebend.

Der wohl größte Spieler, den die Welt je gesehen hat, zeigt mehr Leidenschaft als Zuschauer als die Mehrzahl derer, die jetzt als Fans die englische Premiership bevölkern. Manche meinen, eine Mannschaft mit elf Peles oder elf Maradonas würde nicht funktionieren (was ich für Unsinn halte). Aber mag das sein wie es will – hätte jedes Stadion 40.000 Maradonas *auf den Rängen*, dann würde kein Spiel je langweilig sein.

Neben der Preisgestaltung ist es die fehlende Leidenschaft der Zuschauer, die mich nur noch sehr wenige Spiele sehen lässt, und das Gefühl der Distanziertheit, der Abgetrenntheit, das mit diesem mangelnden Support einhergeht. Die Unterstützung der Fans in anderen Ländern ist eine andere Liga im Vergleich zu England. Und dennoch haben englische Fans den Ruf, die fanatischsten der Welt zu sein. In einer gewissen Weise sind wir das, weil wir treu sind, was die Spielbesuche angeht. Wir halten auch in schlechten Zeiten zu unseren Vereinen. Spiele der unteren englischen Ligen können Zuschauerzahlen von 30.000 und mehr haben, etwas, das in anderen Ländern selten ist. Und wer könnte als fanatischer, als treuer gelten als der Torquay-United-Fan, der sich für ein Tabellenmittelfeldtreffen am Mittwochabend im Winter hinauf nach Carlisle auf den Weg macht? Ich würde solche Anhänger nie kritisieren, die mit ihrer Treue ihren Club am Leben erhalten. Was ich jedoch nicht verstehe, ist die Apathie der Fans unserer besten Vereine. Es scheint fast einen Zusammenhang zu geben: Je besser der Fußball ist, der auf dem Platz gezeigt wird, je früher gehen die Leute vor dem Schlusspfiff.

In manchen Stadien ist in der 89. Minute schon ein Drittel der Plätze leer. Dies ist der Fall, weil der Typ von „Supporter", der heute zum Fußball geht, mehr darum bemüht ist, in seinem Mercedes 4x4 zügig vor dem Abreiseverkehr nach Haus zu kommen, als Zeuge einer Spielphase zu werden, die nicht selten die spannendste des Spiels ist.

Es gibt keinen englischen Club, dessen Fans ein Spektakel veranstalten wie die von, sagen wir mal, Boca Juniors, oder von Vereinen aus Ländern wie Brasilien, Holland, Italien, Deutschland, Frankreich, Griechenland, Kroatien und so weiter. Die Südamerikaner und die Fans auf dem europäischen Kontinent verstehen es, einen Hexenkessel zu erschaffen, mit wehenden Fahnen und rauchenden Fackeln, und in dieser Hinsicht beschämen sie uns Engländer. Als ich einige dieser Länder besuchte und dort Spiele sah, empfand ich die Explosion von Lärm und Farbe, die da von den Rängen kam, als schlicht atemberaubend. Diese Art von Leidenschaft darf jedoch nicht mit Hooliganismus und Gewalt verwechselt werden.

Es ist auch wahr, dass in jüngerer Zeit in anderen Ländern deutlich mehr fußballbezogene Gewalt stattfand als in England. Doch in den englischen Ligen wandelten sich die Maßnahmen gegen Krawalle von einem eher gleichgültigen Agieren in den Siebzigern und Achtzigern zu einer Herangehensweise, die geprägt ist von Paranoia und drakonischen Strafen. Die Einstellung in Europa in den vergangenen Jahrzehnten entsprach derer im England der Siebziger und Achtziger, und mehr sollte in diesen Ländern gegen das Problem unternommen werden. Nachdem 2007 ein italienischer Polizist bei einem Spiel von Palermo durch Fans ums Leben kam, wurde deutlich, dass Kontinentaleuropa weit mehr betroffen ist als England – jenes Land, auf das die meisten Europäer als eine Art Hooligan-Meister blicken.

Ein Monat vor dem Zwischenfall auf Sizilien war Feyenoord aus Holland wegen Zuschauerausschreitungen aus dem internationalen Wettbewerb geflogen, und allgemein schien die Sichtweise Raum zu greifen, dass der Hooliganismus auf dem Kontinent außer Kontrolle geraten ist.

Die Ironie ist jedoch, dass einige europäische Länder (allen voran Italien) nun nach England schauen, um sich als Vorbild zu nehmen, wie ein *Rebranding* des Fußballs und die Vermarktung an eine neue Sorte Kunde gelingen könnte. In dieser Zeit um sich greifender Gewalttaten rund um die Stadien Europas, und besonders nach dem Tod des Polizisten auf Sizilien, haben sich die Fachleute und Fußballexperten Englands kräftig gegenseitig auf die Schultern geklopft und Klischees ausgetauscht: „Zeigt doch, wie fortschrittlich wir hier in England sind, wenn man sich mal anschaut, was auf dem Kontinent los ist."

Aber die Führungsetagen der europäischen Fußballverbände sollten nicht nach England schauen, wenn sie ein perfektes Beispiel für Fankultur studieren wollen, denn der Überschwang unserer Zuschauer hat sich zu sehr in die entgegengesetzte

Richtung verkehrt. Heutzutage werde ich in englischen Stadien – von anderen Fans! – angeschrien, ich solle mich doch wieder hinsetzen, wenn meine Mannschaft sich gerade eine Möglichkeit vor dem gegnerischen Tor erspielt. Das letzte Mal, als das geschah, war beim Nord-Londoner Derby, Arsenal gegen Spurs – ein Spiel, das uns eigentlich gern als eine „emotionale, explosive Sache" verkauft wird. So „emotionsgeladen" ist das Spiel, dass ich nicht einmal von meinem Sitz aufstehen kann, wenn es vor dem Tor rund geht!

Ungeachtet der Ausschreitungen einer Minderheit, die es immer mal wieder gibt, ist es die Atmosphäre und das Gefühl von Freiheit in den ausländischen Stadien, die den Zuschauern das Gefühl gibt, Teil einer besonderen, größeren Sache zu sein. Wenn ich dagegen englische Fußballspiele anschaue, fühle ich mich nicht selten, als wäre ich auf einem Friedhof.

Ohne Frage ist die Stimmung in den englischen Stadien zerstört worden durch die Obrigkeit und ihre nicht enden wollenden Beschränkungen und Verbote, aber im Endeffekt sind es die Fans, die für eine gute Stimmung verantwortlich sind. Der Verein, den ich unterstütze, hat den Ruf, ohnehin ruhige Anhänger zu haben. Daher kommt auch der alte Spruch „Highbury the Library", „Highbury, die Bücherei". In Wahrheit jedoch sind Arsenals Fans nicht leiser dabei als die Anhänger anderer englischer Vereine. Ich bin in Stadien überall im Land gewesen, und überall ergab sich das gleiche traurige Bild: Der *Roar* im St. James Park war kaum mehr als ein Winseln. Chelseas Zuschauer an der Stamford Bridge wären auch in einem Kinosaal kaum aufgefallen. Das „Theatre of Dreams", „die Bühne der Träume", wie das Old Trafford sich gerne nennen lässt, ist eher ein Theater der Stille. Nur eine Gruppe Fans verdient es, lobend hervorgehoben zu werden, weil sie ihr Team sagenhaft unterstützt: Es sind die Supporter von Portsmouth FC. Sieg, Niederlage, Unentschieden – Pompeys Fans stehen mit großer Überzeugung und Leidenschaft hinter ihrer Mannschaft.

Diese positive Haltung gilt als der eigentliche Grund, warum Portsmouth 2005-06 dem Abstieg entkam. Selbstvertrauen ist essenziell, um im Fußball Erfolg zu haben, und nichts kann einem Spieler mehr Selbstvertrauen verleihen als ein Anhang, der entschlossen hinter der Mannschaft steht.

Sitze ich in einem Stadion, wo die Zuschauer keinen Anteil nehmen und ohne Leidenschaft sind, dann wünsche ich mich häufig weit, weit weg. Die paar Fans, die versuchen, etwas Lärm zu machen, enden als einsame Stimmen in der Menge und bekommen sogar erstaunte Blicke von den Zuschauern rechts und links von ihnen zugeworfen.

Die Leute zahlen gutes Geld und wollen sich dafür hinsetzen und sich unterhalten lassen. Ich aber glaube, dass Fußball ohne Leidenschaft auch kein Drama, kein Erlebnis werden kann. Das Gleiche gilt auch bei der Musik. Die besten Konzerte waren für mich die, wo sich Zuschauer und Band quasi ergänzt haben. Aber in jüngerer Zeit bemerke ich, dass auch bei Gigs die Fans schüchterner werden und eher wie Zuschauer wirken, weniger wie integraler Bestandteil der Veranstaltung. Wenn es schon frustrierend ist, Teil einer gelangweilten Zuschauerschaft beim Fußball zu sein, so ist das Erlebnis einer ähnlichen Menschenmenge bei einem Rockkonzert absolut deprimierend. Als hätte man einer kompletten Gemeinschaft den Lebenswillen ausgesaugt, als hätten die Leute verlernt, Dampf abzulassen (anders als die volltrunkenden Schwachköpfe, die Dampf ablassen, indem sie aggressiv werden. Aber vielleicht ist ihr Verhalten auch nur ein Resultat der nicht mehr vorhandenen Energie bei Fußballspielen und auf Konzerten?)

Ein Grund mag in unserer Fernsehkultur liegen. Die Menschen haben sich so sehr daran gewöhnt, dass die Unterhaltung vom Bildschirm kommt, dass sie bei einer Veranstaltung einfach nur mit verschränkten Armen dastehen und darauf warten, nun ebenfalls unterhalten zu werden. Und wie viele Leute scheinen auf diesen Veranstaltungen die ganze Zeit damit zu verbringen, das Spiel, das Konzert mit ihrem Handy aufzunehmen, anstatt mit eigenen Augen zu erleben, was vor ihrer Nase stattfindet. Das ist die gleiche Sorte, die als Touristen so viel Zeit hinter ihrer Videokamera verbringt, dass sie sich erst zuhause anschauen kann, welche Sehenswürdigkeiten sie im Urlaub gesehen hat. Nie werde ich ein Bild in einer

Zeitung vergessen: Papst Johannes Paul, wie man ihn 2005 in einem offenen Sarg über den Petersplatz fuhr – und die gewaltige Menschenmenge, die ihn sich fast ausschließlich durch die Linsen ihrer Kameras oder die Displays ihrer Mobiltelefone anschaute.

Viele Menschen, aus denen sich die Menge der Fußballzuschauer und Konzertbesucher nun zusammensetzt, sollten lieber zuhause vor dem Bildschirm bleiben. Aber es sind dies die Leute mit dem Geld und den Kontakten, und nichts ist in der modernen Unterhaltungsbranche wichtiger. Ich nenne dir mal ein Beispiel, welche Sorte Mensch diese Kontakte hat, und warum einige Veranstaltungen einfach nicht mehr die begeisterungsfähigen, mitmachenden Zuschauer haben, die sie eigentlich verdienen. 2003 hütete ich für meine Schwester, die keine Zeit hatte, das Haus eines Paares ein, das Eintrittskarten für die Rolling Stones im Wembleystadion hatte. Ich wollte eigentlich selbst zu diesem Konzert, hatte mich auch um eine Karte bemüht, aber Wembley Arena wollte 180 Pfund von mir sehen. Für den Preis hätte Mick Jagger schon auf meinen Schoß sitzen und singen müssen.

Ich war nicht sonderlich überrascht, als mir das Paar, dessen Haus ich nun hütete, erzählte, es hätte die Karten über die Arbeitsstelle bekommen. Kostenlos. Später sprach ich mit diversen anderen, die das Konzert besucht hatten, und kein einziger von ihnen hatte für die Eintrittskarte bezahlt. Kein Wunder also, dass jene, die ihr Ticket über den normalen Vorverkauf besorgten, einen Megapreis zu zahlen hatten. Wenn Tourneeveranstalter damit prahlen, dass Konzerte innerhalb von zwanzig Minuten ausverkauft gewesen seien, dann liegt das vielleicht daran, dass nur zwanzig Tickets in den freien Verkauf gelangten.

Ich hatte erst knapp zweieinhalb Stunden das Haus gehütet, da kehrten die Bewohner zurück. Das erschien mir von der Zeit her sehr merkwürdig, und ich fragte, ob das Konzert abgesagt worden sei. Wie sich herausstellte, waren sie eine Stunde vor dem Ende abgehauen, um dem Abreiseverkehr ein Schnippchen zu schlagen. WAS?! Von einem Stones-Konzert eine Stunde früher abhauen, um von einem Teil Nord-Londons einfacher in einen anderen Teil Nord-Londons zu kommen? Warum haben sie nicht einfach mir die Karten gegeben? Problem gelöst. Zusammen mit einem Freund hätte ich die Stones gesehen, einen Abend erlebt, an den man sicher lange zurückdenkt, und dieses Paar hätte einfach zuhause bleiben können.

Zuschauer wie diese sind verwöhnt, wissen nicht zu schätzen, was sie zu sehen bekommen und halten sich selbst für viel zu wichtig, um irgendeine Emotion zu zeigen, während die echten Gefühle draußen, vor den Toren, vor die Hunde gehen.

Kein Zweifel. Die Fußballzuschauer sind jetzt andere. Sie sind wohlhabender, und der Anteil der Geschlechter hat sich verändert. Es gibt Stimmen, die führen die gestiegene Anzahl von Frauen bei Fußballspielen als Grund für den Mangel an Stimmung an. Ich glaube nicht, dass das stimmt.

Die überwiegende Mehrzahl der Besucher ist immer noch männlich. Warum also einer weiblichen Minderheit die Schuld geben? Klar, es gibt auch einige Frauen auf den Tribünen, die gelangweilt dreinschauen und sicher lieber beim Shopping wären. Aber das wird allemal ausgeglichen durch den Haufen von Männern, die ebenso wenig motiviert sind wie die Freundinnen, die sie mitgeschleppt haben. Ich kenne genug Frauen, die mehr Ahnung vom Fußball haben und mit mehr Engagement dabei sind als viele männliche Fans. Viele Frauen sind bei den Vereinen der unteren Ligen dabei, während es durchaus Männer gibt, die keine große Treue zu ihrem Verein zeigen und lieber unterstützen, wer gerade oben steht. Fußball gilt nun als Familienunterhaltung, und ich finde es gut, dass der Sport als geeigneteres Umfeld für Frauen und Kinder gilt als früher (wenngleich ich mich als Kind in den Stadien früher auch immer sicher fühlte). Aber Fußball als Familiensport ist nur eine Seite der Medaille. Die andere Seite sind junge Männer mit Energie und Feuer. Und die sind für die Stimmung zuständig. Ohne uns, diese Männer, ist die Stimmung im Stadion tot, und wir sollten uns nicht einfach sagen lassen, wir sollen uns hinsetzen und still sein! Der Fußball wurde darauf begründet, dass junge Männer Dampf ablassen!

Es mag viele Gründe geben, warum die Fans beim Fußball in letzter Zeit so ruhig geworden sind, aber die wichtigsten sind die Ordner, die ewigen Sicherheitsbedenken und die reinen Sitzplatzstadien.

Beginnen wir also mit unseren Freunden in den orange leuchtenden Jacken.

Ordnungsdienste und Sicherheit

Vorbei sind die Tage, sind die Zeiten der siebziger und achtziger Jahre, als wir verfeindeten Fans zusehen konnten, die sich in einer Massenschlägerei mitten auf dem Spielfeld vergnügten. Anders als die in die Jahre gekommenen Gewalttäter von damals wird die Mehrheit zustimmen, dass dies eine gute Entwicklung ist. Bessere und besser durchgeführte Zuschauerlenkung und Kontrolle hat ihren Teil dazu beigetragen.

Wenn jedoch Fans mit Stadionverbot gedroht wird, nur weil sie mit Spielgeld-Banknoten mit dem Gesicht von Ashley Cole darauf herumwedeln, dann könnte man argumentieren, dass der Fußball im Umgang mit seinen wichtigsten Leuten doch deutlich antiautoritärer sein sollte. Vor einem Spiel von Chelsea gegen Arsenal, Saison 2006-07, wurde jedenfalls angekündigt, dass jeder Fan, der mit einem solchen nachgemachten Geldschein angetroffen wird, aus der Stamford Bridge verwiesen werden würde. Es passt zum modernen Fußball, wenn man für die Verletzung der Gefühle eines Mannes, der 90.000 Pfund in der Woche verdient (nachdem er von Arsenal zu Chelsea wechselte), aus dem Stadion fliegt.

Winston Smith, die Figur aus George Orwells Roman *1984*, würde sich in unseren Stadien durchaus nicht fremd fühlen. Die Videoüberwachung ist, wie überall sonst in unserem Land, vollständig und vereinnahmend. Fußballstadien sind nun überaus restriktive Gebiete geworden, wo sich ein jeder an strenge Regeln zu halten hat – oder rausfliegt. Sie sind damit den Nachtclubs sehr ähnlich geworden; auch die geben vor, Orte zu sein, an denen man sich fallen lassen, aus sich herausgehen kann, wo aber das Gegenteil zutrifft. Jedes Jahr findet die Obrigkeit neue Gegenstände, die man unbedingt verbieten, einbehalten, konfiszieren muss. 2005 erlebte ich im Upton Park einen Chef-Ordner, der meinte, er müsse ein Mobiltelefon einbehalten, weil jemand damit ein Foto vom Spiel gemacht hatte. Wenn ein Fan gutes Geld für eine Eintrittskarte ausgegeben hat, sollte er dann nicht auch das Recht haben, mit seinem Handy ein Erinnerungsfoto im Stadion zu machen? Machen sich die Vereine ernsthaft Sorgen, die Fans könnten diese Bilder verkaufen? Diese Schnappschüsse habe ich jedenfalls noch nicht auf den Sportseiten der Sonntagszeitungen auftauchen sehen. Und in der Kameratasche professioneller Sportfotografen sehe ich zudem eher selten Nokias oder Sony Ericssons.

Die Liste verbotener Gegenstände auf Stadionordnungen reicht vom Vernünftigen bis zum Lächerlichen. Teppichmesser und Bierflaschen zu verbieten scheint irgendwie vernünftig. Aber auch die traditionelle Fahne ist nunmehr in vielen Stadien verboten, weil der Fahnenstock aus Bambus als Waffe benutzt werden könnte. Das verstehe ich natürlich. Denn der Fahnenstock hat leider eine schlimme Tradition: Schon 1945 sah sich Präsident Truman gezwungen, den Abwurf von Fahnenstöcken auf japanische Städte in Erwägung zu ziehen, um den Zweiten Weltkrieg endlich zu beenden. Ein Bambusstock, ausgerüstet mit einem Stück Stoff und der Aufschrift „Pokalsieger“ vernichtete die Stadt Hiroshima innerhalb von Sekunden.

Zu anderen Massenvernichtungswaffen, mit denen in den Stadien dringend Schluss gemacht werden muss, gehört zum Beispiel die gefürchtete Glocke. Ich sah, wie man einen Portsmouth-Fan aus dem Highbury entfernte, weil er aufgestanden war und mit seiner tödlichen Vernichtungswaffe läutete, um seine Elf nach vorne zu treiben. Zwar waren die anderen Portsmouth-Fans nicht begeistert von der rüden Art, mit der die Ordner einen der ihren behandelten, aber sie mussten einfach einsehen, dass diese Glocke ihrem Besitzer auch aus der Hand rutschen und den Kopf des nächstbesten Zuschauers hätte abrasieren können. Ordnung und

Sicherheit haben erste Priorität. Und außerdem hätten wir ohne das entschlossene Handeln der Ordner nicht den Arsenal-Gesang „You're not ringing anymore!" gehört, mit dem der gute Mann aus dem Stadion entlassen wurde.

1998 bei Hull City geriet ich in die bisher größte Gefahr, aus dem Stadion zu fliegen. Eine Gruppe, zu der auch ich gehörte, hatte das Verbrechen begangen, dem Heim-Team ein „You're shit and you know you are!" entgegenzusingen, einen Spruch, den man überall in den Stadien im ganzen Land hört. Bei Hull City jedoch kam der Oberordner zu uns und belehrte uns, dass nach neuer Vorschriftenlage Fluchen als Vergehen zu betrachten sei, und dass wir des Stadions verwiesen werden würden, wenn wir weitermachten. Mein Cousin informierte den Mann, dass „shit" ein normales Wort sei, das auch im *Oxford English Dictionary* zu finden ist, und dass wir nur das gezeigte Spielniveau der Heimelf kommentieren würden. Das schien dem Oberordner nicht einzuleuchten, und er ließ von seiner Hauptwachtmeister-Haltung leider nicht ab.

Mit der Mehrzahl der Leute, die als Ordner arbeiten, habe ich kein Problem. Die meisten sind einfach nur da, um ihre Arbeit zu tun, und sind keineswegs auf dem Power-Trip. Das Geld, das man als Ordner verdient, ist lächerlich, und einige Sicherheitsunternehmen beuten ihre Leute auch schlicht aus. Die meisten Ordner müssen sechs Stunden arbeiten, bekommen jedoch nur für fünf Stunden bezahlt. Es heißt, die erste Stunde sei „Vorbereitungszeit". Gehört Vorbereitung nicht zu einem normalen Arbeitstag?

2005 arbeitete ich für kurze Zeit für ein Unternehmen der Sicherheitsbranche, das genau so agierte. Allerdings weigerte ich mich, bei Fußballspielen tätig zu sein. Vielmehr war ich dabei, um ab und zu bei Veranstaltungen eingesetzt zu werden, für die ich keine Tickets bekommen hatte; bei Rock-Gigs etwa oder beim Pferderennen. Dennoch musste ich ein Training absolvieren, das mich auch für den Einsatz beim Fußball qualifizierte. Diese Schulung war geprägt von einem Aspekt: Der Paranoia gegenüber Fußballfans. Hier wurde mir klar, wie sehr gewöhnliche Fußballanhänger mit Argwohn betrachtet werden. Jeder Fan muss überwacht werden, jeder Fan ist eine potenzielle Gefahrenquelle, ein potenzieller Landfriedensbruch.

Während meiner Zeit in dieser Firma waren es nicht die einfachen Ordner, gegen die sich meine Abneigung richtete; es waren jene, die ihren Einsatz überwachen, diejenigen in leitenden Funktionen. Dies sind die Leute, die sich in den Stadien so übereifrig geben und stets auf dem Power-Trip sind.

In der Spielzeit 2006-07 hatte es sich Readings Torwart Marcus Hahnemann zur Angewohnheit gemacht, nach dem Schlusspfiff sein Trikot einem Fan zu schenken. Das war eine schlichte Geste, den Anhängern für ihre Unterstützung zu danken, und so etwas wird von den Fans immer gern angenommen. Als er aber nach einem Spiel bei Sheffield United versuchte, den mitgereisten Fans sein Shirt zuzuwerfen, sah er sich plötzlich von einem Dutzend Ordner umstellt, die ihn nicht an den Gästeblock heranlassen wollten. Natürlich war Hahnemann sauer über die Einmischung der Ordner, und das Ganze endete in einem hitzigen Wortgefecht. Der Chef des Ordnungsdienstes bei Sheffield United rechtfertigte das Verhalten seiner Mitarbeiter mit der ermüdenden Standard-Sicherheitsargumentation. Es hätte zu Verletzungen kommen können, wenn die Fans nach vorne Richtung Platz gedrängt hätten, um das Trikot zu fangen.

Bei solcher Argumentation ist es eigentlich erstaunlich, dass es im Laufe all der Jahre, in denen Künstler, Sportler und Promis Souvenirs in die Menge geworfen haben, nicht ständig zu tödlichen Situationen kam. In der realen Welt ist es allerdings nur traurig, dass heutzutage ein Spieler seinen Fans nicht einmal mehr ein Geschenk machen darf, weil der Sicherheitswahn und der Ordnerehrgeiz so wahnhaft, so aggressiv geworden ist.

Der übertriebenste und aggressivste Ordnereinsatz, den ich selbst erlebte, fand 2001 bei Ipswich Town statt. Dennis Bergkamp hatte gerade ein hochkarätige Torchance vergeben, die Arsenal in letzter Sekunde noch den Auswärtssieg gebracht hätte. Einer unserer Fans in der ersten Reihe hatte den Ball drin gesehen, sprang von seinem Sitz auf und über die Anzeigenbande, die nur ein paar Meter vor ihm stand. Sofort merkte er, dass seine Begeisterung ihn in einen Bereich des

Stadions verschlagen hatte, den man eigentlich nicht betreten darf, und schnell begab er sich wieder auf seinen Platz. Doch innerhalb weniger Sekunden hatten sich zehn Gorillas in Ordner-Orange auf ihn gestürzt, um ihn dann überaus rüde aus dem Stadion zu zerren. So, wie die Ordner herangesprungen gekommen waren, hätte man denken können, unser Mann sei ein Heckenschütze und gerade dabei, den Präsidenten zu erledigen - nicht ein Fußballfan, der sich über einen vermeintlichen Treffer seines Teams in letzter Minute freute. Wie Raubtiere hatten die Ordner ihr Opfer angesprungen, und von ihren Gesichtern war ablesbar, wie sehr sie sich an ihrer eigenen Wichtigkeit erfreuten.

Es hätte in dieser Situation nur eines einzigen Ordners bedurft. Jemand, der den Fan kurz zur Seite nimmt und ihn darauf hinweist, dass es nicht erlaubt ist, über die Bande und auf den Platz zu springen. Jetzt jedoch darf man wohl davon ausgehen, dass der betroffene Anhänger nicht nur eine Geldstrafe, sondern auch ein Stadionverbot kassierte.

Besonders nervend ist die Meinung einiger Ordner, sie könnten Leute herumkommandieren in Bereichen, die gar nicht in ihrer Zuständigkeit sind. 2004 hatte ich einen Streit mit einem Verkäufer beim Kartenvorverkauf von Arsenal. Seit sieben Uhr morgens hatte ich in der Schlange für Eintrittskarten angestanden. Es war ein übel verregneter Morgen, und es dauerte Stunden, bis ich es in den Kartenvorverkauf geschafft hatte. Doch dann wollte man von mir Einzelheiten meiner *Arsenal Membership* wissen, die in diesem Zusammenhang gar nicht wichtig waren, man weigerte sich, mir Eintrittskarten zu verkaufen und behandelte mich richtiggehend überheblich und von oben herab*. Durchnässt, müde und abgenervt, hielt ich es in dem Moment für angemessen, dem Mann hinter dem Schalter zu erklären, er solle sich am besten selbst ficken. Als ich aus der Tür trat, fühlte sich ein Ordner befleißigt, sich mir in den Weg zu stellen und seine Stimme gegen

---

* Fürs Protokoll: Es war dieses Erlebnis, das das Fass zum Überlaufen brachte. An jenem Regentag wurde mir klar, dass ich als Kunde nicht erwünscht war, und ich hörte auf, regelmäßig zum Fußball zu gehen.

mich zu erheben. Was glaubte dieser Ordner wohl, welches Recht er hat, mir zu sagen, wie ich mich verhalten soll? Ich stand auf einer öffentlichen Straße! Der Arsenal-Kartenvorverkauf am Highbury war an der Straße, nicht im Stadion. Was wollte er wohl tun? Mich von der Straße stoßen, hinein ins Stadion? Oder mir ein lebenslanges Straßenverbot verpassen?

Es ist diese Sorte Verhalten, diese Vollstreckungsmentalität, wegen derer sich die Fans beim Fußball vorkommen wie Schulkinder unter den Augen eines Lehrers. Unglücklicherweise scheinen viele Supporter folgsam genug zu sein, um ihren Part unhinterfragt zu akzeptieren. Nach meinem Geschmack sollte jeder übereifrige Ordner auf Power-Trip von den Fans ausgeguckt und für den Rest des Spiels lächerlich gemacht werden. Im Upton Park flogen dem Chef-Ordner, der versucht hatte, das Kamera-Handy einzuziehen, für den Rest des Spiels Sprechchöre an den Kopf, die ihn kräftig verarschten. Sein wütender Gesichtsausdruck und sein hochroter Kopf waren ein Bild für die Götter.

Ich hätte ein Foto gemacht, wäre es nicht verboten gewesen.

Reine Sitzplatzstadien

2007 fragte die Internet-Erhebung „Football Fans Census“ 2.000 Anhänger, ob sie beim Fußball lieber stehen, dafür aber weniger zahlen möchten. 74 Prozent stimmten zu.

Ich bin nicht unsensibel gegenüber den Gründen, warum wir reine Sitzplatzstadien haben. Auf einer Stehtribüne starben 1989 im Hillsborough 96 Menschen. 1985 starben 37 Fans auf einer Stehtribüne im Heysel-Stadion von Brüssel. Aber die Wahrheit ist, dass die Menschen im Hillsborough starben wegen mangelnder Investition in den baulichen Zustand des Stadions, wegen schlechter Organisation, wegen polizeilicher Fehler und wegen der Stahlzäune, die eher in einen Zoo als in eine Sportarena gehört hätten. In Brüssel, 1985, war das Heysel-

Stadion ungeeignet, auch nur irgendeine Veranstaltung mit Zuschauern zu beherbergen, geschweige denn das europäische Pokalfinale.

Nach dem Unglück von Hillsborough umriss Lord Justice Taylor einen Gesetzentwurf, der zur Folge hatte, dass die Stadien der Proficlubs reine Sitzplatz-Grounds werden würden. Damit war es um die Stehtribünen geschehen. Ich bin sicher, dass Lord Justice Taylor mit den besten Absichten zu dieser Entscheidung gelangt ist, und dass die Sicherheit der Fans für ihn an oberster Stelle stand. Ich mache ihm daher keine Vorwürfe. Aber ich denke, seine Schlussfolgerung war falsch. Sein Bericht war eine Überreaktion auf die Geschehnisse von Hillsborough – und für die tragen die Vereine die Schuld, weil sie nicht für die Fans investiert hatten und ihre Stadien vergammeln ließen. In den Achtzigern waren viele Grounds in einem erbärmlichen Zustand. Noch eine Woche vor der Hillsborough-Tragödie war einer meiner Freunde bei Millwall an der alten Cold Blow Lane. Als er wiederkam, kommentierte er: „Eines Tages wird jemand in diesen Stadien zu Tode kommen" – und er meinte damit ausschließlich den Zustand des Stadions, nicht die Gewalttätigkeit der Millwall-Fans. Nur eine Woche später starben bei der größten Katastrophe des englischen Fußballs weit mehr Menschen als nur die eine Person, die mein Freund prophezeit hatte. Ende der Achtziger hatten viele Stadien umfangreiche Investitionen bitter nötig. Aber das hätte auch die Stehtribünen umfassen können. Stehplätze können durchaus sauber sein, „high tech" und, am wichtigsten, sicher. Eine Katastrophe wie Hillsborough könnte auf einer Stehplatztribüne nicht passieren, die bessere Überwachung, bessere Ausgänge hat, für die es nur Karten im Vorverkauf gibt und die – das ist maßgeblich – nicht vom einem Zaun umschlossen ist.

Es kann kein Zweifel darüber herrschen, dass einer der Hauptgründe für die hohen Eintrittspreise der Taylor Report ist. Bereits als junger Teenager wurde mir sofort klar, dass mit dem in Kraft tretenden Taylor Report es nun aufgrund der reduzierten Fassungsvermögen schwieriger und teurer werden würde, ins Stadion zu gehen. Dabei war in den ersten Jahren die Preissteigerung bei den Eintrittskarten gar nicht so dramatisch. Aber zu den Sitzplatzstadien gesellten sich schon bald die modernen Gehaltsvorstellungen der Spieler und die Gier ihrer Berater. Die neuen Sitzplatzstadien konnten nicht annähernd die Zuschauermengen aufnehmen, die die Stehränge vorher fassten. Ins Highbury passten bis zu 73.000 Zuschauer. Nach dem Taylor Report war seine Kapazität auf 38.000 gesunken. Nie waren englische Fußballstadien größer als heute, doch nie war ihr Fassungsvermögen so gering. Charlton Athletics Stadion „The Valley" war einst das Ligastadion mit der höchsten Zuschauerzahl in London. 75.000 Menschen gingen rein; hauptsächlich wegen einer gewaltigen Stehplatzgeraden. Das Sitzplatz-Valley fasst nun gerade mal 27.000. Hätten Stadien wie der St. James Park, das Eastlands oder das Emirates Stehplatzbereiche, dann lägen die Fassungsvermögen nahe der 80.000-Zuschauer-Marke. Hätte Old Trafford Stehplätze, käme es dicht an die 100.000er-Marke. Oder denke an das neue Wembley und wie die Kapazität aussehen würde, hätte man dort Stehplätze.

Mit solch extrem hohen Zuschauerkapazitäten wäre der Fußball nicht länger ein Sport für die Wohlhabenden allein, sondern schon bald wieder „the people's game". Er wäre wieder Volkssport. Denn die derzeitige Situation ist die, dass Tausende jede Woche ausgesperrt bleiben, weil unsere Stadien nicht genug Plätze haben, um die Nachfrage zu bewältigen.

Viele Jugendliche wachsen auf und sehen ihren Verein im Fernsehen, aber kaum einmal live, weil sie keine Möglichkeit und kein Geld haben, an eine Eintrittskarte zu kommen. Das allein müsste schon als Argument reichen, warum die reinen Sitzplatzstadien einen negativen Einfluss auf unseren Sport haben. Stattdessen sprechen die Leute vom tollen Komfort, den uns die neuen Grounds bieten.

Den meisten neuen Tribünen fehlt es an Platz für den Zuschauer. Ich weiß nicht, was so komfortabel daran sein soll, sich an den Rückenlehnen der Sitzreihe vor dir die Knie zu stoßen. Und das, obwohl ich nur gerade Mal einen guten Meter siebzig groß bin! Nebenbei: Sich gemütlich hinzusetzen – das macht man zuhause vor der Glotze oder mit einem Buch auf der Couch. Seit wann aber ist das ein wichtiges Kriterium bei einem Fußballspiel?!

Auch, wenn es heute kaum einer mehr glauben mag: Die Stehplätze waren klasse! Sie waren eine praktische Sache, und mehr noch als alles andere gewährten sie Freiheit. Man konnte sich aussuchen, wo man sich hinstellen und das Spiel sehen wollte. Heute bezahlen wir mehr Geld dafür, dass man uns sagt, wo wir uns hinsetzen sollen. Im alten Arsenal-Stadion, bevor es ein reiner Sitzplatz-Ground wurde, stand ich meist in der *West Stand Junior Gunners Section*. Man konnte hier von einer Ecke des Spielfelds bis zur anderen gehen. Auf welches Tor Arsenal also auch spielte, ich stand an diesem Ende und hatte einen einwandfreien Blick auf den gegnerischen Strafraum. Wenn du damals den Typen neben dir nicht gemocht hast, dann bist du einfach weitergegangen. Sitzen wir heute neben jemandem, der uns richtig auf den Sender geht, dann müssen wir das wohl oder übel die ganze Spieldauer hindurch aushalten. Und ehrlicherweise muss ich - als jemand, der gerne und häufig in Stadien pöbelt und flucht - zugeben, dass ich sicher auch jemand bin, von dem sich andere gern mal entfernen würden. Aber was meckert ihr über mich? Meckert über Lord Justice Taylor und Frau Thatcher!

Stehplätze sorgen für Dramatik. Jedes Mal, wenn der Gegner am Highbury ein Tor erzielte, war ich völlig fasziniert von dem Bild, das die feiernden Gästeanhänger boten. Elektrisierend. Auf den alten Stehtribünen ähnelten die Torjubel einem Bienenstock, in dem alles hin und her schwärmte; wie ein Meer aus Menschen. Die sichtbar werdende Energie nahm dir fast den Atem. Aber jetzt, in dieser bieder-durchschnittlichen Sitzplatz-Umgebung, feiern Fans ein Tor, indem sie aufstehen, fünf Sekunden klatschen und dann wieder Platz nehmen.

Die Energie einer spontanen Jubelfeier ist dem Fußball völlig verloren gegangen. Aber ich fühle mich immer noch wie ein junger Mann, und ich will aufspringen und feiern, solange ich noch die Energie und die geeigneten Knie dazu habe.

Die Stehplätze verschwanden in den frühen Neunzigern aus dem modernen Fußball. Ich war zu der Zeit ein junger Teenager, der es liebte, herumzuspringen und in Aktion zu sein, und für mich war der Umbau entsprechend eine schreckliche Erfahrung. Ich war trauriger über die Planierung der alten North Bank im Highbury als über den Umzug ins neue Stadion im Jahre 2006. Zwar war das Highbury immer noch ein magischer, alter Ground, aber ein wichtiger Teil seines Charakters, seiner Seele war bereits lange Zeit zuvor verloren gegangen. Nach dem Abriss der North Bank Terrace im Jahre 1992-93 war die Stimmung im Stadion so armselig geworden, dass der Club mit über die Lautsprecheranlage abgespielten Arsenal-Liedern versuchte, etwas Atmosphäre zu schaffen. Das war ein Tiefpunkt in meinem Dasein als Fan.

Selbst heute kann man feststellen, dass sich die Fans noch nicht vollständig an die reine Sitzplatzumgebung gewöhnt haben. Ich bedaure alle jungen Fans zutiefst, die nie die Möglichkeit haben werden, Teil jener Stehplatz-Kultur zu sein; die nie erfahren werden, wie einzigartig sie war. Wenn sich Leute daher auf die „schlechten Zeiten der Stehplatztribünen" beziehen, dann kann ich darüber nur lachen.

Denn es gibt Tausende von uns, die sich an jene Zeiten als die vielleicht besten ihres Lebens erinnern.

Im November 2005 wurde Tony Blair in der BBC-Sendung *Football Focus* befragt, wie wahrscheinlich eine Wiedereinführung der Stehplätze wäre. Er machte deutlich, dass er dies für eine schreckliche Idee halte, und dass er nicht bereit sei, das Thema überhaupt zu diskutieren. Ein hervorragendes Beispiel der Diskussions- und Demokratiekultur eines Mannes, der eigentlich der Verteidiger unseres Rechts auf freie Meinungsäußerung sein sollte. Insgesamt ist es unwahrscheinlich, dass unsere politischen Führer ihre Meinung in dieser Sache ändern werden. Aber es sind nicht nur die Politiker und Fußballfunktionäre, die sich gegen eine Wiedereinführung der Stehplätze aussprechen: Auch viele Fans haben sich mit den Sitzplätzen arrangiert und hassen die Vorstellung, beim Fußball stehen zu müssen. An jene Leute gerichtet, die nicht auf den Stehplätzen stehen wollen, sondern lieber auf den Sitzplätzen sitzen, sage ich: gut! Ihr sitzt, und ich stehe. Das ist doch eine einfache Abmachung, und zudem eine, die hundert Jahre lang funktioniert hat. Jeder, der nicht stehen wollte, holte sich eine Sitzplatzkarte. Ja, echt, es war *wirklich* so einfach!

Fußball machte mehr Spaß, als man am Morgen des Spieltages aufwachen und sich spontan dazu entschließen konnte, zum Spiel zu gehen. Fans müssen jetzt versuchen, Tickets online oder per Telefon für ein Spiel zu ordern, das noch Wochen oder Monate in der Zukunft liegt.

Zumindest sollten die Vereine den Fans in einigen Blöcken ihres Stadions erlauben, aufzustehen, wenn sie das wünschen. Für viele Clubs in Europa ist das eine ganz normale Sache; sie haben extra bestimmte Bereiche für den lautstarken Teil ihres Anhangs ausgewiesen. Das ist ein sehr guter Kompromiss, der Sitzplatzstadien zu einer geeigneten Umgebung sowohl für Familien als auch den stimmgewaltigen Anteil der Anhängerschaft macht. Als ich 2006 bei Juventus war, waren dort insgesamt um die 50.000 Zuschauer im Stadion, und diese Zuschauerschaft war im Grunde zweigeteilt. Etwa 35.000 schauten das Spiel sitzend, während die anderen etwa 15.000 Anhänger das Spiel von ihren Stammplätzen aus im Stehen verfolgten. Ihre Blöcke waren ein riesiges Spektakel, voller Lärm, voller Farbe. Kein englischer Verein handhabt es auf diese Weise, und das überrascht auch nicht. Denn das würde nicht zum Image ihres Unternehmens passen. Eine Umgebung, in der die Fans Zusammenhalt, einen Gemeinschaftssinn entwickeln würden, wird von den Clubs nicht gefördert: Haben die Fans Zusammenhalt, dann können sie sich leichter organisieren. Und sind die Fans organisiert, dann haben sie vielleicht sogar die Macht, den modernen Fußball zu ändern.

Wenn eine Clique, eine Gruppe Freunde zusammen ins Kino geht, so sitzen sie nicht auf einzelnen Sitzen überall im Kino verteilt. Wenn eine Festgesellschaft zum Essen in ein Restaurant geht, so sitzen die einzelnen Gäste nicht an unterschiedlichen Tischen oder bei Fremden. Wenn Fußballfans nicht zusammensitzen oder -stehen können, dann verliert das Spiel etwas, das zu seinen wichtigsten Bestandteilen gehört.

Überbordende Werbung und ein Zuviel an Marketing

> „Oh, was mir gerade einfällt: Sollte jemand hier im Saal sein, der in der Werbung oder im Marketing arbeitet: Bringen Sie sich bitte um! Nein, ehrlich: Bitte bringen Sie sich um! Es gibt keine Begründung für Ihre Tätigkeit. Sie sind Satans kleine Helferlein! Sie sind die Zerstörer alles Guten!
> Sie glauben jetzt alle, es kommt gleich eine Pointe. Es kommt keine. Dies wird kein Witz. Bringt Euch um! Ihr seid die Brut des Teufels und füllt die Welt mit Gift und Galle [großer Applaus und Jubel von den Zuschauern]. Ihr verarscht uns. Also: Bringt Euch um!
> Ich weiß, was die Leute aus dem Marketing jetzt denken: ‚Heh, Bill bringt die Anti-Marketing-Nummer. Das ist eine sichere Sache, die Nummer verkauft sich todsicher.' Verdammte Scheiße, ich bringe keine Nummer, Ihr Drecksäcke! Hört auf damit, auf jedes Ding dieser Erde ein Dollarzeichen zu kleben!"
>
> Bill Hicks, amerikanischer Stand-Up-Comedian, 1993

Lass mich, bevor es losgeht, zuallererst bekennen, dass ich selbst Geld mit Fußballwerbung generiert habe. 250 Pfund, um genau zu sein. Damals, 2004, war ich *Body Double* für Paul Scholes in einem Nike-Werbespot. Bevor du jetzt weiterliest, noch etwas ganz Wichtiges: Ich bin NICHT rothaarig. Sie färbten mir für die Werbung die Haare. Es dauerte zehn Wäschen, bis die Tönung wieder raus war. Was die Sache noch schlimmer machte: Nike zahlte mir nicht mal das Haarfärbemittel. Im Produktionsvertrag stand nur, dass ich Geld für einen Haarschnitt bekommen würde. Wo ist nur die Gerechtigkeit geblieben?

Den Werbespot zu drehen machte aber mächtig Spaß. In dem Filmchen wurde Thierry Henry von anderen Spielern, die ebenfalls bei Nike unter Vertrag waren, durch sein Haus gescheucht. Leider waren keine berühmten Spieler anwesend, nur Body Doubles wie ich (Mikaël Silvestre Double war ein Weißer! Und auch Claude

Makeleles Doppelgänger musste wie ein Varietésänger nachgefärbt werden! Gibt es keine schwarzen Stuntmen in Großbritannien?). Man sah nur meinen Hinterkopf, während ich Henry zusammen mit einigen anderen United-Spielern den Flur entlangscheuchte. Ich möchte zu gerne wissen, wie viel der echte Paul Scholes für diese Werbung bekommen hat. Freunde unterstellten mir, ich sei es in Wirklichkeit auch gewesen, der den Man-United-Elfmeter 2005 im Pokalfinale gegen Arsenal verhauen hätte. Absichtlich verhauen hätte. War ich aber nicht. Das war wiederum der echte Paul Scholes. Nike bat mich zwar, den Elfer zu schießen, aber weil sie immer noch nicht mit der Kohle für das Haarfärbemittel rüberkommen wollten, habe ich abgelehnt. Und überhaupt: Wo ist mein Agent?

Diese Sorte Werbung tut dem Fußball nicht weh. Wenn Unternehmen wie Nike oder Adidas den Spielern Millionen zu zahlen wünschen, dann ist das okay. Sponsoren bezahlen nur Spieler, die gute Leistung bringen und ihr Geld wert sind, also: Viel Glück.

Was aber ist mit einer Form von Werbung, die jemandem die Freude am Zuschauen nehmen kann? Was ist etwa mit den neuen digitalen Anzeigenbanden, die in ganz Europa Standard geworden sind? Die Leute, die im Fußball das Sagen haben, waren nicht mehr zufrieden mit den bewegungslosen, statischen Anzeigenbanden, oder mit jenen, auf denen nach einiger Zeit eine Werbung durch eine andere ersetzt wird. Jetzt haben sie digitale Banden auf uns losgelassen, von denen das ganze Spiel hindurch flackernde Anzeigen den Fans entgegenleuchten. Sie versuchen, die Außenlinien unserer Fußballfelder aussehen zu lassen wie den Times Square oder den Las Vegas Strip!

Der erste Verein, die diese elektronischen Anzeigenreiter in England eingeführt hat, war Manchester United, wie immer der Pionier der Kommerzialisierung des Fußballsports. Diese Werbebanden sind eine obszöne und aufdringliche Zumutung. Sie sind obszön, weil sie so unheimlich erfolgreich funktionieren: Unbewusst lenken sie meinen Blick vom eigentlichen Spielgeschehen weg, hin zu den blitzenden Botschaften von McDonalds, Pepsi, Nike und Konsorten. Sie sind so aufmerksamkeitsheischend, dass ich mir vorstellen kann, sie lenken auch die Spieler ab – obwohl die sich nicht beschweren, wissen sie doch, dass die so erzielten Einkünfte ihre hohen Gehälter finanzieren helfen.

Andere Unterhaltungsformen werden nicht von solch überbordender Werbung heimgesucht. Wenn wir ins Kino gehen, bekommen wir die Werbung vor dem Hauptfilm verabreicht. Die meisten von uns akzeptieren dies als wichtige Einnahmequelle für die Kinos. Aber man stelle sich vor, im Kino zu sitzen und unter der Leinwand eine blitzend beleuchtete, sich ständig ändernde Werbebande zu haben – den ganzen Film hindurch! Ohne Zweifel würde das den Filmgenuss maßgeblich beeinträchtigen, oder? Die Kinobesucher würden jedenfalls eine Entschuldigung á la „Das bringt dem Odeon-Filmpalast aber mehr Einnahmen" kaum hinnehmen.

Aber als Fußballfans, so scheint es, müssen wir beinahe alles ertragen und hinnehmen, was den Vereinen mehr Geld in die Kassen bringt. Diese Sorte Werbung ist an die Fernsehzuschauer gerichtet (vor der Tribüne, auf der die Fernsehkameras stehen, findet man diese Banden jedenfalls selten).

Die Geldleute des Fußballs sind besorgt darüber, dass ein Fußballspiel ganze fünfundvierzig Minuten ohne eine einzige Werbeunterbrechung gespielt wird. Diese Tatsache ist einer der Gründe, warum der Fußball nie den Durchbruch in den USA geschafft hat. Um Amerika zu erobern, bräuchte der Fußball einen vernünftigen Fernsehvertrag. US-Fernsehkanäle jedoch senden selten länger als fünf Minuten am Stück ohne Werbeeinspielung – von fünfundvierzig Minuten mal ganz zu schweigen (als ich in Amerika war, sah ich eine Plakatwerbung für einen Fernsehsender, auf der man begeistert verkündete: „ZEHN MINUTEN SENDUNG OHNE WERBEUNTERBRECHUNG - EHRLICH!")

Mittlerweile haben sie einen Weg gefunden, uns während der ganzen neunzig Minuten Werbung in den Kopf zu projizieren, und lassen uns dafür noch bezahlen.

Man mag kaum glauben, dass in den späten Siebzigern und frühen Achtzigern die BBC keine Live-Spiele der Football League übertragen wollte, weil die ersten

Teams mit Trikotwerbung auflaufen wollten: Die BBC machte sich Sorgen über Schleichwerbung!

Damals hatten die Sender keine andere Wahl, als den stattfindenden Wandel im Fußball hinzunehmen. Heute jedoch übertragen sie Paarungen mit blitzenden Anzeigen von McDonalds und Co., ohne dies auch nur im Geringsten zu hinterfragen. Und jedes Mal, wenn ein Spieler zum Interview gebeten wird, stellen sie sicher, dass der Spieler auch ja vor einer ganzen Wand mit Sponsoren-Logos Aufstellung nimmt. Und dies ist nur die BBC. Vorbei sind die Tage, wo man Spieler vor einem Regal voller Fußballschuhe aufnahm.

Barcelona und Real Madrid erlangten beide Berühmtheit für ihre Weigerung, auf ihren Trikots Werbung zuzulassen. Der Grund war, dass man keinen Sponsor würdig genug befand, auf dem eigenen Jersey zu erscheinen. Real Madrid erlag zum Wechsel des Jahrtausends den Verlockungen des Trikotsponsoring und ließ Siemens als Partner zu - offenbar floss genug Geld, um den eigenen Stolz hintanzustellen. 2006 hatte dann Barcelona mit UNICEF, dem Kinderhilfswerk der UN, seinen ersten Trikotsponsor. Geld floss bei diesem Fünf-Jahres-Vertrag nicht.

Diese Geste allein ist unglaublich. Denn Barcelona ist damit bereit, für eine wohltätige Organisation auf zig Millionen zu verzichten: Hätte man das Sponsoring eines kommerziellen Unternehmens akzeptiert, wäre sicherlich der höchstdotierte Vertrag der Fußballgeschichte zustande gekommen. Barcelonas Präsident Joan Laporta sagte über die Vereinbarung: „Die Übereinkunft mit UNICEF ist eine mit Seele. Wir gewinnen die Champions League auf sozialer Ebene. Wir zeigen der Welt, dass unser Verein mehr ist als nur ein Fußballclub." Barcelonas Fans hatten schon immer ihre Prinzipien und wären nicht bereit gewesen, einen Werbepartner aus irgendeinem anderen Bereich zu akzeptieren.

Ein Verein, der in der Lage ist, der Kommerzialisierung zu widerstehen, zugleich aber sportlich erfolgreich ist, der ist ein Beispiel für seine Konkurrenten überall auf der Welt. Seit der Vereinbarung zwischen UNICEF und Barcelona ist der einzige größere europäische Verein ohne Trikotwerbung der ebenfalls in der spanischen Liga spielende Verein Athletic Bilbao aus der baskischen Region Spaniens. Ähnlich wie Barcelona, so hat auch Athletic Bilbao bei seinen Fans den Status einer Nationalmannschaft. Bilbao gilt als das inoffizielle Nationalteam der Basken, so wie Barcelona als die inoffizielle Nationalmannschaft der Katalanen angesehen wird. Natürlich haben Nationalmannschaften keinen Trikotsponsor (wenn auch die Iren mal von Opel unterstützt wurden) – etwas, das angesichts des kommerziellen Zeitalters, in dem wir leben, durchaus erstaunlich ist.

Keine Marke kann ernsthaft als Sponsor für eine Nation von zig Millionen auftreten. Dennoch: Weil der Fußball Jahr für Jahr mehr von der Geldgier gepackt wird, und wenn es weitergeht wie bisher, dann sollte man nicht überrascht sein, in einigen Jahren auch auf dem Trikot der Nationalmannschaft Werbung zu sehen.

Die Grenze der Kommerzialisierung ist eindeutig überschritten, wenn Werbepartner versuchen, sich in sportliche Angelegenheiten einzumischen; wenn etwa zum Beispiel Unternehmen zu bestimmen versuchen, welcher Spieler aufgestellt wird. In jüngerer Zeit hat es von verschiedenen Seiten Anschuldigungen gegeben, wonach etwa Nike einen zu großen Einfluss auf die Auswahl und Einberufung von Spielern der brasilianischen Nationalelf genommen hätte. Unmittelbar vor und nach der Weltmeisterschaft 1998 erreichten diese Anschuldigungen einen Höhepunkt. Wie es hieß, hatte Nike versucht, für jene Spieler eine Benennung zu erreichen, die auch bei dem Unternehmen unter Vertrag waren. Nach dem Endspiel zwischen Brasilien und Frankreich hieß es, dass Nike auf dem Einsatz von Ronaldo bestanden hätte, obwohl er weder mental noch physisch in optimaler Form war. Ronaldo war Nikes bekanntester Spieler, und allgemein hätte es als Desaster für Nike gegolten, wäre er nicht im Endspiel dabei.

In der Tat scheint es merkwürdig, dass Ronaldo dann dabei war. Selbst angesichts seines großen Namens hätte kein vernünftiger Trainer ihn auf den Platz geschickt, denn er war an jenem Abend ganz augenscheinlich in überaus schlechter Verfassung. Doch es bleiben dies nur Verdächtigungen und Verschwörungstheorien, die niemand hinreichend hieb- und stichfest beweisen konnte. Sollte man solch Beweis jedoch jemals antreten können, dann müsste man den betroffenen Sponsor dauerhaft aus dem Fußball entfernen. Die meisten Leute wären sicher nicht überrascht, sollte es im Fußball nicht doch schon längst irgendwo einen Platz geben, irgendeine Position bestehen, von der die Sponsoren auf den Sport einwirken, die aber noch nicht bekannt wurde. Wenn es dann doch mal soweit ist, bin ich gespannt, wie schnell wohl die FIFA reagieren würde. Die öffentliche Wahrnehmung der FIFA und ihrer vom Geld dominierten Sicht des Fußballs würde in jedem Fall schweren Schaden nehmen (wie korrupt die FIFA zu agieren in der Lage ist, wird in dem Buch *„Foul! The Secret World of FIFA: Bribes, Vote Rigging and Ticket Scandals"* von Andrew Jennings geschildert).

Während es also Fans gibt, die nicht einmal bereit sind, einen Trikotsponsor zu akzeptieren, gibt es andere, die kein Problem damit haben, wenn Herz und Seele des eigenen Vereins durch Dritte aufgekauft werden. In ganz Europa wird es zunehmend üblich, Stadien nach Geldgebern zu benennen und nicht mehr nach dem Verein. Zunehmend verwirrt war ich in letzter Zeit, weil mir nicht mehr klar war, ob ich nun ein Fan bin von Arsenal FC oder Emirates Airlines - oder beiden. Das Fernsehen bezieht sich mittlerweile auf die Zuschauer bei Arsenal als „die Emirates-Zuschauer", nicht mehr als „die Arsenal-Fans". Von meiner Wohnung in Nord-London kann ich direkt auf Arsenals neues Stadion im Ashburton Grove schauen. In großen, roten Neon-Buchstaben kann ich lesen: EMIRATES STADIUM. Das Stadion wird dominiert vom Zeichen der Emirates Airlines, die eine Menge Geld hierfür bezahlen. Was Arsenal am Ende raus haben wird, wird sich nach einigen Jahren auf 100 Millionen Pfund belaufen. Die 100 Millionen bedeuten: Namensrecht am Stadion für Emirates Airlines für fünfzehn Jahre, Recht auf Trikotsponsoring für acht Jahre, beides ab 2006.

Das ist, wie gesagt, eine Menge Geld. Andere Arsenal-Fans haben versucht, mich zu überzeugen: Dies sei doch ein Bombendeal für den Club, und ich sollte mich drüber freuen. Sie können sagen, was sie wollen: Es wird mich nicht überzeugen. Es interessiert mich nicht, wieviel Kohle Emirates zu zahlen bereit ist.

Denn Identität und Stolz haben kein Preisschild.

Zudem scheint die Summe von 100 Millionen Pfund weit weniger beeindruckend, wenn man bedenkt, dass Arsenal bei jedem Heimspiel über 3 Millionen einnimmt. Als Fan sehe ich dieses Stadion-*Branding* nur als einen weiteren Angriff auf die Tradition meines Vereins. Das Wichtigste, was ein Verein hat, sind sein Stadion und seine Fans. Die Vorstände, Spieler, Werbepartner, sie alle kommen und gehen wieder, aber das Stadion und die Fans werden bleiben. Benennt man ein Stadion nach einem Mobiltelefon oder nach einem Chips-Hersteller, dann nimmt man dem Club einen Großteil seiner Identität. Wenn die Vereine ihre Identität verlieren und ihre Seele dem Kommerz verkaufen – was bleibt dann übrig? Wessen Fan bin ich dann noch?

Das *Branding* eines Clubs wie Arsenal soll den Kompromiss darstellen, um sportliche Erfolge auf dem Spielfeld zu ermöglichen. Gewinnt das Team Pokale, so sind die Fans auf den Rängen glücklich. In den erfolglosen Spielzeiten jedoch, die unausweichlich ebenfalls kommen werden, bleibt den Anhängern nicht mehr als ein Verein mit einem faden Firmenimage und einer kläglichen Restidentität. Mit anderen Worten: Den Fans bleibt nichts.

Die Anhänger etwa von Coventry City sitzen jetzt in ihrer modernen, neuen „Ricoh Arena". Sie sitzen auf der „NBL-Tribüne", auf dem „Jewson Stand", im „Coventry Evening News Stand" oder haben eine Karte für den „Marconi Stand".

Aber können sie darauf stolz sein?

Es gibt andere Möglichkeiten, auf diese Weise Geld hereinzuholen, ohne die Seele des Vereins zu opfern. So könnte man etwa den Namen des Sponsors für das Stadion übernehmen, aber dieser darf dann nicht dominanter sein als das Wappen und der Name des Vereins selbst. Wie wäre es also mit „THE ARSENAL STADIUM – mit Unterstützung der Emirates Airlines". Für mich wäre das akzeptabel, denn das Stadion trägt nach wie vor den Namen des Vereins, und dennoch bekommt der Werbepartner die ihm gebührende Aufmerksamkeit. Real Madrid spielt im Bernabeu-Stadion, benannt nach ihrer Vereinslegende und ehemaligem Präsidenten

Santiago Bernabeu. Über dem Stadion erstrahlt der Name BERNABEU in großen Buchstaben, und man spürt förmlich die Tradition, die Geschichte, wenn man sich dem Stadion nähert. Mehr jedenfalls, als hätten sie ihr Stadion nach British Airways oder Burger King benannt.

Die bedeutendsten Fußballstadien der Welt tragen Namen, die Teil der Fußballgeschichte sind – Old Trafford, San Siro, Anfield, Wembley, Nou Camp, Bernabeu, Maracana, Stade de France, Highbury, St. James Park, Olympiastadion München, Villa Park, White Hart Lane, Parc de Princes, Vélodrome, Hampden Park, Celtic Park, Ibrox und so weiter.

Wollen wir die wirklich aufgeben zugunsten von NTL, von Emirates, von AOL, EDF Energy und RheinEnergie, von Allianz und T-Mobile?

Manche Menschen sehen Fußball als eine Religion, und in gewisser Weise ist er das auch. Er ist etwas, dem du mit Leidenschaft folgst, ganz ohne Gott und ohne Glauben an ein Leben nach dem Tod. Ich will nicht wie Clive Tyldesley klingen, aber das Äquivalent zu einer Kirche oder einer Moschee ist für den Fußballfan das Stadion. Aber die Anhänger anderer Religionen wären nicht so schnell bereit, ihre Seele dem Kommerz zu verkaufen wie dies die Fußballfans tun.

Kirchen sind meisten schlecht besucht und in ständiger Geldnot. Aber wie knapp auch das Budget der örtlichen Gemeinde ist, nie würde man an ihrer Kirche vorbeikommen und lesen: „DAS ADIDAS-HAUS DER ANDACHT" oder „DIE WALKERS-KNUSPERCHIPS-KATHEDRALE". Eine Moschee, der man einen Markennamen verpasst, würde nicht länger stehen als ein Opferlamm bei einem Black-Sabbath-Konzert. Anhänger dieser Religionen haben eine Bereitschaft zur Hingabe, die zu stark ist, als dass sich jemals Dritte mit ihren Interessen einkaufen könnten. Den Ort ihrer Gottesanbetung nach einem Sponsor zu benennen, würde ihre Religion herabwürdigen, einen Frevel bedeuten.

Alex Ferguson führte einmal aus, Fußballfans sollten keinen Eintritt mehr zahlen müssen angesichts der gewaltigen Summen, die der Fußball durch Fernsehrechte und Werbung macht. Die Ironie ist jedoch, dass die Fans um so mehr für ihre Eintrittskarte zahlen, je mehr Geld etwa durch die Werbung in den Fußball geflossen ist. Als zahlende Kunden haben wir also in jedem Fall nichts von den guten Seiten der Werbung gespürt, denn die Vereine werden um so gieriger, je mehr Geld ihnen von dritter Seite zufließt. Seitdem die Emirates Airlines als Sponsoren des Arsenal Stadium auftreten, haben wir jedenfalls die höchsten Eintrittspreise der Vereinsgeschichte.

Ich hasse sie, die überall vertretene, überbordende Werbung im Fußball, die den Sport quasi verzehrt hat. Als Fans wollen wir, wenn wir zu unseren Clubs fahren, eigentlich eine Pause von unserem normalen Leben. Unser normales Leben beinhaltet den Kommerz, der mehr und mehr die gesamte Gesellschaft zu bestimmen scheint. Tag und Nacht bekommen wir Werbung in den Hals gestopft. Es gibt sogar schon Fernsehmonitore in Bussen! Kein Entkommen. Ich kann nicht in einen Londoner Doppeldecker einsteigen und mich auf mein Buch konzentrieren, weil irgendein verschissenes Großmaul auf dem Bildschirm von den neuesten Kopfschmerztabletten erzählt. Nacht und Tag, Tag und Nacht, wo wir auch sind – überall erzählt man uns, unser Leben sei leer, weil wir *ein ganz bestimmtes Produkt* noch nicht haben.

Das einzige kulturelle Erbe, das wir nachfolgenden Generationen überlassen werden, wird, fürchte ich, das Vermächtnis einer seelenlosen Kommerzgläubigkeit sein. Fußball sollte unser Fluchtmittel, unser Ausweg aus der Realität einer traurigen, oberflächlichen Welt sein. Stattdessen ist er der Anführer des Werbezeitalters. Und je mehr ein Club vom Marketing besessen wird, je weniger fühlen sich die Fans ihm zugehörig.

Kapitel 6

Preiswert

> „Unsere Einnahmen durch Eintrittskartenverkauf werden vermutlich die höchsten der Welt sein. Wir werden 60.000 Fans haben und hochpreisigere Tickets - und mehr Business-Seats als jeder andere Verein der Welt."
>
> Keith Edelman, Geschäftsführung Arsenal FC, 2006

Als ich dieses Statement im *Evening Standard* las, musste ich ungläubig den Kopf schütteln. Und das, obwohl mir die Zeilen natürlich nichts Neues mitteilten. Fußball ist Abzocke, das weiß inzwischen jeder. Was mich so verblüfft, ist die Tatsache, dass Keith Edelman die Dreistigkeit besitzt, dies so offen und in einem beinahe angeberischen Tonfall zuzugeben. Als wären Arsenal-Fans begeistert davon, dass ihr Verein die höchsten Zuschauereinnahmen hat, indem er seinen Anhang entsprechend viel für die Eintrittskarten zahlen lässt. Zehn von zehn erreichbaren Punkten für Ehrlichkeit. Ansonsten jedoch scheint mir, Edelman hat gedacht, er sei auf einer Vorstandssitzung und nicht im Gespräch mit Journalisten, die seine Prahlerei sofort an die Öffentlichkeit tragen.

Wie viele Firmen gibt es, die ihren Kunden gegenüber damit prahlen, teurer als die Konkurrenz zu sein? Vielleicht ist dies ein Werbetrend, den andere Branchen mal im Auge behalten sollten. Man könnte sich ja etwa einen Werbespot für amazon.com oder die Musikkette HMV vorstellen, mit einem neuen Slogan: „HMV - für Musik die Besten. Und mit unseren extrateuren CDs machen wir mehr Umsatz als die Konkurrenz!" Aber funktionieren würde das nicht, denke ich jetzt mal. Oder waren Edelmans Worte vielleicht ein ganz geschickter Marketing-Schachzug? Wenn die Arsenal-Dauerkarten so teuer werden, dann gelten sie vielleicht bald als Statussymbole. Manchmal funktioniert eine gewisse Exklusivität ja, um Leute für ein Produkt zu interessieren.

In den letzten Jahren erschien mir mein Verein Arsenal wie ein nobler Nachtclub, wo Leute nicht eingelassen werden, weil ihr Name nicht auf der Gästeliste steht. Solch Exklusivität mag jene Menschen ansprechen, die bereits drinnen sind, aber man spielt dennoch ein gefährliches Spiel. Eine Zuschauerschaft, die sich für exklusiv hält und gern einer erfolgreichen Marke verbunden ist, wird nicht bleiben, wenn diese Marke nur noch im Tabellenmittelfeld herumkrebst. Solche Menschen wollen mit Erfolg assoziiert werden, und wenn die Mannschaft diesen nicht aufweisen kann, dann strahlt dieser Misserfolg auf sie ab. Die Geschichte des englischen Fußballs belegt, dass es keinen Verein gibt, der ohne eine Phase der Mittelmäßigkeit in seiner Geschichte ist. Clubs wie Manchester United oder Spurs verbrachten in den Siebzigern eine Saison in der zweiten Liga. Und, um ein neueres Beispiel zu wählen: Wer hätte gedacht, dass Leeds United den Weg von einem Champions-League-Halbfinale gegen Real Madrid zu einem Ligaspiel gegen Crewe Alexandra in nur zwei Spielzeiten schafft?

Der „Football Fans Census", die Internet-Umfrage von 2007, stellte auch die Frage: „Glauben Sie, dass die Eintrittskarten ihren Preis wert sind?" Das Ergebnis war aufschlussreich, um das Mindeste zu sagen:

1) Ja: 12 Prozent
2) Nein: 88 Prozent

Jedes andere Unternehmen, dessen Kunden finden, die angebotenen Produkte seien ihren Preis nicht wert, stünde vor einer schweren Krise. Schon ein Jahr zuvor hatte die BBC in der Sendung *Football Focus* die gleiche Frage gestellt, und auch dieses Ergebnis zeigte, dass 88 Prozent der Fans nicht der Meinung waren, die Kosten für ein Ticket würden durch das Produkt gerechtfertigt. Brian Barwick, Vorstandsvorsitzender der Football Association, kommentierte das Ergebnis jedoch wie folgt: „Ich denke, die Preise sind durchaus ausgewogen und in der Balance". Einfach zu behaupten, wenn man der FA vorsteht und somit bei keinem einzigen Spiel Eintritt zahlen muss.

2.000 Fans wurden im Rahmen des Football Fans Census befragt. Das Ergebnis macht ganz deutlich, dass die Fans nicht der Meinung sind, entsprechenden Gegenwert für ihr Geld zu bekommen; angefangen von den Kosten der Eintrittskarte über jene für Getränke bis hin zum Merchandise – alles ist zu teuer.

Andere Fragen und entsprechende Ergebnisse aus der Umfrage lesen sich wie folgt:

Sollten die Vereine der Premiership die Mehreinnahmen aus Fernsehgeldern nutzen, um die Eintrittspreise zu senken?

1) Ja: 96 Prozent
2) Nein: 4 Prozent

Haben Sie sich schon einmal verschuldet, um Ihren Club live sehen zu können?

1) Ja: 20 Prozent
2) Nein: 80 Prozent

Gehen Sie derzeit häufiger oder seltener zum Fußball als früher?

1) Seltener: 56 Prozent
2) Häufiger: 8 Prozent
3) Keine Änderung: 36 Prozent

Würden Sie häufiger ins Stadion gehen, wenn die Eintrittskarten günstiger und leichter verfügbar wären?

1) Ja: 86 Prozent
2) Nein: 14 Prozent

Wären Sie bereit, für Ihren Eintritt mehr zu bezahlen, wenn das Ihrem Verein ermöglichen würde, einen Weltklassespieler zu verpflichten?

1) Ja. 22 Prozent
2) Nein: 78 Prozent

Haben Sie bereits bei einem Verein der unteren Spielklassen Fußball geschaut, weil die Eintrittspreise dort günstiger sind?

1) Ja: 26 Prozent
2) Nein, aber ich ziehe das in Erwägung: 16 Prozent
3) Nein: 58 Prozent

Was ist Ihrer Ansicht nach die größte „Abzocke" beim Fußball?

1) Der Eintrittspreis: 49 Prozent
2) Merchandise, Trikotverkauf und ähnliches: 21 Prozent
3) Kosten für Essen und Trinken: 28 Prozent
4) Andere: 2 Prozent

Was ich im Rahmen dieser Umfrage kaum glauben konnte, waren die zwanzig Prozent, die sich wegen ihres Vereins bereits mal in Schulden gestürzt hatten! Schulden wegen eines Immobilienkaufs oder weil man seine Familie irgendwie durchbringen muss: völlig verständlich. Aber wegen Fußball?

Was nicht zusammenpasst, ist der Widerspruch zwischen den Ergebnissen dieser Umfrage und der Tatsache, dass der Fußball immer noch große Mengen an Zuschauern in die Stadien zieht – ein Argument, das die Premier League und die FA nur zu gern und regelmäßig bemühen. Was die Herren jedoch beachten sollten: Die große Mehrheit dieser Zuschauer sind höchst unzufrieden damit, wie sie als Kunden behandelt werden. Der professionelle Fußball ist eine sehr selbstgefällige Branche. Selbstzufriedenheit jedoch ist eine Schwäche, egal, wo sie auftaucht, aber besonders dort, wo die Konsumenten mit dem Produkt nicht zufrieden sind, das sie erworben haben. Wenn 86 Prozent der Fans sagen, sie würden häufiger ins Stadion kommen, wenn es billiger wäre, dann ist das fraglos ein Indikator dafür, dass unsere Stadien voller sein könnten. In den vergangenen Jahren sind die Zuschauerzahlen leicht rückläufig und leere Sitze kein ungewöhnlicher Anblick mehr. Zu Beginn der Saison 2005-06 verzeichneten die meisten Clubs der Premiership gegenüber dem Vorjahr einen deutlichen Rückgang. Das war das erste Mal nach über einem

Jahrzehnt, dass der englische Spitzenfußball irgendwie verletzlich schien. Die meisten Journalisten und Experten führten den Zuschauerrückgang auf den Mangel an Unterhaltung zurück: Zu Beginn der Saison fielen in vielen Partien kaum Tore, und 0:0 war ein häufiges Ergebnis. Dies mag sicher ein Grund für den Rückgang sein, zusammen mit dem wenig spannenden, vorhersagbaren Verlauf der Liga. Aber Fußball ist kein Industriezweig, wo die Mehrzahl der Kunden ihre Kaufentscheidung davon abhängig macht, wieviel Unterhaltung geboten wird. Denn die Wahrheit ist, dass die überwältigende Mehrheit unserer Vereine keinen unterhaltsamen Fußball zeigt.

Ich habe Freunde in Darlington, die jedes Jahr runterkommen nach London, wenn Darlington bei Leyton Orient antritt. Mehrmals bin ich mit ihnen gegangen – aber bis zum heutigen Tage kann ich nichts wirklich Unterhaltsames von dieser Paarung vermelden. Der gezeigte Fußball ist armselig, und in Wahrheit ist für viele Fans die ganze Angelegenheit eher eine Möglichkeit, ihre Treue und ihre Ergebenheit zu zeigen, als ein erfreulicher Zeitvertreib.

Und genau deshalb – weil Fußball eben nicht nur Unterhaltung ist – schaffen es die Clubs, ihre lächerlich überteuerten Eintrittspreise durchzusetzen. Wären die Leute auf der Suche nach Unterhaltung, würden sie dann wirklich regelmäßig zu Grimsby Town gehen (ich mache jetzt nicht Grimsby Town nieder. Es ist nur ein Beispiel)? Nein, würden sie nicht. Sie gehen hin, weil Fußball eine Leidenschaft ist, die auf bedingungsloser Treue der Anhänger fundiert. Und diese Treue meinen die Clubs ausbeuten zu können.

Mal abgesehen von jener überraschenden Kampagne der *Sun* im Jahre 2007 zur Senkung der Eintrittspreise beim Fußball (überraschend deshalb, weil eine Zeitung, die Rupert Murdoch gehört, sich *gegen* die Gier des freien Marktes aussprach), haben die Medien das Thema bisher weitgehend totgeschwiegen. Weder die Zeitungen noch das Fernsehen oder das Radio haben die hohen Eintrittspreise kommentiert – vermutlich, weil kein einziger Medienvertreter jemals Eintritt zu zahlen hatte. Jedes Spiel, das sie sehen, sehen sie umsonst. Und deshalb versetzen sie sich selten in die Lage der normalen Fans und waren bisher blind angesichts eines Problems, das zu den wichtigsten im modernen Fußball gehört!

Wie es scheint, dämmert es ihnen jetzt, nach langer Zeit, erst ganz allmählich. Obwohl ich meistens nicht mit der Sichtweise der *Sun* übereinstimme (was auch in den Folgekapiteln deutlich wird), muss man dem Blatt doch in diesem Punkt Respekt zollen: Manchmal erhebt sich die *Sun* gegen Dinge wie Rassismus, gegen den Missbrauch von Tieren – und manchmal eben auch, wie in diesem Fall, gegen die Abzocke in unserem Nationalsport.

Wer zynisch sein will, der muss natürlich ebenfalls erwähnen, dass den Eigentümern der *Sun* auch *Sky Sports* gehört, das die Übertragungsrechte am englischen Fußball besitzt. Sinkende Zuschauerzahlen sind nicht gut fürs Fernsehen: Niemand will vor der Glotze sitzen und ein Spiel sehen, das vor leeren Rängen ausgetragen wird. Aber immerhin haben die Murdoch-Medien das Problem erkannt. In diesem Fall also keine Kritik von mir.

Das Hauptargument der *Sun*-Kampagne war, dass es angesichts gewaltiger Fernseheinnahmen und Umsätze aus Vermarktung nur die reine Gier sein könne, die Clubs dazu verleitet, so unverschämt hohe Eintrittspreise wie die aktuell gültigen zu verlangen. Nun kann keine Zeitung einen Fußballverein zwingen, seine Eintrittspreise zu senken. Das können nur die Fans, indem sie die Spiele boykottieren. Aber die Kampagne eines so einflussreichen Mediums wie der *Sun*, das von Millionen gelesen wird, wäre, hätte man sie länger fortgeführt, der geeignete Weckruf an die Fans, sich endlich für die Reduzierung der Preise einzusetzen. Nicht nur für eine kleine Preissenkung – für eine dramatische! In jedem Fall mehr als die acht Pfund, die der *Sun* vorschwebten. Als Bolton Wanderers FC auf den Feldzug der *Sun* reagierte und mitteilen ließ, man würde die Dauerkarten 2007-08 um zehn Prozent günstiger gestalten, da wurde dies von der Zeitung als großer Sieg für die Zuschauer gefeiert. Natürlich sollte jede Preissenkung gefeiert werden, aber selbst zehn Prozent weniger bedeutet immer noch, dass Fußball für die treuen Fans eine viel zu teure Angelegenheit ist. Und diese Korrektur gilt nur für Dauerkarten, nicht etwa für normale Eintrittskarten. Selbst, wenn sie auch diese miteinbezogen hätten, wären zehn Prozent von 36 Pfund – der Preis, den Bolton den Gästeanhängern für ein Spiel der Kategorie A abverlangt – sicherlich kein glorreicher Sieg für die Fans! Die gesparten 3,60 Pfund würden nicht mal reichen, um im Wembleystadion eine Halbzeit-Pastete zu kaufen!

Noch in der gleichen Woche verkündete Chelsea, man würde die Eintrittspreise für die Saison 2007-08 einfrieren. Wie lobenswert! Das günstigste Erwachsenenticket kostete zu diesem Zeitpunkt bereits 45 Pfund!

Auch Arsenal prahlte damit, dass sie die Eintrittspreise senken würden: für den Carling Cup 2007-08. Das war ebenfalls ganz außerordentlich lobenswert, ist der Carling Cup, der Ligapokal, doch ein völlig zweitrangiger Wettbewerb, zu dem Arsenal regelmäßig die zweite Mannschaft auflaufen lässt.

Es folgen Eintrittspreise von Vereinen der Premiership der Saison 2007-08. Die Mehrzahl der Vereine hat Preiskategorien, die sie A, B oder C nennen. A-Spiele bei Aston Villa, zum Beispiel, wären die Partien gegen Manchester United, Liverpool, Arsenal, Chelsea und Birmingham City. C-Spiele wären etwa die gegen Clubs wie Fulham oder Reading. Ich habe außerdem die Preise für Gästefans bei A-Spielen angegeben.

Arsenal	Vollzahler:	A-Spiele: 46 bis 94 Pfund
		B-Spiele: 32 bis 66 Pfund
	Kinder:	A-Spiele: 18 Pfund
		B-Spiele: 13 Pfund
	Rentner:	A-Spiele: 20 Pfund
		B-Spiele: 14 Pfund
	Gästefans:	46 Pfund
Aston Villa	Vollzahler:	A-Spiele: 29 bis 35 Pfund
		B-Spiele: 27 bis 33 Pfund
	Kinder:	A-Spiele: 10 bis 19 Pfund
		B-Spiele: 9 bis 19 Pfund

	Rentner:	A-Spiele: 20 und 21 Pfund
		B-Spiele: 17 bis 19 Pfund
	Gästefans:	30 Pfund
Birmingham City	Vollzahler:	25 bis 35 Pfund
	Kinder:	14 bis 18 Pfund
	Rentner:	14 bis 18 Pfund
	Gästefans:	35 Pfund
Blackburn Rovers	Vollzahler:	A-Spiele: 25 bis 30 Pfund
		B-Spiele: 15 bis 25 Pfund
	Kinder:	A-Spiele: 15 bis 20 Pfund
		B-Spiele: 7 bis 15 Pfund
	Rentner:	A-Spiele: 20 und 25 Pfund
		B-Spiele: 10 bis 15 Pfund
	Gästefans:	30 Pfund

Zusammen mit Wigan Athletic sind die Blackburn Rovers die preiswerteste Mannschaft der Liga. Dauerkarten gibt es bei beiden Vereinen schon ab 250 Pfund, und ich würde die Rovers und Wigan als beispielhaft in der Preisgestaltung für ihre Fans nennen.

Bolton Wanderers	Vollzahler:	A-Plus-Spiele: 31 bis 39 Pfund
		A-Spiele: 28 bis 36 Pfund
		B-Spiele: 24 bis 32 Pfund
		C-Spiele: 21 bis 29 Pfund
	Kinder:	A-Plus-Spiele: 16 bis 21 Pfund
		A-Spiele: 14 bis 19 Pfund
		B-Spiele: 12 bis 16 Pfund
		C-Spiele: 10 bis 14 Pfund
	Rentner:	A-Plus-Spiele: 24 bis 28 Pfund

		A-Spiele: 22 bis 25 Pfund
		B-Spiele: 18 bis 22 Pfund
		C-Spiele: 16 bis 20 Pfund
	Gästefans:	36 Pfund
Chelsea	Vollzahler:	45 bis 60 Pfund
	Kinder:	15 Pfund
	Rentner:	15 Pfund
	Gästefans:	48 Pfund
Derby County	Vollzahler:	A-Spiele: 33 bis 44 Pfund
		B-Spiele: 31 bis 42 Pfund
		C-Spiele: 29 bis 40 Pfund
	Kinder:	A-Spiele: 17 bis 23 Pfund
		B-Spiele: 16 bis 22 Pfund
		C-Spiele: 10 bis 16 Pfund
	Rentner:	A-Spiele: 17 bis 28 Pfund
		B-Spiele: 16 bis 22 Pfund
		C-Spiele: 15 bis 21 Pfund
	Gästefans:	42 Pfund
Everton	Vollzahler:	28 bis 34 Pfund
	Kinder:	17 bis 19 Pfund
	Rentner:	21 bis 23 Pfund
	Gästefans:	32 Pfund
Fulham	Vollzahler:	A-Plus-Spiele: 40 bis 45 Pfund
		A-Spiele: 35 bis 40 Pfund
		B-Spiele: 30 bis 35 Pfund
		C-Spiele: 25 bis 30 Pfund

	Kinder:	A-Plus-Spiele: 15 Pfund
		A-Spiele: 10 Pfund
		B-Spiele: 5 Pfund
		C-Spiele: 5 Pfund
	Rentner:	A-Plus-Spiele: 25 Pfund
		A-Spiele: 25 Pfund
		B-Spiele: 20 Pfund
		C-Spiele: 15 Pfund
	Gästefans:	40 Pfund
Liverpool	Vollzahler:	A-Spiele: 32 bis 34 Pfund
		B-Spiele: 30 bis 32 Pfund
	Kinder:	A-Spiele: 25 Pfund
		B-Spiele: 24 Pfund
	Rentner:	A-Spiele: 25 Pfund
		B-Spiele: 24 Pfund
	Gästefans:	32 Pfund
Manchester City	Vollzahler:	A-Spiele: 29 bis 37 Pfund
		B-Spiele: 26 bis 33 Pfund
	Kinder:	A-Spiele: 15 bis 20 Pfund
		B-Spiele: 13 bis 19 Pfund
	Rentner:	A-Spiele: 15 bis 20 Pfund
		B-Spiele: 13 bis 19 Pfund
	Gästefans:	32 Pfund
Manchester United	Vollzahler:	25 bis 42 Pfund
	Kinder:	10 Pfund
	Rentner:	12,50 Pfund bis 21 Pfund
	Gästefans:	35 Pfund

Middlesbrough	Vollzahler:	24 bis 32 Pfund
	Kinder:	15 bis 22 Pfund
	Rentner:	15 bis 22 Pfund
	Gästefans:	32 Pfund
Newcastle United	Vollzahler:	32 bis 53 Pfund
	Kinder:	7 bis 20 Pfund
	Rentner:	26 bis 44 Pfund
	Gästefans:	32 Pfund
Portsmouth	Vollzahler:	28 bis 37 Pfund
	Kinder:	15 bis 23 Pfund
	Rentner:	20 bis 28 Pfund
	Gästefans:	35 Pfund
Reading	Vollzahler:	A-Spiele: 39 bis 41 Pfund
		B-Spiele: 36 bis 38 Pfund
		C-Spiele: 32 bis 34 Pfund
	Kinder:	A-Spiele: 20 und 21 Pfund
		B-Spiele: 15 und 16 Pfund
		C-Spiele: 10 und 11 Pfund
	Rentner:	A-Spiele: 31 bis 33 Pfund
		B-Spiele: 27 bis 29 Pfund
		C-Spiele: 22 bis 24 Pfund
	Gästefans:	39 Pfund

Club Members bekommen alle Eintrittskarten 4 Pfund günstiger.

Tottenham Hotspur	Vollzahler:	A-Spiele: 39 bis 71 Pfund
		B-Spiele: 32 bis 52 Pfund

		C-Spiele: 27 bis 42 Pfund
	Kinder:	A-Spiele: 19 bis 21 Pfund
		B-Spiele: 16 bis 18 Pfund
		C-Spiele: 14 bis 16 Pfund
	Rentner:	A-Spiele: 19 bis 21 Pfund
		B-Spiele: 16 bis 18 Pfund
		C-Spiele: 14 bis 16 Pfund
	Gästefans:	39 Pfund
West Ham United	Vollzahler:	A-Spiele: 43 bis 61 Pfund
		B-Spiele: 34 bis 49 Pfund
	Kinder:	A-Spiele: 21 bis 30 Pfund
		B-Spiele: 12 bis 17 Pfund
	Rentner:	A-Spiele: 23 bis 30,50 Pfund
		B-Spiele: 17,50 bis 22,50 Pfund
	Gästefans:	43 Pfund
Wigan Athletic	Vollzahler:	A-Spiele: 25 Pfund
		B-Spiele: 20 Pfund
		C-Spiele: 15 Pfund
	Kinder:	A-Spiele: 10 Pfund
		B-Spiele: 8 Pfund
		C-Spiele: 8 Pfund
	Rentner:	A-Spiele: 18 Pfund
		B-Spiele: 15 Pfund
		C-Spiele: 10 Pfund
	Gästefans:	25 Pfund

In der Saison 2007-08 belohnte Wigan seine Fans, indem man die Dauerkartenpreise auf das Niveau von vor fünf Jahren senkte, als Wigan noch unterklassig war.

Es ist wichtig, sich daran zu erinnern, dass die sogenannten „billigen" Plätze nur einen kleinen Prozentsatz der Karten ausmachen, die in den Verkauf gehen, und zudem diejenigen sind, nach denen die größte Nachfrage herrscht. Die meisten Fans können daher nur auf die teuren Karten zugreifen. Und zusätzlich zum eigentlichen Kartenpreis zieht man den Fans eine Gebühr ab, wenn sie ihre Karte per Telefon oder über das Internet bestellen.

Die englische Premiership ist die für Zuschauer teuerste Liga der Welt. Daher ist sie die reichste Liga der Welt geworden. Hat ein einfacher Fan irgendeinen Grund, hierauf stolz zu sein?

Dies bedeutet, dass die Fans in anderen Ländern mehr Geld zur Verfügung haben, das sie für andere Dinge ausgeben können. Die Preisgestaltung in den europäischen Ligen ist für jeden erschwinglich. Ein Beispiel: Eine Dauerkarte bei PSV Eindhoven kostet nur 200 Euro, umgerechnet etwa 170 Pfund. Wir sprechen hier über einen Verein, der regelmäßig die holländische Meisterschaft holt und sich oft und lange in der Champions League aufhält. PSV ist nur ein Beispiel unter vielen, und der genannte Preis für eine Dauerkarte ist für die Mehrzahl der Vereine außerhalb Englands normal.

Fußball präsentiert sich gern als Spiel für die ganze Familie. Aber die finanzielle Belastung für Familien, die tatsächlich geschlossen zum Fußball gehen, ist hoch. Nehmen wir mal die Durchschnittsfamilie, bestehend aus 2,4 Kindern, die von einem Brutto-Haushaltseinkommen von, sagen wir, 35.000 Pfund im Jahr lebt. Besteht diese Familie aus Chelsea-Fans, dann gibt sie für Dauerkarten (billigste Kategorie), Fahrtkosten (London Travelcard, alle Zonen), Essen (jeder 5 Pfund) und eine Stadionzeitung pro Spiel ungefähr 2.200 Pfund pro Saison aus – nur für die Heimspiele! Und das beinhaltet noch keine Pokalspiele, keine Fanartikel, sondern nur das Nötigste für eine vierköpfige Familie, um die eigene Mannschaft zu sehen. 2.200 Pfund bedeuten für diese Familie ungefähr zehn Prozent ihrer jährlichen Nettoeinkünfte. Wenn so die prozentuale Belastung für eine Familie mit einem durchaus achtbaren Einkommen von 35.000 Pfund ist, wie sieht es dann mit einer Familie aus, deren Haupternährer nur einen Mini-Lohn einfährt? Nun, nach Steuern bringt jemand, der vierzig Stunden die Woche für den gesetzlichen Mindestlohn von 5,52 Pfund die Stunde arbeitet, genau 186 Pfund pro Woche mit nach Hause. Würde diese Person ihre Zwei-Kinder-Familie mit zu Chelsea nehmen wollen, würde die Rechnung so aussehen:

Günstigste Eintrittskarten (zwei Erwachsene, zwei Kinder, ohne etwaige anfallende Gebühren): 120 Pfund

Anreise: London Travelcard (alle Zonen, mit zwei Erwachsenen, zwei Kindern): 18 Pfund

Essen, Trinken (jeder zu fünf Pfund): 20 Pfund

Stadionheft (eins für die ganze Familie): 3 Pfund

Gesamtkosten: 161 Pfund

Dies ist eine sehr konservative Rechnung. So könnte diese Familie auch jenseits der Londoner Stadtgrenzen wohnen; eine London Travelcard würde dann nicht mehr für die Anreise reichen, und die Kosten wären höher. Dennoch: Für ein Fußballspiel würde diese Familie mindestens 86 Prozent des Wochenlohns ihres Hauptverdieners ausgeben!

2006-07 lief ich in einem Pub vor einem Arsenal-Heimspiel einem Kumpel über den Weg. Er hatte seine Frau und seine beiden Söhne mit zum Spiel gebracht – und hatte allein für die Tickets 175 Pfund ausgegeben. Diese Familie wohnt in Essex. Wenn man also die Kosten für die Anreise, Essen und Trinken hinzurechnet, kommt man leicht auf über 200 Pfund. Früher Stammgast bei Arsenal, muss unser Mann sich mittlerweile gut überlegen, zu welchen Partien er seine Familie mitbringt – es ist einfach zu teuer (und dabei verdient er als Selbständiger wirklich nicht schlecht). Wenn also behauptet wird, Fußball sei „ein Spiel für die ganze Familie", dann meinen sie eigentlich: Fußball ist ein Spiel für die sehr wohlhabenden Familien.

Hätte der Eintritt in den späten Achtzigern und frühen Neunzigern so viel wie heute gekostet, hätte ich damals, als Jugendlicher, nicht annähernd so viele Spiele sehen können. Es ist schon eine Ironie, dass ich damals, als ich im Grunde nie Kohle in der Tasche hatte, doch immer genug zusammenbekam, um ins Stadion zu gehen und Arsenal zu sehen.

Ich schmeiße keine Eintrittskarte weg, egal, ob ich damit ins Stadion oder in ein Konzert ging. Entsprechend steht in einem Zimmer zuhause ein Schrank, in dem ich ausschließlich Eintrittskarten aufbewahre. Fußballspiele, Konzerte, ein paar Theateraufführungen und Sportveranstaltungen wie Cricket oder Boxen. Neulich wühlte ich in diesem Schrank voller Erinnerungen, und ein paar nette kleine Andenken kamen mir in die Hände, darunter auch die Eintrittskarte vom ersten Fußballspiel, das ich je besuchte: Arsenal gegen Everton, West Stand, Unterrang, 1986. Zu der Zeit war Everton amtierender Meister. Sie gewannen das Spiel auch 1:0. Der Preis, der auf der Eintrittskarte abgedruckt war: 4,50 Pfund (das war der Vollzahlerpreis, keine Kinderkarte). Zwanzig Jahre später, 2005-06, in der letzten Saison am Highbury, kostete das gleiche Ticket 39 Pfund. Man muss kein Mathe-Genie sein, um auszurechnen, dass diese Preissteigerung nicht dem Anstieg des allgemeinen Lohnniveaus in den letzten zwanzig Jahren entspricht. Selbst wenn sich das Gehalt eines Fans in dieser Zeit verdreifacht hätte, läge der entsprechende Kartenpreis bei 13 Pfund, nicht etwa bei 39. 1995 kostete ein Sitz im Clock End von Arsenal 10 Pfund. 2005 waren es schon 35 Pfund, ein Anstieg um 250 Prozent! Wie viele Fans hatten in den zehn Jahren eine Gehaltserhöhung von insgesamt 250 Prozent?

Als ich in anderen Eintrittskarten dieser Zeit stöberte, wurde mir erneut deutlich, wie wenig es früher kostete, den eigenen Verein zu sehen.

2006 brachte der *Daily Mirror* einen Bericht: Die teuerste Dauerkarte bei Arsenal – und damit auch in ganz England – kostet 100.000 Pfund. Für das Geld erwirbt man Anrecht auf zwei Sitzplätze für je drei Jahre; als Teil der exklusiven *Arsenal Diamond Membership*. Logen kosten so um 65.000 Pfund pro Saison. Dort kann man bis zu zehn Leute beherbergen. Man kauft sie für einen Zeitraum von drei bis fünf Jahren. Andere Spitzentickets kosten um 4.000 Pfund je Saison; sie müssen für eine Periode von mindestens drei Spielzeiten erworben werden. Ich habe sogar emails von Arsenal bekommen, in denen sie mich einladen, mich für nur 250 Pfund auf eine Warteliste für die Plätze setzen zu lassen.

Auch behinderte Fans zahlen einen hohen Preis, um in diesen Tagen der Gier ihren Verein zu sehen. Bei Arsenal hatten behinderte Fans, als wir noch am Highbury spielten, immer freien Eintritt. Seit dem Umzug zum Ashburton Grove 2006 fährt der Club den Cash ein, wo er nur kann. 2006-07 mussten Behinderte zwischen 442,50 Pfund und 1.250 Pfund für die Saison zahlen – und das war ein „halber Preis", als „Nachlass" für die „erste Saison im neuen Stadion". Keine Frage also: In folgenden Spielzeiten wird mehr aufgerufen werden.

Es wurde behauptet, unsere behinderten Fans hätten darauf bestanden, ebenfalls Eintritt zu bezahlen. Aber das scheint mir etwas weit hergeholt. Sicher hat es einige gegeben, die diese Meinung vertraten, aber sicher nicht alle. Die fairste Lösung wäre fraglos gewesen, eine Zahlung auf freiwilliger Basis anzubieten. Jene behinderten Fans, die wollten, hätten zahlen können, jene, die Schwierigkeiten gehabt hätten, hätten nur anteilig gegeben. Und es gibt jede Menge Behinderter, die echte Schwierigkeiten haben, das Geld zusammenzubekommen. Jamie Brown, behinderter Arsenal-Fan, schien nicht allzu energisch darauf bestanden zu haben, auch für seine Dauerkarte zahlen zu dürfen. Denn er sagte dem *Daily Mirror* 2006:

„Arsenal ist mein Leben. Ich weiß nicht, was ich jetzt tun soll. Ich kann das Geld nicht erarbeiten; ich habe 'nen offenen Rücken [...] Alle Fans in Rollstühlen sind im selben Boot – diese Preise können wir einfach nicht bezahlen [...] Seit sieben Jahren bin ich bei Arsenal. Der Verein sagt, wir sollen unseren Anteil beitragen, und dazu sind wir auch bereit. Aber bei diesen Eintrittspreisen können wir nicht mithalten. Ich habe jetzt erst mal eine Anzahlung für einen Sitz der billigsten Kategorie gemacht. Aber leisten kann ich es mir nicht. Und die Sicht ist scheiße."

Mann! Was für ein undankbarer Jammerer dieser Herr Brown doch ist! Versteht er nicht, dass es seine Pflicht ist, sich finanziell zu ruinieren, damit einige Leute im Fußballgeschäft noch reicher werden, als sie es ohnehin schon sind?! Herr Brown bekommt nur 320 Pfund im Monat Behinderten-Beihilfe? Ach ja? Ich muss gleich weinen! Wo ist die Geigenmusik, wo sind meine Taschentücher? Was ist mit den Fußballern, die echte Schwierigkeiten haben, sich alle zwei Wochen einen neuen Ferrari bestellen zu können? Ich sehe keinen Rollstuhlfahrer sich *darüber* Gedanken machen! Herr Brown braucht nur seine Gesamteinkünfte von fünf Wochen zu sparen, und schon kann er die Heimspiele seines Teams sehen. Und dieser Sozialschmarotzer hat die Frechheit zu behaupten, wegen ein bisschen *spina bifida*, wegen ein wenig offenen Rückens könne er nicht arbeiten! Ja, okay, man kann davon gelähmt werden von der Hüfte an abwärts, aber sollte er nicht dankbar sein, dass die Fußball-Geldleute mit ihren Steuern seine Beihilfe finanzieren? Und das sollte er auch bedenken: Je mehr von seinem Geld er zu Arsenal trägt, um so besser können sich die Vorstände und Aktionäre des Clubs in Privatkliniken gegen Rückenerkrankungen behandeln lassen.

Ironie beiseite: Dies ist der Gipfel der geifernden Geldgier in unserem Sport! Es ist schlicht ekelhaft, dass die Ärmsten der Gesellschaft, Leute wie Jamie Brown, durch die steigenden Kosten vom Profifußball ausgesperrt werden. Einen offenen Rücken zu haben ist sicher eine ganz üble Sache, aber Jamie hatte das Glück, Arsenal-Fan zu sein; etwas, was ihm sicherlich das Leben lebenswert gemacht hat. Nun ist dieses Lebensglück für ihn nur noch durch einen hohen Preis zu genießen – damit Leute, die mehr Glück gehabt haben als er, sich nicht nur reich, sondern superreich nennen dürfen.

Chelsea verlangt von seinen Behinderten bis zu 850 Pfund, Liverpool gewährt einen Nachlass von nur 25 Prozent, und auch *jeder andere* Verein der Premiership will von den Behinderten Geld sehen. Zwar darf die betreuende Person umsonst mit ins Stadion, aber dies ist nur gängige Praxis, die auch überall sonst gilt. Wir brauchen schlicht eine bessere Staffelung der Eintrittspreise, die auf Einkommen basiert und darauf, ob ein Behinderter einer Arbeit nachgeht oder nicht. Denn Leute wie Professor Stephen Hawking könnten sicherlich trotz ihrer Behinderung problemlos für ihren Platz zahlen.

Jemand wie Jamie Brown allerdings sollte nicht Hunderte von Pfund hinblättern müssen, um seine Mannschaft zu sehen, wenn er es schlicht nicht kann. Theater und Kinos lassen Behinderte ebenfalls keineswegs kostenlos ein, aber sie gewähren Nachlässe. Und, noch wichtiger: Solche Besuche sind einmalige, eher seltene Angelegenheiten. Anders als eine Dauerkarte, die gleich eine Rechnung von mehreren hundert Pfund produziert (viele Vereine gewähren keine Ratenzahlung auf Dauerkarten – dort muss die komplette Summe vor Beginn der Saison auf den Tisch gelegt werden). Hier kommt noch ein schönes Zitat von Keith Edelman, diesmal über Arsenals neue Unternehmensausrichtung: „Wir haben 9.000 Premium Seats. 2.000 Plätze auf *Club Level*, 7.000 auf *Box Level*. Die Einnahmen aus diesen Sitzen allein entsprechen annähernd den Gesamteinnahmen der 38.000 Plätze im alten Highbury." Okay. 9.000 VIP-Plätze in Arsenals neuem 60.000-Mann-Stadion bringen also soviel wie die 38.000 im Highbury zusammen. Die Frage an Keith Edelman ist daher: Warum kassieren Sie bei den anderen 51.000 Zuschauern einen so hohen Eintrittspreis? Warum zahlt Jamie Brown jetzt 442 Pfund, wenn er am Highbury nur einen kleinen Anteil davon zu zahlen hatte?

Warum sie soviel Geld nehmen? Nun, ich denke, die Antwort ist klar: *Weil sie es können.* Arsenal und Konsorten können aufrufen, was sie wollen, denn es wird genug Fans geben, die bereit sind, die Kohle auf den Tresen zu packen, und genug Fans stehen auf den Wartelisten, mit dem Geld in der Hand.

Was mir auf den Geist geht, ist die Gleichgültigkeit, die viele Fans gegenüber dem Dilemma zeigen, in dem sich Leute wie Jamie Brown befinden – oder, richtiger noch, die Gleichgültigkeit gegenüber ihrem eigenen Dilemma. Die vorherrschende Einstellung ist die klassische Haltung des „Was kümmern mich die anderen?" Aber die gleichen Leute, die jeden Preis beim Fußball bereit sind zu zahlen, regen sich über die kleinste Benzinpreiserhöhung auf. Gerne lassen sie sich von ihrem Verein abzocken, aber alles andere auf dieser Welt ist ihnen zu teuer.

Im September 2005 war ich auswärts mit Arsenal am Upton Park bei West Ham. Zur Halbzeit gab es eine kurze Feier, um die Tatsache zu würdigen, dass London die Olympiade 2012 zugesprochen bekommen hatte. Sowohl Heim- als auch Auswärtsfans machten lautstark ihre Sprüche über die zu erwartenden hohen Kosten der Austragung für die Stadt. Alle waren sie sauer darüber, dass sich ihre durchschnittliche Steuerlast wegen der Olympiade um 20 Pfund erhöhen würde. Aber diese 20 Pfund *im Jahr* waren immer noch 17 Pfund weniger als der Preis, den sie für die Eintrittskarte *nur für dieses Spiel* gezahlt hatten. 37 Pfund für gerade mal neunzig Minuten, die, nebenbei erwähnt, mit einem 0:0 endeten. Die Olympiade ist ein sportlicher Höhepunkt und wird nebenbei einem heruntergekommenen Teil Londons neues Leben einhauchen. Sie wird den öffentlichen Nahverkehr verbessern, Jobs schaffen und Großbritannien mit einem Mehr an guten Sportstätten zurücklassen. Sie wird den Tourismus fördern, weil Millionen von Fernsehzuschauern London als die vielleicht schönste Stadt der Welt erleben. Dinge wie der Tourismus nämlich sind es, die London so wohlhabend machen. Dafür scheinen 20 Pfund mehr Steuern pro Jahr ein guter Gegenwert, verglichen mit dem, was man für die 37 Pfund am Upton Park geboten bekam.

Es ist gar nicht lange her, da hatte ich eine Diskussion mit einem Chelsea-Fan. Er behauptete, der heutige Fußball wäre sehr wohl sein Geld wert; und wenn ich keinen Bock darauf hätte, die hohen Beträge bei Arsenal zu zahlen, dann könne ich mich ja zu Leyton Orient oder zu Barnet FC verziehen und die gucken.

Ich glaube, der Gute hat überhaupt nichts kapiert. Ich bin Arsenal-Fan und folge meiner Mannschaft, völlig unabhängig davon, ob wir guten oder schlechten Fußball spielen. Wie es scheint, spielten wir bisher eher guten Fußball und holten die eine oder andere Trophäe. Aber ich darf ja wohl unzufrieden sein mit den Eintrittsgeldern, die mein Verein verlangt, ohne mir sagen lassen zu müssen, ich würde guten Fußball nicht zu schätzen wissen. Natürlich schätze ich guten Fußball. Wer tut das nicht?

Man hat diesen Mann dazu verleitet, zu glauben, dass erfolgreiche Clubs ihren Fans mehr Eintrittsgeld abknöpfen, als es Teams aus dem unteren Tabellenbereich tun. Doch in der Premiership gibt es kaum Unterschiede zwischen den Clubs aus dem oberen Teil der Tabelle und denen ganz unten. 2005-06, in ihrer

Abstiegssaison, war es teurer, Birmingham City zu sehen als etwa Manchester United! Das günstigste Erwachsenenticket für ein Spiel der Kategorie A kostete bei Birmingham 40 Pfund, während Uniteds billigste Eintrittskarte für Spiele aller Kategorien bei 23 Pfund lag.

Während unseres kleinen Streits war mein Hauptargument gegenüber dem Chelsea-Mann, dass nur im englischen Fußball die Eintrittsgelder so überzogen hoch sind. Er schien überrascht, als ich ihm erzählte, dass man selbst bei europäischen Spitzenvereinen Eintrittskarten für nur 10 Euro bekommt. Seine Antwort war, dass alles in England überteuert sei. Das ist nicht gänzlich richtig, aber etwas hat seine Entgegnung doch für sich. Aber wäre das nicht noch viel mehr ein Grund, um wenigstens den Fußball für jeden erschwinglich zu halten? Wenn man die Hypothek abstottern muss, die Steuer, die Rechnungen, die Autoversicherung, wenn man die Fahrten zur Arbeit zu zahlen hat, die wöchentlichen Einkäufe, um den Kühlschrank zu füllen – braucht man dann noch eine 800-Pfund-Rechnung für eine Dauerkarte? Auf diesem Prinzip wurde unsere Fußballkultur nicht errichtet. Fußball war ein Zeitvertreib, der für Menschen aller Einkommensschichten zugänglich war.

Leute wie mein spezieller Chelsea-Freund halten alles in England für Abzocke, reagieren aber im Angesicht der Abkassiererei mit einem „Ja, gut, muss man eben zahlen" (das sagte er tatsächlich). Fußballfans in anderen Ländern würden wüten und toben, sollten sie ähnliche Beträge auf den Tisch legen wie wir in England. Wären die italienischen Eintrittspreise zu teuer, würden die Tifosi vermutlich zwei Taktiken bereithalten:

1) Sie würden protestieren und die Spiele boykottieren.

2) Sie würden das Clubhaus niederbrennen.

Ergebnis: Sinkende Preise. Problem gelöst.

Nicht alles in England ist Betrug am Kunden, wenn man sich mal die Mühe macht, nach geldwerten Angeboten zu suchen. Diese findet man in anderen Bereichen der Unterhaltung. Im Kino um die Ecke kann ich für 3,70 Pfund in gemütlicher Atmosphäre einen Film meiner Wahl sehen. Im Londoner West End kenne ich ein gutes Kino, wo der Eintritt zwischen 1 und 4 Pfund kostet. In die bedeutenden Londoner Museen, etwa ins National History Museum oder ins British Museum, kommt man umsonst rein. Oder man geht ins weltberühmte *Globe*, dem Shakespeare-Theater, und schaut sich an einem warmen Sommerabend für nur 5 Pfund eine Vorstellung an. Das würde ich sogar regelmäßig tun, wenn ich nur ein Wort von dem verstehen würde, worum es bei Shakespeare geht! Immerhin kann man im Globe sogar stehen! Offenbar ist der Taylor Report dort noch nicht in Kraft.

Eine Eintrittskarte guter Kategorie für die Promenadenkonzerte in der Royal Albert Hall gibt es schon ab 12,50 Pfund. Und weniger gute Kategorien bekommt man ab 5 Pfund.

Die sogenannte Mittelschicht- oder Oberschicht-Unterhaltung wie Theater und Oper ist inzwischen weitaus billiger als der angebliche Sport der Arbeiterklasse, Fußball. Tickets für das „elitäre" Royal Opera House kosten zwischen 6 und 140 Pfund. Die Weltklasse-Theater im Londoner West End bieten einen billigeren Abend am Wochenende als die Londoner Vereine an einem nasskalten Dienstag im Januar.

Während ich dies schreibe, ist die begehrteste und angesagteste Show im West End *Avenue Q*, die am Noel Coward Theatre in Covent Garden gezeigt wird. Hier sind die Preise der Ticketkategorien dieses Musicals, das gerade auf dem Höhepunkt seiner Beliebtheit zu sein scheint: 10 Pfund, 20 Pfund, 25 Pfund, 32 Pfund, 37 Pfund, 45 Pfund, 49 Pfund.

Die günstigsten Eintrittskarten für Theater im West End liegen bei 10 Pfund. Aber wenn du das nicht preiswert findest, dann kannst du dir immer noch den Fußballclub anschauen, der dem West End am nächsten ist: Millwall FC. Dies sind die Eintrittspreise für Millwall, die jetzt, wo ich dies schreibe, zwei Spielklassen unter der Premiership spielen: 20 Pfund, 25 Pfund, 27 Pfund.

Avenue Q in Covent Garden oder Millwall gegen Yeovil Town? Es bleibt völlig dir überlassen. Millwall ist quasi mein Zweitverein, und es macht Spaß, mal im

Den ein Spiel zu gucken. Aber ich war auch schon in *Avenue Q*. Die Leute kommen aus Musicals wie diesem mit strahlenden Gesichtern, mit einem Lächeln. Sie sehen glücklicher aus als so manch ein Fan, der gerade 30 Pfund für ein 0:0 in kalter Umgebung ausgegeben hat. Fußball hat nicht die gleiche Kundenzufriedenheit, und genau da liegt das Problem, wenn sie so hohe Preise im Namen der Unterhaltung einfordern.

Hast du Geld gezahlt für eine Show im West End, aber die Vorstellung war schlecht, dann wirst du mit Sicherheit nicht eine Woche später wiederkommen. Aber Fußball funktioniert auf diese verrückte Weise. Anders als andere Formen der Unterhaltung muss der Fußball seine Kunden nicht zufriedenstellen, um dennoch guten Umsatz zu machen.

Durch den Anstieg der Eintrittspreise dominiert in den Stadien zunehmend die Mittelschicht. Vor jedem Arsenal-, Tottenham- oder Chelsea-Heimspiel rollen eine unüberschaubare Anzahl von schicken Mercedes, BMWs und Geländewagen Richtung Stadion. Etwas, das man vor der Zeit, als der Fußball schick wurde, nie sah. Das Problem liegt nicht darin, dass diese Leute Fußball mögen und ihn live sehen wollen. Das Problem ist, dass diese neue Sorte Fans den Fußball komplett vereinnahmt und viele seiner alten Fans verdrängt hat.

Ich sage nicht, dass sich die Mittelschicht oder die Besserverdiener beim Fußball nicht zuhause fühlen sollen. Ich bin gegen niemanden, der gern zum Fußball geht. Aber genau das ist der Punkt: Fußball kann nur dann Volkssport sein, wenn er für das ganze Volk zugänglich ist. Heutzutage ist Fußball nur noch für die Wohlhabenden zugänglich – oder für die, die wenig Geld haben, aber bereit sind, alles, was sie besitzen, für ihren Club auszugeben. Aber wie viele gibt es, die nicht in diese beiden Kategorien gehören, und daher nicht wissen, inwieweit sie überhaupt einen Platz im modernen Fußball haben!

Wir zahlen mehr für den Fußball, aber gibt er uns auch mehr Befriedigung, mehr Erfüllung als früher? Ist dies ein besserer Fußball als der, den wir früher kannten? Der Reichtum, der durch den zahlenden Zuschauer entstanden ist, hat den Fußball als

Ganzes nicht unterhaltsamer gemacht. Die WM 2006 hat das ziemlich verdeutlicht: Dem Turnier fehlten die großen Spiele und die erinnernswerten Augenblicke, die andere Weltmeisterschaften auszeichnete. Wo also ist der Gegenwert für das gezahlte Geld? Hätte ich einen Ford Fiesta und wollte ein besseres Auto, würde ich vielleicht einen Jaguar kaufen. Mehr Gegenwert. Wollte ich ein noch besseres Auto, müsste ich einen Ferrari kaufen. Mehr Gegenwert. Je mehr Geld ich ausgebe, um so besser sollte das Produkt sein, das ich dafür bekomme. Für den Fußball gebe ich mehr und mehr Geld aus, aber er macht nicht mehr Spaß als der vor zwanzig Jahren.

Natürlich sind Fußballfans nicht die einzigen, die viel Geld dafür ausgeben, dass man sie unangemessen behandelt. Disco-Besucher und Pistengänger, beispielsweise, müssen

1) gutes Geld dafür ausgeben, sich von Türstehern blöde anglotzen zu lassen
2) sich wie die Sardinen in eine ohnehin schon rappelvolle Disco stopfen lassen
3) zwanzig Minuten an der Bar warten, um dann ein überteuertes Getränk bestellen zu dürfen
4) langweilige Hitparaden-Musik ertragen, die sie überhaupt nicht mögen
5) auf Gespräche verzichten, weil die langweilige Hitparaden-Musik zu laut ist
6) ständig behaupten, wie toll der Abend ist, bevor sie dann später ihren Frust in einer kleinen Prügelei vor der Tür rauslassen.

Bietet eine Disco ein Programm wie dieses, dann sollte jeder, dem ein Hirn gewachsen ist, zu dem Entschluss kommen, in diesen Laden nie wieder einen Fuß zu setzen. Bei Fußballfans allerdings ist die Sache komplexer. Das Hirn kann hier häufig nicht die Entscheidungen treffen. Das Herz ist dem im Wege. Es ist schwierig, eine Sache aufzugeben, die seit früher Jugend Teil des eigenen Lebens ist. Ging man sein ganzes Leben lang zu seinem Verein, dann wird der Verein zum Bestandteil der eigenen Identität. Kann man – zeitweise? für immer? – seine eigene Identität aufgeben?

Es gibt genug Fußballfans, die liebend gern ihren Protest ausdrücken würden, indem sie nicht ins Stadion gehen. Aber viele fürchten, dass in diesem Fall genug andere bereitstehen würden, um einfach ihren Platz zu übernehmen. Damit wäre der Zugang zu ihrem Verein weg.

Die Schwere dieser Entscheidung ist der Grund, warum die Vereine nach wie vor ihre Fans so schlecht behandeln können.

In den letzten paar Jahren habe ich sowohl auf meinen Verstand als auch auf mein Herz gehört, wenn es darum ging, ob ich noch regelmäßig zum Fußball gehen sollte. Wenn man mir eine Arsenal-Dauerkarte anbieten würde (die derzeit billigste liegt bei 895 Pfund) – würde ich zugreifen? Nein. Mein Kopf sagt mir, dass ich nicht mehr länger bereit bin, solche Beträge auszugeben, damit Leute, die reich sind, noch reicher werden. Und mein Herz sagt mir, dass ich mich den Prinzipien des modernen Fußballs nicht mehr hinreichend verbunden fühle, um noch länger ein Teil von ihm zu sein.

Ich bin vielleicht ein Fanatiker, der seinen Verein liebt. Aber ich bin kein Schwachkopf. Ich werde nicht mehr länger ein Vermögen bezahlen, um Schwalben überbezahlter Profis zu sehen, um zwischen Langweilern zu sitzen, um mich von Ordnern herumkommandieren zu lassen.

Kurz gesagt: Fickt euch!

Kapitel 7

Volkssport

„Es wäre toll, wenn man mal nachforschen würde, wer Fußball erfunden hat. Wir müssten ihm noch nicht einmal ein Denkmal setzen oder ein Monument errichten - denn er wäre immer Teil der Geschichte, zusammen mit den größten Genies der Menschheit. Die Erfinder des Penicillins, des Telefons oder des Fernsehens, der Entdecker der Schwerkraft, sie alle waren sicher die größten Genies der Menschheit. Aber den Erfinder des Fußballs sollte man als einen Gott verehren."

Hugo Sanchez, mexikanischer Fußballer, spielte bei Real Madrid

Ich habe schon von vielen Leuten die Behauptung gehört, wir Engländer hätten keine eigenständige Kultur, mal abgesehen vom Morris Dance, unseren Royals und Tee mit Sahnegebäck. Manche scheinen Kultur als etwas Fremdländisches zu verstehen, etwas Exotisches, Farbenfrohes. Das ist sie zweifellos. Kultur ist jedoch auch etwas, was England in den Rest der Welt exportiert hat.

Mein Vater arbeitet in einer weiterführenden Schule in Hackney. Dort machte eine Klasse mal eine Klassenfahrt nach Krakau, eine Universitätsstadt in Polen. Nach der Rückkehr fragte mein Vater einen Schüler, wie ihm denn Polen gefallen hätte, und der antwortete: „Es war ganz okay, aber die haben da keine Kultur." Mein Vater hinterfragte diese Aussage, und nach beharrlichem Nachfragen stellte sich heraus, dass der Schüler damit meinte, in Polen gäbe es keine Schwarzen und keine Asiaten.

In England gibt es also Menschen, die in der Überzeugung heranwachsen, „Kultur" könnten nur Menschen mit einem bestimmten ethnischen Hintergrund haben. Der Begriff „Cultural Food" zum Beispiel wird jetzt nur noch in dem Zusammenhang verwendet, wenn man über Gerichte spricht, die aus Asien, aus

Afrika oder der Karibik stammen. Wenn man Kultur so definiert, dann haben Franzosen oder Italiener natürlich keine. Wir Erwachsenen dürfen uns auf die Schulter klopfen für dieses Missverständnis, denn viele von uns wissen ebenfalls nicht, wie vielfältig der Kulturbegriff eigentlich ist. Zeit für ein bisschen Unterricht vielleicht? Im Fach „Kultur"?

Schüler: Herr Lehrer, ist Sport Kultur?

Lehrer: Ja, Sport ist Kultur.

Schüler: Welcher Sport ist der beliebteste auf der Welt?

Lehrer: Fußball.

Schüler: Wer hat Fußball erfunden?

Lehrer: Die Engländer. Aber die Schotten hatten auch ihren Anteil: Die haben das Pass-Spiel erfunden.

Schüler: Oh! Und... ist Musik Kultur?

Lehrer: Ja, Musik ist ebenfalls Kultur.

Schüler: Nennen Sie doch bitte einige der wichtigsten Bands!

Lehrer: The Beatles, The Rolling Stones, Pink Floyd, Led Zeppelin, The Police, Queen, The Who, Sex Pistols, The Clash, Black Sabbath, Bee Gees, Genesis... noch mehr?

Schüler: Aus welchem Land kommen diese Bands?

Lehrer: Sie kommen alle aus England.

Schüler: Zählen Theaterstücke auch zur Kultur?

Lehrer: Ja, sicher.

Schüler: Wer ist der berühmteste Stückeschreiber der Welt?

Lehrer: Das ist sicher William Shakespeare.

Schüler: Aus welchem Land kommt der?

Und so weiter.

Als Briten sollten wir sehr wohl Bescheid wissen über die dunklen Seiten unserer Geschichte und über das Unrecht, das in vielen Teilen der Welt durch unsere Mitwirkung verübt wurde. Aber auf der anderen Seite hat unser Land der Welt Kultur in Form von Sport, Musik, Literatur, Ingenieurskunst und Wissenschaft geschenkt, die ihresgleichen sucht und weit unterschätzt ist. Wenn diskutiert wird, was es bedeutet, britisch zu sein, dann kommen meist Klischees wie Toleranz, Fairness oder Höflichkeit. Keiner erwähnt Kreativität, Genius und Erfindungsgabe.

Wenn Brasilianer am Strand von Rio Fußball spielen, so tun sie dies, weil ihnen durch den englischen Einfluss dieser Sport nahegebracht wurde. Als die Rolling Stones an der Copacabana vor einer Million Menschen spielten, sahen diese Menschen eine Mischung aus englischer und amerikanischer Kultur.

Man darf also sagen, dass britische - oder englische - Kultur etwas vielschichtiger ist als ein paar Männer in komischen Hosen, die beim Morris Dance um den Fahnenmast hüpfen.

Lass uns mit der Zeitmaschine kurz in die Vergangenheit verschwinden. Wir sind in einem Pub, Covent Garden, London. Es ist das „Freemason's Arms", und wir schreiben den 26. Oktober 1863.

Vertreter von insgesamt elf Fußballclubs haben sich auf ein Bier eingefunden, um eine super Idee zu diskutieren. Man will eine neues, weltweites Phänomen schaffen. Vorstände und Geschäftsführer der elf Vereine sind zunehmend begeistert: Sie wollen eine neue Marke einführen. Ein Geschäft. Etwas, mit dem sie die Gesellschaft ausbeuten können, Profit machen können. Eine neue Szene wird entstehen, der man jede Menge Trikots der aufstrebenden Toppmannschaften Old Etonians und Royal Engineers verkaufen kann. Dieses neue Spiel wird vor Tausenden von Zuschauern ausgetragen, die jede Menge Geld ausgeben werden für Fanartikel, Pasteten und Dauerkarten und in schön dekorierten, viktorianischen Logen sitzen. Vielleicht kann man irgendwann auch die Spiele auf Film festhalten und die Kinorechte für Milliarden Pfund an die örtlichen Filmpaläste verkaufen, wo dann die Männer mit ihren sorgsam gepflegten, dünnen Schnurrbärten sitzen und das Spiel auf der Leinwand verfolgen (man schaue sich nur die alten Aufnahmen aus dem ausgehenden 19. Jahrhundert an – früher *war* das Spiel *wirklich schneller!*) Also: Die Jungs aus dem Freemason's Arms sind dabei, richtig Kohle zu scheffeln.

Moment. Warte mal. So war es gar nicht. Ich habe gelogen.

Diese Männer waren Sportenthusiasten und spielten eine wichtige Rolle beim Zustandekommen dessen, was Englands und Schottlands größtes Geschenk an die Welt werden sollte. Sie zogen einen klaren Trennstrich zwischen den Regeln für Fußball einerseits und Rugby andererseits. Und sie gründeten die Football Association, die „FA", den ersten Fußballverband der Welt. Die Regeln, die die FA später zusammenstellte, schufen den Fußball, wie wir ihn heute kennen. Ein kleines Büchlein mit nur 13 Regeln wurde zur Grundlage von heute insgesamt 1,5 Millionen Mannschaften und 300.000 registrierten Vereinen weltweit. Das Freemason's Arms gibt es noch heute. Aus irgendeinem Grund jedoch verzichtet die Gaststätte auf jeglichen Hinweis, welch bedeutende Rolle sie einst spielte: Kein Schild, keine Bilder, nichts informiert den Gast, was hier 1863 stattfand. Irgendwie sieht der Laden fast mehr nach einem Rugby-Pub aus. Also ehrlich, Leute, macht mal was draus: Ihr habt eine wichtige Rolle gespielt und solltet stolz drauf sein.

Schon vor dem ausgehenden 19. Jahrhundert hatte es jede Menge eher wilder Ballspiele in England gegeben: Schon für das Jahr 1314 ist Entsprechendes belegt. Meistens war der Ball eine aufgeblasene Schweineblase, manchmal allerdings auch – wenn man den Überlieferungen glauben darf – ein abgeschlagener Kopf. Selbst aus noch früherer Zeit gibt es Berichte, wonach etwa in der Stadt Chester Angelsachsen mit den Köpfen besiegter dänischer Invasoren Fußball spielten. Folgt man den Historikern, so waren die Ballspiele des 14. Jahrhunderts ein allgemeines, auf dem Dorfanger abgehaltenes „Kick and Rush", wo jeder mal zutreten durfte – eine Taktik, die die Mannschaft von Wimbledon zwischen 1980 und 1990 mit gewissem Erfolg übernahm.

1314 verbot Edward II alle diese Spiele unter Androhung von Haftstrafe. Edward III untersagte den Sport ebenso; junge Männer vergaßen zu häufig darüber, sich im Bogenschießen zu üben – eine Fertigkeit, die für England in Zeiten des Krieges überlebenswichtig war. In den darauffolgenden Jahrhunderten traten in England und Schottland ganze Städte gegeneinander an, und das Spielfeld erstreckte sich dann meist von einem Stadttor zum anderen. Es gibt Städte, die bis heute an dieser Tradition festhalten.

Es gibt Italiener, die behaupten, Fußball wäre zuerst in Florenz gespielt worden, und zwar unter der Bezeichnung „Calcio", aber diese Geschichte ist natürlich ein großer Haufen *merda*. Calcio erinnert mehr an einen organisiertes Hooligan-Fight als an Fußball im Sinne unserer Regeln. Legalisierte Prügelei, bei der Italiener mit freiem Oberkörper die meiste Zeit darauf verwenden, Gegner und Mannschaftskollegen zu schlagen, anstatt nach dem Ball zu suchen. Noch wichtiger: Calcio ist kein Spiel, das man mit den Füßen spielt (wenn man von den paar Malen absieht, wo ein Spieler dem anderen gegen den Kopf tritt). Ich will fair sein: Es gibt Ähnlichkeiten zum Fußball, und Calcio war für seine Zeit revolutionär. Sicher ist dieser Sport in der Ausgangsform ähnlich derer vieler Mannschaftsspiele wie Rugby, NFL, Hockey und Fußball. Der Ball ist rund, das Spielfeld rechteckig und zwei Mannschaften (mit je 27 Spielern) treten gegeneinander an, um den Ball auf die gegenüberliegende Seite des Platzes zu befördern. Aber zu behaupten, Calcio sei der eigentliche Fußball, ist, als würden sich die Musikanten des Mittelalters zu Erfindern des Rock and Roll erklären. Fußball hat seinen eigenen Stil und unterscheidet sich von Calcio in den Regeln, der Taktik, den Methoden, der Technik und der Finesse.

Calcio wird noch heute in Florenz gespielt. Es ist das vielleicht primitivste, gewalttätigste Mannschaftsspiel der Welt. Aussie Rules Football, Eishockey, IKEA-Eröffnungen und Wrestling wirken dagegen wie körperlose Sportarten.

Die Männer im Freemason's Arms, damals, 1863, waren alle Angehörige der Oberschicht. Die Pioniere des Fußballs, die Spieler, kamen von elitären

Privatschulen wie Eton oder Harrow. In diesen ersten Jahren hatten die Arbeiter mit dem Fußball wenig zu tun. Der Sport schuldet den Privatschulen viel, aber Fußball konnte nur expandieren, konnte nur zum Zuschauersport werden, indem er zum Volkssport wurde. Es ist interessant, dass die britische Elite einen Sport erfand, der fraglos zu *dem* Repräsentanten der Arbeiterkultur und des Working-Class-Lifestyles wurde.

Auch die Kirche hatte ihren Anteil an der Förderung des Fußballs, galt Sport doch als gute Sache für die örtliche Gemeinschaft. Fußball wurde auch in den Arbeitersiedlungen der Midlands und in Nordengland populär. Teams bildeten sich in den Kneipen, in den Fabriken, in den *Social Clubs* und den Kirchen. Manchester United wurde von Eisenbahnern in Manchester gegründet, Celtic FC durch die katholische Gemeinde Glasgows.

1883 geriet der Fußball endgültig aus der Balance: Blackburn gewann den FA-Cup, indem man im Finale die Old Etonians schlug. Der älteste Pokalwettbewerb der Welt war 1872 gestartet, und in den ersten zwölf Jahren seiner Existenz hatten die Amateurteams der Oberschicht dominiert; Teams wie die Wanderers und die Old Etonians. Blackburn war die erste Mannschaft aus der Arbeiterschicht, die den Pokal holte. Dieses Spiel war zweifellos ein Meilenstein: In den Folgejahren brachen die Amateurmannschaften der Privatschulen auseinander, und Arbeitervereine wurden die maßgeblichen Kräfte im englischen Fußball.

Erwähnenswert ist, dass die Oberschicht sich vom Fußball abwandte, als der Sport bei der arbeitenden Bevölkerung populär wurde. Stattdessen spielte man fortan Rugby. Fußball war nun zum Volkssport geworden und sollte es über lange Jahrzehnte bleiben. Alle Vereine, die 1888 die erste Fußball-Liga gründeten, sind immer noch berühmte Namen im englischen Fußball und im Profigeschäft dabei: Es sind Everton, Bolton, Aston Villa, Blackburn Rovers, West Bromwich Albion, Wolves, Stoke, Notts County, Burnley, Preston North End, Derby und Accrington.

Erst hundert Jahre nach der Gründung der ersten Fußball-Liga verabschiedeten sich die Fußballclubs in England wieder von den Menschen, die die Liga aufgebaut und die Vereine zu den großen Namen gemacht hatten, die sich jetzt so wunderbar vermarkten lassen.

Lass uns also schnell wieder vorspulen in die Gegenwart auf unserer Suche nach dem „people's game", dem Volkssport Fußball.

Der Kern eines Sports, der sich als Volkssport versteht, sollte aus einem Gefühl der Zugehörigkeit, der Verbundenheit der Zuschauer zu ihrem Sport bestehen. Ich fragte erst vor kurzem einen Freund, warum er nicht mehr ins Stadion geht. Seine Antwort macht klar, was dem Fußball in den letzten Jahren abhanden gekommen ist. Er sagte: „Es gibt kein Zusammengehörigkeitsgefühl mehr. In meinem Leben gab es nicht viele Situationen, wo ich mich wirklich angenommen, akzeptiert, ‚passend' gefühlt habe - nur beim Fußball war ich immer irgendwie zuhause. Das ist jetzt weg. Ich schaue mir das Spiel heute an und denke: Was hat das noch mit mir zu tun?"

Der Fußball muss mehr bieten als einfach nur ein Sport zu sein. Die meisten Fans folgen Mannschaften, die profanen, langweiligen, uninspirierten Fußball zeigen. Die Mehrzahl der Zuschauer ist am Ende der Saison mit ihrem Verein unzufrieden. Damit die Fans ihren Clubs treu bleiben, brauchen sie den Gedanken der Treue, des „durch Dick und Dünn", das ungeachtet jeder sportlichen Leistung zählt. Wenn diese Haltung verloren geht, dann ist auch der Fußball verloren.

Es gibt Zeiten, da ist ein Fußballverein der wichtigste Repräsentant seiner Gegend, seiner Stadt - und nur ein einziger Verein der vier englischen Profiligen trägt nicht den Namen seiner Stadt, seiner Gemeinde im Namen: Arsenal FC, benannt nach einer Waffenfabrik. Jeder andere Verein heißt nach einer Siedlung, einem Stadtteil oder einer Stadt, gefolgt von einem zweiten Namensteil, der meistens City, United, Athletic oder Rovers heißt. Aus diesem Grund habe ich auch immer meine Schwierigkeiten, Leute zu verstehen, die sich als Fans von Mannschaften ausgeben, deren Heimat hunderte Kilometer entfernt liegt. London, zum Beispiel, platzt vor Liverpool- und Manchester-United-"Fans" fast aus allen Nähten; Leute, die nie weiter nördlich als Luton waren, geschweige denn am

Anfield oder im Old Trafford. Ich würde sogar sagen, Liverpool hat die meisten Fans in London, besonders in meiner Altersgruppe, die in den Siebzigern und Achtzigern aufwuchs. Als Liverpool 2005 die Champions League gewann, fuhr die Mannschaft am folgenden Tag mit einem offenen Doppeldeckerbus durch die Straßen Liverpools. Tausende Scouser waren auf den Straßen und feierten, während sich der Bus entlang alter, viktorianischer Reihenhäuser und heruntergekommener Sozialwohnungsblocks Richtung Stadtmitte schob. Eindeutig: Für diese Menschen muss Liverpool FC eine ganz andere Bedeutung haben als für Liverpool-"Fans" aus Norwich, die die Busrundfahrt zuhause an ihren Fernsehern verfolgten.

Ein Zugehörigkeitsgefühl entsteht durch die Menschen, mit denen du zum Fußball gehst. Es ist wichtig, sich mit den anderen Fans verbunden, irgendwie *verwandt* zu fühlen. Diese Übereinstimmung, diese Verbindung ist es, die Vereinstreue entstehen lässt. Sie ist weit wichtiger als die Leistung der Spieler auf dem Platz.

Doch die reinen Sitzplatzstadien haben dies weitgehend kaputtgemacht. Haben Freunde die erste Hürde genommen, überhaupt Karten für das Spiel zu bekommen, dann sitzen sie nicht selten auf entgegengesetzten Seiten des Stadions.

Gegen Ende der Spielzeit 2005-06 konnten wir mit einer kleinen Gruppe Arsenal-Fans so etwas wie Zusammengehörigkeitsgefühl wiederherstellen: Ganz in der Ecke der alten North Bank im Highbury gab es immer eine gewisse Anzahl Sitze, für die der Club aus irgendeinem Grund keine Karten verkaufte. Waren wir also erst einmal im Stadion, trafen wir uns immer dort. Ungefähr dreißig Leute verfolgten aus diesem Bereich das Spiel und waren auch hier, als die letzten Spiele im Highbury ausgetragen wurden. Es war egal, dass der Rest des Stadions neunzig Minuten lang stumm war und keine Atmosphäre aufkam: Wir dreißig hatten unseren eigenen kleinen Bereich auf der Tribüne, und wir unterstützten das Team auf unsere Weise. Bei größeren Spielen waren bis zu hundert Leute in diesem Bereich.

Unsere dreißig waren keineswegs alle Freunde. Aber wir kannten uns gut genug, um herumzuflachsen und neunzig Minuten lang Spaß zu haben, anders als die überwiegende Mehrzahl der Besucher.

Eins der letzten Spiele der Saison war gegen Charlton Athletic, an einem sonnigen, aber dennoch kalten Nachmittag im März. Zu kalt jedenfalls, um sich hinzusetzen, das war jedenfalls sicher. Ist es kühl, muss man sich bewegen. Unser kleiner Block war lautstark wie immer, aber ebenfalls wie immer schaute der Rest der Zuschauer unmotiviert aus der Wäsche, selbst als Arsenal schon 3:0 vorne lag. Es war tatsächlich so still, dass wir über etwa zwanzig Sitzreihen hinweg eine Art Gespräch mit Dennis Bergkamp hatten, der sich hinter dem Tor warm machte. Irgendwann Mitte der zweiten Halbzeit wendeten sich unsere dreißig zur Seite und sangen dem Rest der North Bank die Frage: „Shall we sing a song for you?" Ein Lied, das normalerweise den gegnerischen Fans entgegengesungen wird, wenn die zu leise sind. Tausende von Gesichtern drehten sich zu uns um, ärgerliche Blicke wurden geworfen, doch alles blieb stumm. Ich war begeistert. Wir hatten eine 10.000-Zuschauer-Tribüne auf witzige, wenig aggressive Art herausgefordert. Nur ein paar vereinzelte Fans hier und dort standen auf und schrien etwas zurück. Jahrelang hatte ich darauf gewartet, der neuen Sorte Fußballfans meine Meinung über sie mitzuteilen. Nun, in der letzten Saison am Highbury, gegen Charlton, war die Zeit gekommen. „Can you hear the North Bank sing?" und „Seid ihr Tottenham, nur verkleidet?" folgten von uns. Die North Bank war deutlich erkennbar angepisst, aber die Leute waren zu apathisch oder mit zu wenig Rückrat ausgestattet, um zu reagieren. Wie kann eine riesige Tribüne sich gefallen lassen, von dreißig Leutchen verarscht zu werden? Die Arsenal-Zuschauer der Achtziger und Neunziger, von denen ich einer war, hätten eine Beleidigung wie „Are you Tottenham in disguise?" nicht hingenommen. Schon gar nicht von den eigenen Fans.

Der verschwundene Zusammenhalt, das fehlende Gefühl der Gemeinschaft beim Fußball – ist dies nur ein Spiegelbild dessen, was viele als das verschwundene Gemeinschaftsgefühl in Großbritannien als Ganzem empfinden?

Manchmal scheint es, als würden viele Menschen ihre Nachbarn nicht mehr kennen und mit den Menschen, die gleich nebenan wohnen, kaum noch Kontakt haben. Meine Nachbarn sind vor zwei Jahren eingezogen, und ich habe noch nicht einmal die Ebene des morgendlichen „Hallo" erreicht, geschweige denn ein paar Worte gewechselt.

Kommen also Nachbarn ohne jegliches Gespräch durchs Leben, so sitzen auch Fußballfans eine ganze Saison lang nebeneinander, ohne ein Wort gewechselt zu haben. Was passiert, wenn ein Einzelner einen ganzen Eisenbahnwaggon nervt, weil die Musik aus seinem Player zu laut ist? Die Chancen stehen nicht schlecht, dass der ganze Waggon den Lärm hinnimmt, weil niemand genug Traute hat, aufzustehen und seine Meinung zu sagen. Keiner weiß, ob der Rest der Mitreisenden Unterstützung gewährt, wenn die nötig sein sollte. Ich jedenfalls hatte keine Unterstützung, als ich einem großmäuligen Teenager erklärte, er möge „die Scheiße jetzt leiser machen!", nachdem er zunächst pampig auf meine freundliche Bitte reagiert hatte, die Mucke aus seinem Handy etwas herunterzuregeln. Manchmal glaube ich, dass jedes Mal, wenn ich einen Zug, einen Bus besteige, ich erst einmal einen Teenager bitten muss, seine Musik leiser zu stellen – denn keiner sonst bittet darum.

Im Großbritannien von heute lässt sich eine 10.000-Leute-Tribüne von dreißig Männern verspotten und erträgt die Verarschung stumm, weil die Menschen dieser großen Gruppe der Zehntausend, dieser scheinbaren Gemeinschaft, dem Zusammenhalt nicht trauen. Doch wenn es diesen Zusammenhalt nicht mehr gibt, dann ist der Fußball ohne Zweifel mausetot – selbst wenn er noch Millionen scheffelt.

Was ist also mit den Männern, die damals, 1863 im Freemason's Arms, die Football Association gründeten? Konnten sie ahnen, dass jenes Spiel, um das es ihnen damals ging, die Welt erobern würde? Ahnten sie, wie viele Dramen, welch Freude und Leid, welche Gefühle sie zu verantworten haben würden? Hatten sie es sich träumen lassen, dass weltweit eine geschätzte Milliarde Menschen den WM-Endspielen zuschauen würde, als sportlicher Höhepunkt dessen, was aus den ursprünglich gerade mal dreizehn Fußballregeln erwuchs, die sie festgelegt hatten?

Diese Männer waren entschiedene Gegner des Profisports. Sie glaubten an einen Sport, der die Ideale des Amateurs vertrat, ganz ähnlich der Grundsätze des Rugbysports bis vor wenigen Jahren. In der Frühzeit entstammten viele Fußballspieler wohlhabenden Familien; für ihren Sport nichts gezahlt zu bekommen war für sie also kein großes Problem. Als der Fußball von Geschäftsleuten übernommen und zumeist von den arbeitenden Schichten gespielt wurde, blieb ihm keine andere Wahl: Er musste professionell werden. Und das war richtig.

Standen aber die Gründungsväter einer professionellen Entwicklung schon ablehnend gegenüber, dann kann man sich kaum vorstellen, was sie zu Spielergehältern von über 100.000 Pfund *in der Woche* sagen würden. Sicher wären sie stolz darauf, ein Spiel erfunden zu haben, das die Welt im Sturm erobert hat. Aber vielleicht würden sie auch sehen, wie sehr der Fußball heute vom Geld umgetrieben wird, und ihnen würde dämmern, dass manches von dem, was sie einst ins Leben riefen, mittlerweile verlorengegangen ist.

Kapitel 8

Das Spiel wird abgewogen - Teil 2

Jedes Jahr ein neues Trikot

Irgendwie überrascht es mich, dass es der Polyester-Industrie jedes Jahr aufs Neue gelingt, genug Material für die neuen Trikots herzustellen, die uns regelmäßig zu Beginn einer Saison vorgestellt werden. Es ist doch erstaunlich, dass zum Beispiel Newcastle-United-Fans mehr als nur alle Jubeljahre einmal ein neues Trikot brauchen. Zwar „ändert“ sich das aktuelle Trikot jede Spielzeit, aber für die unter uns, die nun nicht wirklich auf die ganz kleinen Details achten, sieht ihre Spielkleidung immer gleich aus: ein Hemd mit schwarz-weißen Streifen, und dazu eine schwarze Hose.

Früher hat man nur Manchester United dafür kritisiert. Jetzt ist es bei nahezu allen Vereinen üblich. Als ich ein Kind war, kam nur alle paar Jahre mal ein neues Trikot auf den Markt. Heute ändern sich Heim- und Auswärtstrikot mit verlässlicher Sicherheit jedes Jahr. Allerdings ist das mehr ein Problem für die unter uns, die Eltern sind – denn seit ich für mich selbst das letzte Mal ein Trikot kaufte, ist schon eine lange Zeit vergangen.

Mich zwingt keiner, das jeweils neueste, aktuelle Jersey zu kaufen. Die Frage ist: Ist *irgendwer* gezwungen, das zu tun? Manche behaupten, ihre Kinder würden gehänselt, wenn sie mit einem alten Trikot statt dem aktuellen auf der Straße angetroffen werden. Deswegen würden sie dann, wenn auch unter großem finanziellen Aufwand, für ihren Nachwuchs immer das neueste Trikot heranschaffen.

Aber ist das nicht ein Märchen? Ich habe an einer Grundschule gearbeitet, und ich habe kein einziges Mal erlebt, dass Kinder wegen „alter Trikots“ geärgert wurden. Natürlich gab es Kinder, die mit Spielkleidung aus früheren Jahren herumliefen; aber die Wahrheit ist, dass dies niemandem auffiel! Ja, Kinder mögen gern das aktuelle Trikot tragen, völlig klar. Aber um dies auch zu bekommen, erzählen sie gern mal zuhause, dass man sie sonst ärgern würde und manipulieren auf diese Weise ihre Eltern.

Auch an meiner weiterführenden Schule hat es nie irgendwelche Sprüche wegen veralteter Trikots gegeben. Die Kids wurden schon mal angemacht, wenn sie keine Markensportschuhe trugen - aber alte Fußballhemden waren kein Thema. Heutzutage spielt es eher eine Rolle, ob man das „richtige" Handy hat.

Das Problem mit den regelmäßig vorgestellten neuen Trikots ist ihr Preis, der meistens ab 40 Pfund beginnt. 40 Pfund für etwas, das man eigentlich kostenlos bekommen sollte! Ja, umsonst! Fußballfans sind heutzutage wandelnde Reklametafeln. Normalerweise bekommen Grundbesitzer bezahlt, wenn man auf ihren Flächen Litfaßsäulen aufstellt. Bei Fans ist es andersherum. Wir zahlen jemandem Geld, damit wir mit seiner Werbung herumlaufen dürfen. Manchester United hatte die amerikanische Versicherungsgruppe AIG als Trikotsponsor, und die Fans zahlen einen Haufen Geld, um für dieses Unternehmen Werbung zu laufen. Dies ist keine Übertreibung: Wie du weißt, ist das, was bei den heutigen Trikots am dominantesten und am ehesten zu erkennen ist, die Werbung. Aber wer könnte den Werbenden oder die Clubs dafür verantwortlich machen? Ich tue es nicht, denn anders als die große Mehrheit in den Stadien bin ich nicht der Meinung, dass die Qualität des Supports für dein Team davon abhängig ist, ob du das aktuelle Trikot trägst oder nicht.

Wenn Fans also finden, die ihnen angebotenen Trikots seien zu teuer, dann sollten sie sie nicht kaufen. Ihr sollt sehen: Der Preis wird schon bald sinken.

Trikotnummern

Das letzte Mal, als ich durchzählte, bestand eine Fußballmannschaft aus elf Spielern. Der Torwart ist die Nummer 1, rechter Außenverteidiger ist 2, linker

Außenverteidiger hat die 3. Die Innenverteidigung hat die Nummern 5 und 6, das Mittelfeld beginnt mit 4 und so weiter. Aber das war wohl zu einfach und wohl irgendwie auch zu praktisch. Vor allem aber war es nicht profitabel genug. Schau noch mal unter „Jedes Jahr ein neues Trikot" nach, und du wirst verstehen, warum man inzwischen höhere Spielernummern verwendet als es Jahre sind, seitdem Tottenham das letzte Mal irgendeinen Titel gewann. Ich habe alle Webseiten der Premiership durchforstet: Die höchste Spielernummer, die ich finden konnte, hatte Newcastle United im Kader: einen Spieler mit der Nummer 54 (in Jahren wären das derzeit nur sieben mehr als Spurs' letzter Titelgewinn). Die Methode, die dahintersteckt, ist abgewichst, aber auch irgendwie clever. Denn eigentlich gibt es gar keinen Grund, Trikots zu nummerieren. Der ganze Sinn dahinter ist, den Fans noch mehr Geld aus der Tasche zu ziehen, indem sie sich auf ihr neues, frisch erworbenes Fantrikot auch gleich noch Name und Nummer ihres Lieblingsspielers drucken lassen.

Der Wunsch, den Namen einer Vereinslegende auf dem eigenen Trikot zu tragen, ist verständlich. Aber wieviel Sinn macht es, sich einen aktuellen Spielernamen aufs Shirt flocken zu lassen? Den Namen eines Spielers, der schon morgen weit weg sein kann, wenn er anderswo auch nur einen Hauch besser verdient?

Und wo wir gerade vom Geld sprechen...

Gehaltsforderungen

Als Roy Keane 2001 nach dem Champions-League-Spiel gegen Dynamo Kiew die schlechte Stimmung (und die Krabbenschnittchen im VIP-Bereich) des Old Trafford kritisierte, hätte er vorher lieber einen Blick auf seine Gehaltsabrechnung werfen sollen. Wenn Spieler zwischen 50.000 und 130.000 Pfund die Woche verlangen, dann kommt ein nicht geringer Anteil dieser Summen von den zahlenden Zuschauern und von massiv gestiegenen Eintrittspreisen. Diese Preise ändern natürlich die Sorte Fans, die die Fußballstadien bevölkert. Man darf daher durchaus vermuten, dass die meisten Fans im Old Trafford keine verhärmten Straßenkinder aus Salford mehr sind. *Die* hätten vielleicht den leidenschaftlichen Support gebracht, den manch ein Spieler einfordert.

Thierry Henry beschwerte sich ebenfalls; über die Tausende von Fans, die früh aus dem Emirates Stadium verschwinden, um vor dem Abreiseverkehr nach Hause zu kommen. Es hat früher *jede Menge* treuer Fans gegeben, die man aber durch die hohen Preise ausgesperrt hat. *Die* wären bis zum Ende geblieben. Aber was ist wichtiger für die Spieler: 100.000 Pfund die Woche oder ein besserer Support? Die Fans, die Roy Keane und Thierry Henry kritisieren, sind die, die sie mit ihrem Verhalten erst erschaffen haben! Durch obszöne Gehaltsforderungen, die jenseits jeder Logik, jenseits jeglicher Rechtfertigung sind! Ich stimme Keane zu in dem, was er über die Leidenschaftlichkeit der Fans sagte. Aber wäre er bereit gewesen, für mehr Lautstärke von den Rängen des Old Trafford auf nur ein Prozent seines Gehalts – also 500 Pfund – zu verzichten?

Ich bin nicht gegen hohe Gehälter für Spieler. Die, die sie verdienen, sollen sie haben. Sie sind Meister in einem Spiel, das das beliebteste der Erde ist. Sie bieten Unterhaltung, und sie tragen die Verantwortung und ertragen den Druck, den alle jene auf ihren Schultern spüren, die ständig im Licht der Öffentlichkeit stehen. Manch ein Spieler kommt immer noch aus einem armen Umfeld, und der Fußball bietet diesen Spielern mehr als viele andere Berufe die Möglichkeit, es zu Wohlstand zu bringen.

Johann Cruiff sagte mal: „Wenn sich ein Stadion jede Woche erneut bis auf den letzten Platz füllt, wenn Millionen Menschen uns an den Fernsehschirmen zuschauen, dann wollen wir auch etwas von dem eingenommenen Geld sehen." Was diese Sportler tun, ist weit mehr, als nur einen Ball hin und her zu treten, und keiner wird ernsthaft argumentieren wollen, Fußballer verdienten nicht eine gute Bezahlung für das, was sie tun, besonders dann nicht, wenn sie Wohlstand auch für viele andere Beteiligte schaffen.

Wenn aber ein Opfer der Londoner Bombenanschläge von 2005, das beide Beine verlor und sich schwere innere Verletzungen zuzog, von den Behörden eine Einmalzahlung erhält, die geringer ist als der Wochenlohn mancher Spieler, dann könnte es vielleicht, *eventuell,* sein, dass Fußballer heutzutage jenseits jeglichen gesunden Menschenverstands bezahlt werden (Danny Biddle verlor seine Beine, ein Auge und seine Milz bei diesem Terroranschlag. Das *Criminal Injuries Compensation Board* gewährte ihm einen Betrag von 118.000 Pfund – mit dem er bis an sein Lebensende zurechtkommen muss). Lang ist es her, dass Jimmy Hill 1960 in seiner Funktion als Vorsitzender der Spielergewerkschaft erfolgreich gegen die damals bestehende Gehaltsobergrenze für Fußballer demonstrierte, die damals 20 Pfund in der Woche betrug. Jimmy Hill: „Die Höchstgrenze fiel, weil wir die Öffentlichkeit auf unserer Seite hatten. Man verstand, wie unfair dieses Limit war. Egal, wie talentiert der Spieler war im Vergleich etwa zu einem Bank-Manager oder einem Cricketspieler – sein Gehalt durfte nicht steigen. So war es letztlich die öffentliche Meinung, die die Höchstgrenze abschaffte."

Die wohlmeinende Haltung der Öffentlichkeit, von der Jimmy Hill sprach, dürfte sich heute zweifellos in die andere Richtung verkehren. Die Menschen schauen inzwischen auf die Gehälter der Profis mit einer Mischung aus Unglauben und Fassungslosigkeit. Besonders, wenn man sie mit den Einkommen derjenigen Menschen vergleicht, deren Tätigkeit wortwörtlich Leben rettet.

Viele glauben durchaus, dass eine Kappungsgrenze bei den Spielergehältern dringend angesagt ist. Einziges Problem hierbei: Die Europäische Union könnte einschreiten und einen entsprechenden Eingriff in die freien Kräfte des Marktes als illegal erklären (die EU selbst ist ein gutes Beispiel dafür, wie schwer es ist, Gleichbehandlung und gesunden Menschenverstand zu vereinbaren): Eine Gehaltsobergrenze?! Nein? Selbst dann nicht, wenn sie bei 50.000 Pfund pro Woche gezogen werden würde?

Hört mal: Wie wäre es dann mit einer Reduzierung auf 12.000 Pfund die Woche! Zumindest würde man dann nicht mehr den Spruch hören: „Der verdient in einer Woche mehr als ich im ganzen Jahr!" Ein Arbeiter, der den Mindestlohn bekommt, verdient so um 12.000 Pfund jährlich, vor Steuern. Ein Fußballer, der 12.000 Pfund pro Woche als Beleidigung sehen würde, könnte ja immer noch den Beruf wechseln und dort arbeiten, wo er glaubt, besser zu verdienen! Oder er könnte sich einen Zweitjob im Supermarkt suchen, um dort nach dem Training die Regale aufzufüllen. Mit etwas Glück könnte ihm dieser Zweitjob nochmal 12.000 Pfund im Jahr bringen.

Lass uns doch mal ehrlich sein: Die meisten Spieler sind keine 12.000 Pfund wert (immerhin 624.000 Pfund im Jahr). 12 Riesen die Woche wären eine verdammt gute Bezahlung, und zudem eine, die Fußballer immer noch zu den am besten bezahlten Mitgliedern unserer Gesellschaft zählen lassen würde. Und wirklich gute Spieler, die von sich glauben, weitaus mehr als diese Summe wert zu sein, könnten dennoch ruhig schlafen - denn sie würden durch Sponsorenverträge, durch Werbung und etwa Tantiemen aus Computerspielen ein Vielfaches nebenher verdienen. Denn schon heute machen diese Einkünfte die Haupteinnahmequelle für unsere Profis aus.

Wayne Rooneys jährliche Einkünfte, so wird berichtet, liegen bei circa 8 Millionen Pfund. Doch nur 3 Millionen stammen aus seinem Lizenzspielervertrag bei Manchester United. Die geschätzten 5 Millionen, die er aus anderen Quellen kassiert, belasten den zahlenden Zuschauer nicht, sie schlagen sich nicht auf die Eintrittspreise nieder. Spieler, die sich für besser als 12.000 Pfund pro Woche halten, aber keine Einnahmen aus anderen Quellen schöpfen, sind vielleicht doch nicht so viel wert, wie sie selbst glauben. Sponsoren sind nämlich anders als Fußballclubs. Sie zahlen keine hohen Beträge an Leute, die diese nicht wert sind.

Ich bringe nicht gern Stereotype ins Spiel, ich halte nichts von Vorurteilen; darum beschuldige ich Profifußballer auch nicht, dumm zu sein. Das sind sie nämlich nicht. Taktisches Verhalten auf dem Platz ist ein Zeichen von Intelligenz, und ich bin sicher, dass ein Intelligenztest bei Fußballern in seinem Ergebnis dem gesellschaftlichen Durchschnitt entsprechen würde. Auf der anderen Seite jedoch gilt im Fußball schon als intellektuell, wer - wie Ex-Chelsea-Spieler Graeme Le

Saux – den *Guardian* abonniert hat. Was für ein Schwachsinn! Wie bezeichnen sie denn dann einen Spieler mit Brille? Stephen Hawking, oder wie?! Fußballer, die man mit einem Kreuzworträtsel erwischen würde, hießen dann wohl Einstein.

Lass es mich schlichter formulieren: Ich glaube nicht, dass es viele Fußballer da draußen in den Vereinen gibt, die 12.000 Pfund die Woche als Anthropologe oder als Physiker verdienen könnten.

Da die Europäische Union einer Gehaltshöchstgrenze im Weg stehen würde, bliebe als einzige Möglichkeit, den Clubs vorzugeben, wieviel Prozent ihrer jährlichen Einnahmen sie für Spielergehälter ausgeben dürfen. Dies würde einen Verein wie Chelsea davon abhalten, Millionen an Spielergehältern rauszuhauen, während man Verluste einfährt, die das Doppelte der jährlichen Einnahmen ausmachen.

Gegen eine Limitierung der Profigehälter seitens der UEFA wird regelmäßig argumentiert, dies würde zu einem Abfluss der besten europäischen Spieler in Richtung USA sorgen, wo sie dann ungleich mehr verdienen würden. Sollte das stimmen, dann sage ich: Lasst sie gehen! Europas Ligen würde es ohne diese Söldner besser gehen. Wenn sie lieber in einer Micky-Maus-Liga spielen, weil es da ein bisschen mehr zu verdienen gibt, dann würde das nur beweisen, dass sie mehr von finanzieller Gier als dem Wunsch besessen sind, sportlich einen bleibenden Eindruck zu hinterlassen. Sollen sie doch ihre Karriere in der „Major League Soccer“ beenden. Die Wahrheit ist doch, dass man nur in den großen europäischen und südamerikanischen Ligen zur sportlichen Legende werden kann.

Es wird allgemein angenommen, dass einige Vereine in England zwischen 60 und 70 Prozent ihres Jahresumsatzes für Spielergehälter ausgeben. Die Premiership hat die höchsten Gehaltsabrechnungen im Weltfußball, annähernd eine Milliarde Pfund jährlich. Die Spielerberater führen gerne an, dass ein Blick auf die Gesamteinnahmen der Vereine deutlich macht, wie sehr die Gehälter der Profis berechtigt sind. Korrekt. Im Verhältnis zu den Einnahmen der Clubs – mit Ausnahme von Chelsea – sind die Spielergehälter gerechtfertigt; sie bekommen nur ihren fairen Anteil. Aber man muss kein Genie sein, um zu erkennen, dass die Gehaltsforderungen der Spieler auch Auswirkungen auf die Einnahmen der Vereine haben. Während ich dies schreibe, sind die bestbezahlten Spieler der Liga John Terry und Michael Ballack; beide kassieren bei Chelsea um die 130.000 Pfund die Woche. Doch ungeachtet dieser Riesensumme hat Ballack noch die Frechheit, sich über die Immobilienpreise in London aufzuregen und zu behaupten, er wohne lieber zur Miete, weil ein Kauf einfach zu teuer sei. Nun, ich denke, die Regierung ist schuld an diesem Problem, das Herrn Ballack so schwer getroffen hat. Man hätte einfach frühzeitig kostengünstigen Wohnraum für junge Immobilieninteressenten zur Verfügung stellen müssen, *die 130.000 Pfund in der Woche verdienen.*

Die gewaltige Kluft zwischen den Gehältern „normaler" Menschen einerseits und denen der Profis schafft eine Distanz zwischen Fans und Spielern. Profis können millionenschwere Superstars werden, noch ehe sie überhaupt etwas in ihrer Laufbahn erreicht haben. Das macht es den Fans schwer, Mitgefühl gegenüber einem Spieler zu zeigen, wenn er mal in einer Krise steckt. Warum sollen die Zuschauer Geduld und Sympathie gegenüber jemandem aufbringen, der Zehntausende pro Woche einfährt, aber seinen Job nicht ordentlich macht? Einfühlungsvermögen und Identifikation sind ebenfalls verloren gegangen, wenn es um die Pausen geht, auf die auch die Spieler Anrecht haben. Wieder sind es die hohen Summen, die für diese Entfremdung verantwortlich sind: Fußballer haben nicht mehr genug Zeit zur Regeneration zwischen einer Saison und der nächsten. Nur eine Woche nach der WM 2006 trugen die Teams der Premiership schon wieder Freundschaftsspiele aus. Thierry Henry beklagte sich, er hätte nur zwölf Tage im ganzen Jahr frei gehabt. Egal, wieviel Geld ein Mensch verdient – der menschliche Körper setzt Grenzen. Alle professionellen Athleten brauchen Zeit, um sich nach einer langen Saison zu regenerieren, und die Spieler sollten nach der Saisonpause eifrig und heißhungrig zum Training zurückkehren – und sich nicht so fühlen, als hätten sie keinen Tag Urlaub gehabt. Aber die Haltung vieler Fans und Journalisten ist mittlerweile die, dass die hochbezahlten Spieler einfach die Klappe halten und ihren Job machen sollten.

Wenn Fans sich nicht mehr länger den Spielern geistig verwandt fühlen, wenn es für sie schwer ist, die Männer auf dem Platz sympathisch zu finden, dann verschwindet die Menschlichkeit aus dem Spiel und die gute Stimmung aus den Stadien.

Selbst zwischen den Spielern einer Mannschaft muss das Gehaltsgefälle für Spannungen sorgen. Ein Profi, der bei 20.000 Pfund in der Woche eine gute Leistung bringt, hat allen Grund, sich über seinen Kollegen zu ärgern, wenn der außer Form ist, auf der Bank sitzt – und dafür 80.000 Pfund kassiert. In der „Major League Soccer" verdient David Beckham bei LA Galaxy mehr an einem Tag als die Mehrzahl seiner Vereinskameraden in einem Jahr. Für die Einheit und den Zusammenhalt einer Mannschaft scheint das wohl eher ungesund. Seine 500.000 Pfund, die er angeblich jede Woche überwiesen bekommt, werden sicher mit einer gehörigen Portion Missgunst von seinen Mitspielern betrachtet werden, wenn er nicht Woche für Woche herausragende Leistungen bringt. Aber wie herausragend muss eine Leistung sein, damit sie wöchentlich 500.000 Pfund wert ist?

Häufig wird als Argument für hohe Gehaltszahlungen vorgebracht, dass die Laufbahn eines aktiven Fußballers meist recht kurz ist. Schon mit Mitte dreißig kommt für die Mehrzahl der Profis der Ruhestand.

Lass uns doch einmal diese überaus tragische Tatsache mit der Situation von Athleten in anderen Sportarten vergleichen – oder, in diesem Fall, sportähnlicher Unterhaltung: Catcher, „Wrestler", die bei WWE, dem „World Wrestling Entertainment", unter Vertrag stehen, sind weltweit bekannte Superstars. Millionen Zuschauer sehen sie jede Woche rund um die Welt im Fernsehen. WWE-Wrestling ist anders als andere Sportarten; das Ergebnis eines Kampfes ist bereits vorher abgesprochen. Die wöchentliche Fernsehshow *RAW* von WWE ist daher auch mehr wie eine Soap Opera, mit Drehbuchschreibern, Proben und allem. Aber dennoch sind die Wrestler Athleten; auch sie stehen unter Druck, eine erfolgreiche Darbietung hinzubekommen und die Zuschauer zu unterhalten. Durchschnittlich müssen sie mindestens vier Mal die Woche antreten, und zwar auch in nicht vom Fernsehen übertragenen Hallenkämpfen (während Fußballer gern über zwei Spiele innerhalb einer Woche klagen). Ihr Engagement in ihrem Beruf bedeutet für die Wrestler oft lebenslange Verletzungen und Beschwerden: Bestimmte Dinge, wie der Sturz durch eine Tischplatte oder einen Schlag mit einem eisernen Barhocker, kann man schlicht nicht *spielen*. Der frühere Gouverneur von Minnesota, Jesse „The Body" Ventura, der auch als Schauspieler und Wrestler arbeitete, sagte: „Mein Rat an jeden, der mit dem Gedanken spielt, Profi-Catcher zu werden: ‚Sei bereit, den Rest deines Lebens unter Schmerzen zu verbringen'". Die höchstdotierten WWE-Wrestler verdienen zwischen 1 und 2 Millionen Dollar im Jahr. Der Durchschnittsverdienst der meisten Catcher, die bei WWE tätig sind, dürfte jedoch nicht mehr als 175.000 bis 250.000 Dollar betragen. Und sie opfern mehr als die Athleten in anderen Sportarten: Ein Fußballer benötigt vielleicht irgendwann mal eine neue Hüfte oder ein Kniegelenkt. Ein Wrestler sieht sich mit der gar nicht so kleinen Wahrscheinlichkeit konfrontiert, schon früh im Rollstuhl zu landen. Oder ihm widerfährt noch Schlimmeres. Zwischen 1997 und 2006 starben 65 professionelle Catcher vor ihrem fünfundvierzigsten Geburtstag.

Worauf ich hinaus will? Ein Wrestler dürfte wegen dieser körperlichen Opfer Schwierigkeiten haben, nach seiner aktiven Laufbahn noch etwas anderes zu beginnen. Er verbringt einen Großteil seiner Zeit auf der Straße, reist von einem Staat zum anderen, um seine vier, fünf Auftritte pro Woche zu absolvieren, und geht dann noch auf Welttour. Ein Boxer opfert den größten Teil seines Privatlebens, seines sozialen Umfelds, um für den großen Fight zu trainieren. Im Gegensatz dazu trainiert ein Fußballer zwei bis drei Stunden am Tag und spielt ein oder zwei Spiele die Woche. Fußballer haben jede Menge Zeit, andere Beschäftigungsfelder zu sondieren und sich auf ein Leben nach ihrer aktiven Laufbahn vorzubereiten. Und was lässt einige Fußballer glauben, sie seien so wichtig, dass sie sich mit Mitte dreißig gänzlich vom Arbeitsmarkt verabschieden können? Die meisten Menschen müssen bis weit ins siebte Lebensjahrzehnt arbeiten, bevor sie in Rente gehen können. Es gibt keinen Grund, warum eine Fußball-Laufbahn einen Menschen hindern sollte, einen weiteren Beruf, ein anderes Handwerk zu erlernen. Mein

Onkel war in den Siebzigern professioneller Fußballer, studierte aber zugleich in seiner freien Zeit und schaffte dann einen Abschluss in Wirtschaftswissenschaften, der ihm nach Ende seiner Profikarriere eine zweite Laufbahn als Lehrer ermöglichte.

Das Argument, Profis benötigten Zehntausende die Woche wegen einer kurzen Karriere, ist also nicht gültig. Besonders dann nicht, wenn man bedenkt, dass es Spieler gibt, die schon Hunderttausende verzockt haben – und zwar nicht aus Dummheit, sondern wegen zu viel Freizeit, aus Langeweile.

Die Frage lautet: Können Fußballer einen Gegenwert bieten für die hohen Summen, die sie verdienen? Die Namen jener, die Zehntausende pro Woche verdienen, aber kaum etwas zeigen, machen eine Liste aus, die zu lang ist, um sie hier wiederzugeben.

Robbie Fowler war ein toller Stürmer und ein sympathischer, bodenständiger Typ. Ich kritisiere ihn daher ungern. Aber Fowler hatte bei Leeds United einen solch hochdotierten Vertrag, dass Leeds, als man ihn 2003 zu Manchester City transferierte, ihm weiterhin noch wöchentliche Zahlungen zukommen ließ, weil man ihm noch Geld schuldete. Noch 2006, als Fowler von Manchester City zu Liverpool wechselte, überwies ihm Leeds immer noch wöchentlich 20.000 Pfund. Hätte Liverpool in der Saison 2005-06 gegen Leeds gespielt und Fowler für Liverpool getroffen, dann hätte Leeds einen Spieler für Tore gegen die eigene Mannschaft bezahlt. Kommt es mir nur so vor, oder ist der Fußball zu einem kompletten Irrenhaus geworden?!

Aber es sind ja nicht nur die Spieler, die für wenig Leistung viel Kohle verdienen. Die Herren beim Fußballverband, die das Gehalt von Nationaltrainer Sven Goran Eriksson ausgehandelt haben, sollte man sedieren und festzurren, damit sie nie wieder einen Vertrag ausdrucken und unterschreiben können (aber ich komme zu spät: Sie hatten die Hände frei, um Steve McClaren als Erikssons Nachfolger zu verpflichten). Noch lange nach der WM 2006 wurden Eriksson jede Woche 90.000 Pfund dafür überwiesen, dass er die englische Nationalelf *nicht* trainierte.

Mit Ausnahme des amtierenden Nationaltrainers trainiert auch der Rest unseres Landes die Nationalelf nicht. Wo also sind unsere 90.000 Pfund die Woche?!

Eriksson verdiente insgesamt 25 Millionen Pfund in der Zeit, in der er England trainierte. Weitere 3,2 Millionen verdiente er, als er England nicht trainierte – und zwar noch bis Sommer 2007.

Ashley Cole gelang es im September 2006, eine neue, vielversprechende Karriere zu starten: als Komiker. Sein Gag „Ich bin nicht wegen des Geldes zu Chelsea gegangen!" brachte ihm landesweite Lacher ein. Cole verließ Arsenal, nachdem er mitteilte, die 55.000 Pfund, die man ihm dort angeboten hätte, seien wohl „eine Verarsche". Er verlangte ursprünglich 60.000 die Woche. Als man ihm telefonisch ein Angebot von nur 55.000 unterbreitete, so berichtete Cole, „wäre ich beinahe mit dem Wagen von der Straße abgekommen. Ich war so erbost; ich zitterte vor Wut!" Cole klagte, 5.000 Pfund seien doch nun wirklich „nichts" (wenn auch im Laufe eines Jahres stattliche 250.000 daraus werden). Auch Ashley Coles Spielerberater zeigte sich erzürnt über das Angebot von Arsenal. Laut Berichten nannte er Cole „einen Sklaven des Vereins".

Ich habe keine Zweifel, dass auch Menschen in der dritten Welt, die für zehn Pence die Stunde in irgendeiner stickigen Hütte malochen, starkes Mitgefühl angesichts dieser niederträchtigen Behandlung empfinden. Über zweihundert Jahre sind nun seit der Abschaffung des transatlantischen Sklavenhandels vergangen, aber immer noch, so müssen wir zur Kenntnis nehmen, bietet man Menschen an, Millionen von Pfund für das Treten gegen einen Ball entgegenzunehmen. Warum macht Amnesty International soviel Aufhebens um Folter und Armut in der Welt – und nimmt keine Stellung zu der skandalösen Sklaverei in der englischen Premiership? Als Arsenal Cole 55.000 Pfund bot, da war es doch, als hätte man ihn in Ketten gelegt, ihn auf einen überfüllten Segler geschleppt, ihn unter mörderischen Bedingungen über den Ozean verschifft und ihn dabei ständig brutal gepeitscht, um ihn dann an einen reichen Landbesitzer zu verkaufen, für den er sich zu Tode schuften muss.

Als Coles Spielerberater den Begriff „Sklave" verwendete, da bezog er sich auf die Legitimität der Spielerverträge, die den Spieler an den jeweiligen Verein binden. Einmal unterzeichnet, kann der Spieler den Club nur mit dessen Zustimmung oder nach Vertragsende verlassen. Wenngleich auch die Realität so aussieht, dass ein Spieler immer gehen kann, wenn er das wirklich will – da die Trainer keine unmotivierten, auf der Tribüne sitzenden Profis in ihren Reihen gebrauchen können. Solch Vertrag ist jedoch der größte Aktivposten, den ein Spieler hat, auch wenn einige über eingeschränkte Freizügigkeit jammern. Denn Tatsache ist, dass Spieler auf dieser vertraglichen Grundlage unglaubliche Summen verdienen, selbst wenn sie nicht ihre Leistung bringen – selbst wenn sie überhaupt nicht spielen. Das unterscheidet sie von anderen Sportlern, deren Verdienst davon abhängt, wie gut die gezeigte Leistung ist. Sportler wie Tiger Woods oder Roger Federer haben ihre Millionen durch den Gewinn von Turnieren verdient, mit Antrittsgeldern und durch Werbeverträge. Nicht jedoch durch feste Verträge, die ihnen regelmäßige Einkünfte sichern, egal, wie gut oder schlecht ihre Form ist. Sind sie verletzt, dann gibt es auch kein Geld. Daher sollten sich Profifußballer sehr glücklich schätzen und privilegiert, statt ständig den Eindruck zu vermitteln, man würde ihnen übel mitspielen und ihnen weniger zahlen, als sie eigentlich wert sind.

In seiner letzten Saison für Arsenal verdiente Cole de facto bereits 60.000 Pfund in der Woche, bevor er dann zu Chelsea wechselte, um 90.000 zu bekommen. Allerdings verbrachte er den Großteil dieser letzten Spielzeit verletzt auf der Tribüne. Er war nur bei einer Handvoll Partien dabei. Ein „Sklave", der 60.000 die Woche eintütet, ohne zu arbeiten, ist doch gar nicht so schlecht dran, oder?

Und eine Sache noch: Seit wann haben Sklaven Berater?

Stadionarchitektur und -identität

Häufig heißt es: Die Fußgängerzonen und Innenstädte Großbritanniens sehen alle gleich aus.

Die Wahrnehmung vieler Menschen ist die, dass, egal, welche Stadt man besucht, man auf die gleichen Geschäfte stoßen wird, die gleichen Supermärkte, die gleichen Ladenketten, die gleichen Gebäude.

Diese Wahrnehmung ist eindeutig richtig.

Bevor man in die Hauptstraße einbiegt, weiß man schon, dass dort ein McDonalds auf uns wartet, eine Boots-Drogerie, ein JJB-Sportladen, der übliche KFC, Gap, Gregs the Baker, ein Tesco-Supermarkt und so weiter. Die großen Ketten sind viel zu mächtig, als dass andere Geschäfte es dauerhaft mit ihnen aufnehmen könnten.

Auch Pubs gehören mittlerweile großen Ketten. Wetherspoons etwa, oder All Bar One oder O'Neil's. Die Jugenstil-Kinos, die man früher in der Stadtmitte fand, sind ersetzt durch Multiplex-Cinemas, die irgendwo weit draußen im Industriegebiet entstanden sind: Alle sehen sie gleich aus, allen fehlt jegliche romantische Ausstrahlung, und alle zeigen sie die gleichen massenkompatiblen Filme. Jede Bar, jeder Nachtclub scheint die gleiche Musik zu spielen und die gleichen Getränke anzubieten. In jedem Bereich unserer Gesellschaft wird das Individuelle durch eine triste Eindimensionalität planiert. Kapitalismus dieser extremen Form ist wie staatlich verordneter Kommunismus: Auswahl und Individualität sind unmöglich.

Fußballstadien verlieren ihren individuellen Charakter. Der vorherrschende Trend bei den Vereinen scheint zu sein, das alte Stadion aufzugeben, einen neuen 30.000-Sitzplätze-Ground zu errichten und ihn anschließend nach einem Mobiltelefonanbieter zu benennen.

Es gibt keinen Grund, warum sich die Clubs verpflichtet fühlen sollten, für immer in ihrem alten Stadien zu bleiben und nie einen Umzug zu erwägen. Was jedoch enttäuscht: Die Pläne für die neuen Stadien ähneln einander extrem, was den Charakter des Bauwerks angeht. Oder, genauer: was den fehlenden Charakter des Bauwerks angeht. Es ist, als würde der gleiche Bauentwurf herumgereicht werden zwischen allen Vereinen, die einen Stadionneubau erwägen. Prototyp für diesen Plan ist das Riverside Stadium von Middlesbrough, das 1993 eröffnet wurde. Es war das erste seiner Art in England, aber hat nunmehr jede Menge Ableger überall im Land, nur mal etwas größer, mal etwas kleiner – und die Farbe der Plastiksitze den Vereinsfarben des Bauherrn angepasst. Alle vier Tribünen sehen gleich trostlos aus, und nirgendwo hat man sich die Mühe gemacht, auch nur ein kleines, spezielles, architektonisches Feature zu installieren.

Dies sind Billig-Stadien, Low-Cost-Arenen, die irgendwie an einen Supermarkt erinnern. Selbst die Pfosten und Netze der Tore sehen inzwischen überall gleich aus.

Vielleicht mag es dir trivial erscheinen, aber vor langer Zeit hatte jedes Fußballstadion in England seine ganz eigene Atmosphäre, seinen eigenen Touch.

Wie viele andere Menschen, so fürchte auch ich mich vor einer Welt, in der alles gleich klingt, gleich aussieht, gleich ist. Aber die, die über unser Leben bestimmen, glauben an diese schablonenhafte Sicht der Welt. Ein Beispiel: Eins der bekanntesten, sofort wiederzuerkennenden Symbole Großbritanniens ist der rote Doppeldecker-Omnibus. Die Leute jedoch, die im Londoner Personennahverkehr das Sagen haben, meinen, unsere Busse sollten aussehen wie die Busse in jedem anderen Land Europas. Anstelle des roten Doppeldeckers haben wir nun also normale Gelenkbusse – die für regelmäßige Staus sorgen, in schöner Regelmäßigkeit Feuer fangen und, seien wir ehrlich, total scheiße aussehen!

Wenn die Meinung geäußert wird, dass Großbritannien seine Identität verliert, dann geschieht das häufig im Rahmen einer Debatte über Einwanderung. Diejenigen jedoch, die uns wirklich unserer Identität berauben, sind jene, die unsere Innenstädte gleichmachen und unsere Sehenswürdigkeiten schleifen, und zwar zumeist im Namen des Geldes. Es waren jedenfalls keine kongolesischen Asylbewerber, die meine beiden Lieblingskneipen an Immobilienmakler verhökerten und zahlreiche andere in „Gastro-Pubs“ im Stile vom All Bar One umwandelten, mit weißen Wänden und Laminat als Fußboden. Und sie waren auch nicht verantwortlich dafür, dass man einen Marktplatz aus dem vierzehnten

Jahrhundert in Norwich mit einer hässlichen gläsernen Dachkonstruktion überbaute. Und auch die Baubewilligung für die gläserne Shopping Mall, die entstand, wo vorher der einzigartige, weltberühmte Camden Market war, haben sie nicht erteilt.

Als Käufer und Kunde will ich nicht bei jeder Fahrt in die Zentren unserer Städte mit den immergleichen Einkaufsmöglichkeiten konfrontiert werden. Und genauso wenig will ich bei jeder Auswärtsfahrt im scheinbar selben Stadion sitzen. Die neuen Fußballarenen sind das perfekte Beispiel dafür, wie Großbritannien architektonische Kultur für ein bisschen Ersparnis opfert. Dieses Land war einmal bekannt dafür, selbst bei den kleinsten Dingen gestalterische Sorgfalt zu verwenden, angefangen von Straßenschildern über Straßenlaternen bis hin zu Geländern und Zäunen, Balkonen und Gebäudefassaden. Diese Haltung wurde leider ersetzt durch eine Einstellung, wonach eine hässliche Gestaltung des Straßenraums besser für uns ist, weil sie leichter herzustellen und billiger zu produzieren ist. Das Ergebnis: Viele von uns leben und wohnen in Städten, die nicht mehr sind Betonwüsten.

Die Vereine, die sich nach einem neuen Stadion umschauen, tun das nicht selten, weil es ein Trend geworden ist, weniger aber, weil echte Notwendigkeit besteht. Ein Beispiel: Darlington FC aus League 2 (League 2 ist die alte vierte Division – die zwischendurch auch schon mal „Third Division" hieß und irgendwann in der Zukunft sicher die „Starbucks Premiership Minus drei" genannt wird). Darlington zog 2003 in ein neues Stadion. Darlingtons Zuschauerrekord liegt bei 20.000, den der Verein irgendwann in den Sechzigern mal aufstellen konnte. In einer guten Saison liegt Darlingtons Zuschauerschnitt so um die 5.000. Wenn man allerdings berücksichtigt, dass Darlington selten eine gute Saison spielt, ist wohl die Zahl 4.000 realistischer. Wenn man wohlwollend schätzt. Das alte Stadion, Feethams, lag direkt neben dem Bahnhof, und sein Fassungsvermögen betrug 8.000 Zuschauer. Man bedenke: Die Stadt Darlington hat auch nur 98.000 Einwohner.

Aber natürlich geschah Folgendes: Der damalige Eigner von Darlington, George Reynolds, war der Meinung, statt in neue Spieler zu investieren sei es sinnvoller, sich zu verschulden und für den Verein ein brandneues 25.000-Sitzplätze-Stadion am Stadtrand zu errichten. Und dann nannte er das Stadion die „Reynolds Arena". Er war also nicht auf dem Ego-Trip. Dies alles geschah 1999, in einem überambitionierten Plan, Darlington bis 2003(!) in die Premiership zu bekommen.

Als mir meine Freunde aus Darlington damals von dem ganzen Vorhaben erzählten, da dachte ich zunächst, sie wollten austesten, welchen Unsinn ich bereit bin zu schlucken. Darlington würde das neue Stadion niemals füllen, wenn sie nicht gerade Newcastle oder Manchester United im Pokal (oder Real Madrid in der Champions League) ziehen. Selbst als Mannschaft der Premiership hätten sie keine Chance, den Ground vollzubekommen. Die ganze Sache war so sinnig, so vernünftig wie jene Frauen, die sich die Augenbrauen abrasieren, um sich danach welche mit Schminke zu malen. Als Folge dieses verrückten Umzugs ging „Darlo" in Konkurs und George Reynolds davon (allerdings hatte er noch viele andere Gründe, aus Darlington zu verschwinden, und zudem war er ein schauderhafter Vorstand).

Nun heißt das Stadion „Balfour Webnet Darlington Arena". Die Darlington-Fans sitzen in einem Stadion, in dem bei jedem Heimspiel annähernd 22.000 Plätze leer bleiben. Sie sind vermutlich der einzige Anhang im englischen Fußball, der sich bei jedem Spiel „Nice ground, no fans!" vom gegnerischen Auswärts-Support anhören muss. Als ich einem meiner Freunde in Darlington eine email sandte und ihn fragte, wie es denn so sei im neuen Stadion, da war seine Antwort eine, die sich die Vereinsführungen der Clubs aus den unteren Ligen gut merken sollten, wenn sie gerade einen Stadion-Neubau planen: „Es ist scheiße. Mit dem Umzug haben sie dem Verein die Seele genommen. Ich mein, ich lebe in Darlo und war trotzdem nur vier oder fünf Mal in dieser Saison bei einem Heimspiel. In den dreieinhalb Jahren seit dem Umzug hat noch kein einziges Spiel richtig Spaß gemacht. Man muss sitzen, keine Stimmung, man ist weit weg vom Spielfeld, das Stadion ist leer und es hat keinen Charakter, dann wollen sie 16 Pfund sehen für viertklassigen Fußball – und jetzt gibt es hier sogar Fans mit Trommeln! Da bleibe ich lieber im Pub und warte darauf, dass die Resultate im Videotext kommen."

Es gibt Ausnahmen. Einige Stadien, die erst in jüngerer Zeit errichtet wurden, sind sowohl an das Zuschaueraufkommen angepasst als auch baulich durchaus beeindruckend. Manchester Citys Eastlands Stadium wurde für die Commonwealth Games errichtet und 2003 City übergeben. Von außen sieht es ganz okay aus, innen hat man von jedem Sitz aus einen hervorragenden Blick aufs Spielfeld. Bolton Wanderers und Huddersfield Town haben beide moderne Stadien aus den Neunzigern, die sowohl gut im Design als auch ziemlich einzigartig in ihrer Architektur sind.

Arsenals 60.000-Zuschauer-Ground im Ashburton Grove, das „Emirates Stadium"? Tja, da berät sich die Jury zur Zeit noch und ist bisher zu keiner Wertung gelangt. Nach meinem Geschmack leidet das Äußere etwas am „amerikanischen Stadt-Syndrom": Von fern sieht alles super aus, aber ist man erst einmal vor Ort, dann fehlt irgendetwas, irgendwie. Die Stadionfronten scheinen eine Kombination aus grauen Betonplatten und Glasflächen zu sein und wirken wie eine Mischung aus altem Sowjet-Brutalismus und modernen Reiche-Leute-Appartments. Es ist ein gutes Stadion, aber ihm fehlen ein paar rote und weiße Farbtupfer auf den Betonflächen, um an Charakter zu gewinnen. Der Innenraum ist dann auch deutlich beeindruckender; die Sicht ist überall gut, und man könnte sich auch in einem Stadion auf dem europäischen Festland wähnen. Man vermisst jedoch die Besonderheiten, die das alte Highbury hatte – und ohne Frage ist das Emirates ein völlig unverhohlen daherkommendes Unternehmer-Stadion, das sich in erster Linie dem wohlhabenden Zuschauer – und erst dann dem Durchschnittsfan – anbietet. So einzigartig wie Highbury ist es in jedem Fall nicht, denn das Emirates ist eine exakte Kopie des Benfica-Stadions in Lissabon, das 2003 eröffnet wurde. Insgesamt ist der Ashburton Grove aber ein guter Platz zum Fußballgucken, und es wird dort noch besser werden, wenn ich im Finsbury Park auf Öl gestoßen bin, den Club übernommen und einige Dinge geändert habe.

Es gibt nichts daran auszusetzen, wenn Fußballvereine ihr altes Stadion zugunsten eines neuen Standortes aufgeben, aber dieser Umzug sollte immer

Identität und Geschichte des Vereins berücksichtigen und das neue Stadion eine gewisse Einzigartigkeit bewahren. Manchmal ist auch die Investition in das alte Stadion der bessere Weg. In den Sechzigern galten Häuser aus der viktorianischen Zeit oder jene aus der Epoche von King George als veraltet, baufällig und nicht lohnend zu restaurieren. Entsprechend riss man sie ab und baute stattdessen überall im Land Hochhäuser. Die hielt man zu der Zeit für modern und für ein Zeugnis urbaner Dynamik. Heute weiß man, dass diese Entscheidung falsch war, denn Hochhaussiedlungen machten weite Bereiche unserer Städte hässlich. Noch weitaus wichtiger: Sie waren nicht gut genug, um ein vernünftiges Wohnen für die Menschen zu ermöglichen. Man muss sich heute nur mal die Preise anschauen, die für instandgesetzte viktorianische Reihenhäuser aufgerufen werden, um zu erkennen, welches Potenzial in diesen Gebäuden noch immer steckt.

Fehlen einheimischer Spieler

Als die Saison 2006-07 startete, wären 60 Prozent der Spieler der Premiership nicht berechtigt gewesen, in der englischen Nationalmannschaft zu spielen. Zu gleicher Zeit waren in der italienischen Seria A nur 27 Prozent der Profis formal nicht berechtigt, für Italien aufzulaufen. Diese kleine Statistik allein sorgte für eine umfangreiche Diskussion, nicht zuletzt, weil England bei der WM 2006 kläglich scheiterte, während sich Italien den Titel holte. 2007-08 waren es in der Premiership schon mehr als 60 Prozent. Dies ist eine dramatische Änderung seit 1992-93, als die Premiership in ihre erste Spielzeit startete und nur ganze elf Spieler aus dem Ausland kamen. Wieder einmal haben wir eine Veränderung im Profifußball erlebt, die zwar dringend notwendig war, ihn jedoch von einem Extrem ins andere gleiten ließ.

Über fehlende Eigengewächse im englischen Fußball zu klagen heißt nicht, dennoch Spaß an internationalen Superstars in unseren Mannschaften zu haben. Weltklasse-Spieler werden in England immer willkommen sein. Die Mehrzahl von uns hat auch nichts dagegen, dass unsere Teams mehrheitlich aus Ausländern bestehen, solange sie mit Können glänzen und vollen Einsatz zeigen. Wir haben also nichts gegen Ausländer - wir mögen nur nicht, wenn englische Fußballer völlig ignoriert werden. Arsenal hat mehr als jeder andere Verein den Ruf, grundsätzlich wenig Einheimische im Team zu haben. Als Arsenal 2006 gegen Real Madrid antrat, standen nur zwei Engländer in der Anfangsaufstellung. Und das war die Anfangsaufstellung von Real Madrid, nebenbei bemerkt. Arsenal hatte keinen einzigen Engländer auf dem Platz (allerdings dafür zwei Spanier, fast soviel wie Real). Wenn eine Spitzenmannschaft wie Arsenal keine Engländer in seiner ersten Mannschaft hat, dann muss sich das zwangsläufig negativ auf die Nationalelf auswirken. Aber dies ist nicht Arsene Wengers Fehler. Er ist ja nicht verpflichtet, seine Aufstellung danach auszurichten, was für die englische Nationalmannschaft gut ist. Sind seine besten elf Spieler zufällig Ausländer, dann ist das die Mannschaft, mit der er ins Spiel gehen sollte.

Man kann schwerlich widersprechen, wenn Wenger sagt: „Sport ist Wettbewerb. Und Wettbewerb basiert auf Leistung." Wenn die Anzahl ausländischer Spieler in der Premiership für die Nationalelf schädlich ist, dann sind es die Verantwortlichen beim Verband, die sich um Veränderungen bemühen sollten.

2007 meinte - ausgerechnet - Sepp Blatter, er müsse für den englischen Nationaltrainer sprechen: Er schlug vor, Regeln einzuführen, die den Anteil ausländischer Spieler in den europäischen Ligen beschränken. Die Premier League reagierte überaus gereizt. Jedes einzelne Zitat des Ligasprechers machte deutlich, dass die Premier League keinerlei Limitierung, keine Quotenregelung akzeptieren würde. Natürlich nicht. Warum sollte sich die Premier League (die drei der zwölf Abgeordneten im Vorstand der Football Association stellt) in irgendeiner Form für die englische Nationalelf verantwortlich fühlen? Die Premier League wird von den Vereinen der Liga selbst geleitet. Ihr Hauptinteresse besteht im Geldverdienen, und zu ihrem Glück vergessen die Menschen schnell, wenn es um Geschichtliches geht. In Kapitel 2 erwähne ich, dass der Grund für die Gründung der Premier

League die Absicht war, ein *Rebranding* des Fußballs vorzunehmen, den Sport überlebensfähig zu machen und den Spitzenvereinen mehr Geld in die Kassen zu spülen. Aber es gab da noch einen anderen Grund, einen, den die Mehrzahl vergessen zu haben scheint: Die FA behauptete damals, die Einführung der Premier League würde der Nationalmannschaft zugute kommen! Eine Stellungnahme der Football Association aus dem Jahre 1991 sagt uns: „Die Aussichten auf sportlichen Erfolg der Nationalmannschaft werden sich sofort verbessern." Verbessern, ja? Das letzte Mal, dass England es ins Halbfinale einer WM schaffte, war 1990 – zwei Jahre *vor* Gründung der Premier League! Seitdem waren die Spiele der Nationalmannschaft ein einziges Trauerspiel. England schaffte es nicht einmal, sich für die Europameisterschaft 2008 zu qualifizieren, nachdem man sowohl gegen Russland als auch gegen Kroatien verlor und es nicht einmal packte, die Fußball-Schwergewichte Israel und Mazedonien zu schlagen.

Aber, naja, *ein einziger* Fehler im sonst großartigen Masterplan der Premier League – das muss schon zu verkraften sein. Warum soll man sich über das ständige Versagen der englischen Nationalelf die Haare raufen? Hauptsache ist doch, dass die Clubs der Premiership ordentlich viele Trikots an ihre Anhänger verkaufen und Inklusivpakete an Firmenkunden veräußern. He, England-Fans, seid wieder lustig drauf! Denn obwohl euer von Reportern umschwärmtes, verhätscheltes, überbezahltes und feiges Team von Primadonnen nicht mal die Qualifikation für ein großes Turnier schafft, steht doch eure Premier League einzigartig da: als Geld-Champion des Weltfußballs.

Fußballfans überall in Europa: Fallt tot um vor Neid!

Einschränkungen hinsichtlich ausländischer Profis würden angesichts bestehender EU-Bürokratie und -Gesetzgebung schwer durchzusetzen sein. Damit aus einem Vorschlag eine Regel wird, benötigte er die geballte Unterstützung von Premier League und Football Association. Denkbar wäre vielleicht so etwas: „In der Anfangsaufstellung einer Mannschaft müssen sich mindestens drei Spieler befinden, die formal berechtigt sind, in der Nationalmannschaft des Landes zu spielen, in dessen Spielbetrieb diese Mannschaft integriert ist." Das habe ich mir selbst ausgedacht, aber ich denke nicht, dass diese Regelung zu hart wäre. Viele Fans wären sicherlich für eine Regelung, die weiter geht als „drei Spieler". Eine Regel, die 2006 tatsächlich durchkam, war jene, dass jedes europäische Team mindestens zwei Spieler in seinem Kader haben muss, die aus dem eigenen Nachwuchs rühren. Aber diese Vorgabe ist so gehalten, dass ausländische Spieler ebenso hierunter fallen können; dann nämlich, wenn sie an ihrem einundzwanzigsten Geburtstag bereits zwei Jahre bei ihrem Verein waren. Cesc Fabregas von Arsenal wäre nach dem Wortlaut dieser Regel also ein Spieler aus dem eigenen Nachwuchs, denn er kam schon mit sechzehn von Barcelona zu Arsenal. Daher ist das größte Problem für die Nationalelf derzeit die Dominanz ausländischer Spieler in den Nachwuchs-Akademien und Förderzentren unserer Clubs.

Es ist die verrückte Art, wie der Transfermarkt funktioniert, weshalb ein Verein wie Arsenal von englischen Spielern absieht und lieber ausländische verpflichtet. Englische Profis sind maßlos überteuert, und das leider völlig unberechtigt. Ausländische Spieler sind ihr Geld mehr wert und haben Vereinen wie Arsenal Erfolg gebracht. Warum englische Spieler so teuer sind, ist nie vollständig geklärt worden. Und – sehen wir doch der Sache ins Gesicht: Wenn Thierry Henry für die gleiche Summe verkauft wird wie ein Darren Bent (Tottenham zahlte Charlton für diesen Wechsel 17 Millionen Pfund), dann können wir sicher damit rechnen, dass der Anteil ausländischer Spieler in der Premiership weiter zunehmen wird.

Kein Recht auf freie Meinung

> „Ich stimme deiner Ansicht nicht zu, doch ich werde dein Recht, sie zu äußern, bis zum Tode verteidigen".
>
> Voltaire

Fußballer-Interviews sind so interessant wie ein Gespräch zwischen John Major und James Blunt über Autoversicherungen. Profis scheinen Meister darin zu sein, viel zu sprechen und wenig zu sagen. Junge Spieler werden sogar von ihren Beratern daraufhin trainiert, Interviews so oberflächlich und roboterhaft wie möglich über die Bühne zu bringen. Mir stellt sich wirklich die Frage, ob Fußballer, wo sie doch so sehr auf diese Auftritte gedrillt sind, jetzt auch fernab der Kameras und Mikrofone so sprechen. Vielleicht laufen Gespräche in ihrem privaten Umfeld ja so ab:

Franks Ehefrau: „Frank, du bist mit Abstand der beste Liebhaber, den ich je hatte."

Frank Terry: „Ja, dies hat uns nach vorne gebracht. Ich stand heute Abend unter extremem Erfolgsdruck, aber ich war auch besonders motiviert, bin reingegangen und habe dann die Extraportion Einsatz gezeigt, die man braucht, um solche Situationen zu gewinnen. Ich bin sicher, wir gehen mit gesteigertem Vertrauen in die eigenen Fähigkeiten in die nächsten Runden."

Das Leben mit Profifußballern muss für die Partnerinnen recht eigenartig sein. Aber so geschulte Sportler bleiben dafür dann auch in Zeiten der Krise mental stabil:

Franks Ehefrau: „Oh, Frank (schluchzt), es tut mir so weh, dich ohne Arm zu sehen! Ich bin so unendlich traurig, dass du ihn bei dem Autounfall verloren hast!"

Frank Terry: „Ja gut, ich mein, es ist nie leicht, einen Arm zu verlieren, aber ich gehe davon aus, dass wir bald entsprechenden Ersatz bekommen werden. In jedem Fall ist es nicht die Zeit, in Panik zu verfallen; das sagt auch der Physiotherapeut."

Ich würde die Jungs ja gerne zur Therapie schicken, aber ich bin nicht sicher, wie erfolgreich die sein würde.

Psychiater: „Frank, du leidest an unterdrücktem Charisma. Dies hält dich davon ab, deine wahren Gefühle zu zeigen. Möchtest du dich dazu äußern?"

Frank Terry: „Nun, in unserem Sport gibt es keine einfachen Diagnosen. Sicherlich ist es nicht das Ergebnis, dass wir erhofften, aber schon nächste Woche haben wir Gelegenheit, die Sache zu ändern. Wir müssen einfach jede Herausforderung so, wie sie kommt, annehmen."

Könnten wir diesen Jungs bitte erlauben, frei heraus zu sprechen? Zwar gibt es keine offizielle Fußballregel, die Leute davon abhält, offen zu reden, aber, um mal einen Song der *Clash* zu zitieren: „You have the right to free speech. Just don't be dumb enough to actually try it."

Die Angeklagten in diesem Verfahren sind bestimmte Medien, die Menschen das Wort im Munde verdrehen, und auch die FA, die Geldstrafen vergeben kann für etwas, das sie „unangemessenes Verhalten" nennt. 2004 bestrafte man Arsene Wenger auf der Grundlage dieser Regel, der „FA Rule E3", wegen unangemessenen Verhaltens, nachdem er sagte: „Wir wissen ja, wie sich Ruud van Nistelrooy verhält. Er kann nur betrügen. Das wissen wir alle sehr gut."

Zugegeben, das war nicht gerade sonderlich bezaubernd gegenüber Ruud van Nistelrooy. Aber es war Wengers Meinung, und vielleicht hatte er sogar einige Berechtigung, so etwas von sich zu geben. Es war seine ehrliche Sichtweise: Für ihn war van Nistelrooy ein Betrüger. Die FA hätte es natürlich lieber gesehen, Wenger hätte so etwas gesagt wie: „Nun, ich denke, Ruud fiel ein bisschen zu schnell zu Boden. Ich bin nicht sicher, ob tatsächlich eine Berührung mit seinem Gegenspieler stattgefunden hat. Natürlich waren wir mit der Schiedsrichterentscheidung nicht glücklich." DAS IST LANGWEILIG! Und nicht nur das: Es ist auch unehrlich. Das ist nicht das, was wir als Fußballfans hören wollen.

Die FA und die Premier League scheinen eine höllische Angst vor allem zu haben, was nicht in ihr von Sicherheitsaspekten besessenes, konformistisches Fußballverständnis passt. Unstimmigkeiten und Konflikte sind für sie schlechte

Werbung für den Fußball. Aber das Gegenteil ist der Fall. Arsene Wenger und Alex Ferguson wurden beide vor die FA zitiert, um sich für einen sogenannten „Krieg mit Worten" zu rechtfertigen, den sie miteinander ausfochten – obwohl diese Art Rivalität genau das ist, was Fans und Medien als Teil der Gesamtunterhaltung Fußball sehen. Während seiner Zeit in England brachte auch Jose Mourinho frischen Wind ins Land, denn er ist ein Mann, der sagt, was er denkt – nicht, was andere Leute ihm vorgeben. Kritisiert heutzutage nach dem Abpfiff ein Trainer die Leistung des Schiedsrichters, riskiert er disziplinarische Maßnahmen. Ich selbst höre es äußerst ungern, wenn ein Trainer die Schuld an der Niederlage beim Schiedsrichter sucht, wenn es doch meist die schlechte Leistung seiner Truppe ist, die der Grund war. Aber natürlich muss dieser Trainer doch das Recht haben, seine Meinung zu äußern, ohne sich gleich vor dem Verband rechtfertigen zu müssen!

Die Fußballberichterstattung im Fernsehen wird zensiert. Bestimmte Szenen aus vergangenen Übertragungen werden nicht mehr gezeigt. Die Verantwortlichen gingen sogar so weit, Eric Cantonas berüchtigten Karate-Kick gegen einen Fan von Crystal Palace aus dem Jahr 1995 auf die schwarze Liste zu setzen. Wieder einmal heißt es, dieser Ausschnitt vermittle ein „negatives Bild" vom Fußball. Das ist lächerlich, denn dieser Zwischenfall war dramatisch, und das Dramatische ist die Grundlage eines Sports wie Fußball. Niemand kam ums Leben, es wurde noch nicht einmal jemand ernsthaft verletzt, und wenn die Leute ehrlich wären, dann würden sie zugeben, dass dieser Karate-Angriff von Cantona auf den großmäuligen Palace-Fan fesselnde Fernsehberichterstattung war, um das Mindeste zu sagen. Noch in der gleichen Woche befragte man Moderator und Stoke-City-Fan Nick Hancock nach seiner Meinung zu dem Zwischenfall, und er sagte: „Ich fand es unwürdig, ich fand es eine Schande und absolut verabscheuungswürdig, aber vor allem fand ich es sehr, sehr lustig. Mit Abstand das beste, was in dieser Saison passierte." Hancock hat es perfekt zusammengefasst. Aber von uns allen wird erwartet, wir sollten so tun, als ob wir solche Zwischenfälle hassen und verachten würden.

Man sollte solche kontroversen Momente mal etwas ins Verhältnis setzen.

Wenn man bedenkt, dass es eine Zeit gab, in der Tausende zusammenkamen, um zu sehen, wie Löwen ihre menschlichen Opfer auseinanderrissen und wie Gladiatoren einander totschlugen, dann wird ein einzelner Karatetritt eines poetisch angehauchten Franzosen nicht geeignet sein, den Fußball in seinen Grundfesten zu erschüttern. Ich gebe gern zu, dass ich ein Pharisäer bin, wenn es um die Moral im Fußball geht. Auf der einen Seite sehe ich gern, wenn Fußball in gutem Sportsgeist ausgetragen wird, von Gentlemen, von rechtschaffenen Leuten. Auf der anderen Seite jedoch mag ich den Fußball, der voll ist von schlechtem Benehmen und erbitterter Rivalität. Aber all diese Aspekte, ob moralisch gut oder schlecht, sind es doch, die den Fußball so interessant machen. Deswegen lieben wir ihn. Nicht jeder hat Lust auf die oberflächliche Welt, die die FA und die Premier League uns verkaufen wollen. Haben die Herren in den Vorstandsetagen etwa ein paar Image-Tipps von den Politikern bekommen? Was ich meine? Nun, die Regierung hat versucht, einen einzelnen Mann entfernen zu lassen, der vor dem Parlament gegen den Krieg im Irak protestierte – mit der Begründung, dies würde potenziellen Touristen in aller Welt ein schlechtes Bild von Großbritannien liefern! Der Demonstrant, Mister Brian Haw, hatte seit dem Beginn des Konflikts auf dem Fußgängerweg vor dem Parlamentsgebäude in London eine Ein-Mann-Demo abgehalten und dort ein paar Anti-Kriegs-Banner und Peace-Fahnen ausgelegt. Dass er dieses Recht hat, gibt Touristen einen sehr guten Eindruck von unserem Land: Es zeigt die Freiheit, direkt vor dem wichtigsten Gebäude Großbritanniens protestieren zu dürfen. Glaubt man allerdings der Regierung, dann wenden sich die Touristen von ihm ab und sagen: „Also, meine Liebe, dies ist wirklich das letzte Mal, dass ich London besuche".

Egal, ob es Worte sind oder Symbole: Was hier unterdrückt wird, ist das Recht auf freie Meinungsäußerung. Im Emirates Stadium sind mittlerweile Landesfahnen auf den Tribünen verboten. Man fürchtet, jemanden zu beleidigen oder zu provozieren. In meiner Eigenschaft als Arsenal-Fan möchte ich den Club gern an dieser Stelle darüber informieren, dass ich mich in keiner Weise von, sagen wir, einer nigerianischen Fahne mit der Aufschrift „Lagos Arsenal Supporters Club" provoziert fühlen würde. Wenn man sich als Verein vermarktet, der allen Nationalitäten offensteht, dann verbietet man den Nationen der Welt besser nicht, ihre Fahnen mit ins Stadion zu bringen.

Das Ganze wurde angeblich ein Thema wegen eines Streits zwischen in London lebenden griechischen und türkischen Zyprern. Einige griechische Zyprer waren erzürnt darüber, dass türkische Zyprer ihre Fahne mit ins Emirates gebracht hatten, eine Fahne, die von den United Nations nicht offiziell anerkannt ist. Arsenal hielt es daher für richtig, am besten allen Zuschauern das Mitbringen von Nationalflaggen zu verbieten. Was, so könnte man argumentieren, eine gewisse Missachtung der verbleibenden 99,9 Prozent Arsenal-Fans ist, die mit diesem Streit überhaupt nichts zu tun haben.

Griechische Zyprer sind verständlicherweise schnell erregt, wenn es um die illegale Besetzung ihrer Insel geht, und vielleicht hätte Arsenal einfach nur diejenigen Fahnen verbieten sollen, die von den UN nicht anerkannt sind. Aber betrachte die Sache doch mal aus einem anderen Blickwinkel: Was würden die Fans von Apollon Limassol sagen, wenn man alle zyprischen Nationalflaggen im Stadion verbieten würde, weil sich irische Katholiken beim Verein über eine Nordirland-Fahne beschwert haben, die sie dort bei einem Spiel entdeckten?

Der Angriff auf die Meinungsfreiheit ist so umfassend, dass selbst verantwortliche Stellen ihn kaum noch unter Kontrolle bekommen. 2005 zog Mittelfeldspieler Harry Kewell gegen Gary Lineker vor Gericht. Lineker hatte sich im *Daily Telegraph* geäußert und gesagt, dass er sich angesichts Kewells Wechsel zu Liverpool „für den Fußball schämen" würde.

Linekers Sicht der Dinge war keineswegs die Meinung eines Außenseiters. Harry Kewells Transfer zu Liverpool zeigte uns nämlich, wieviel Geld bestimmte Elemente (zum Beispiel Spielerberater) an den Vereinswechseln der Spieler verdienen. Harry Kewell kam 2003 für 5 Millionen Pfund von Leeds zu Liverpool. Von dieser Transfersumme gingen 2 Millionen Pfund an die Firma Max-Sport – die von Kewells persönlichem Manager, Bernie Madic, geleitet wird.

Dieser Wechsel, obwohl rechtlich nicht zu beanstanden, verdiente es, hinterfragt zu werden (und ich formuliere das mal extra ganz vorsichtig, man weiß ja nie, wer dieses Buch liest). Sein Transfer zu Liverpool zeigte den Fans, dass ihr hart erarbeitetes Geld aus dem Fußball verschwindet und in die Taschen von Leuten fließt, die viel zu viel Einfluss darauf haben, wie unser Sport aussieht. Natürlich war Kewells Wechsel zu Liverpool etwas, wofür man sich schämen muss. Punkt. Kewell hätte Lineker sicher lieber sagen hören: „Die 2 Millionen, die aus dem Fußball herausgezogen wurden und auf das Konto von Max-Sport gingen, haben dem Fußball Ehre gemacht. Es ist einfach nur schade, dass es so etwas nicht gab, als ich noch spielte."

Am Ende kam auch der Richter zu keiner Entscheidung. So blieb der Prozess ohne Gewinner. Hätte Kewell den Fall gewonnen, wäre das nicht nur katastrophal für die freie Meinungsäußerung innerhalb des Profifußballs gewesen, sondern auch allgemein: Hätte dann ein Spieler jedes Mal einen Journalisten vor Gericht ziehen können, wenn dieser dessen Leistung im vergangenen Spiel als „unterdurchschnittlich" oder „schwach" bewertet hätte?

Aber sprachen wir nicht gerade über bestimmte Elemente, die mit dem Fußball Unsummen verdienen?

Spielerberater

> „Das eigentliche Problem sind nicht die Schmiergelder. Ich habe ein Problem mit den Spielerberatern. Punkt. Sie arbeiten für die Spieler. Ich verstehe nicht, wieso der Club sie bezahlen soll!"
>
> Trainer Mike Newell

In den Achtzigern und Neunzigern sorgten zwei Begriffe dafür, dass Spielerberater ein zunehmend schlechtes Image im englischen Fußball bekamen:

1) Eric

2) Hall

Ja, genau. Eric Hall. Erinnerst du dich noch an diesen Typen? Diese zigarrenkauende Berühmtheit mit dem liebenswerten Lispeln? Eric Hall erklärte einmal, warum Amerika ein besseres Land sei als Großbritannien: „Wenn dich Amerikaner in einem Rolls Royce sehen, dann sagen sie: ‚Hey, der Junge hat's geschafft!' Wenn dich Briten in einem Rolls Royce sehen, dann wollen sie dir das Auto zerkratzen." Falsch, Eric. Die Erklärung hierfür ist eine andere: Wenn du bemerkst, dass Leute dein Auto zerkratzen wollen oder dir hasserfüllt zwei ausgestreckte Finger entgegenrecken, dann liegt das daran, dass du es bist, der in diesem Auto sitzt. Die Amerikaner kennen dich nur nicht. Die Glücklichen. Dort drüben hat jeder eine Kanone, Eric – sieh also zu, dass es so bleibt.

Noch etwas sagte unser Eric, und zwar in einer Talkshow, 1995: „Was ist so schlimm daran, wenn Trainer und Sportchefs Gelder zugesteckt bekommen, wenn sie geschmiert werden? Ich sehe darin kein Problem." Das Problem ist einfach beschrieben: Wenn ein Spielerberater einem Trainer oder Sportchef Geld anbietet, damit dieser einen bestimmten Spieler verpflichtet, dann kann dieser Neuzugang schlicht nicht funktionieren. Jeder wird den Neuen nicht als sinnvolle Ergänzung des Teams verstehen, sondern als jemand, der vom Verantwortlichen zum Zwecke des eigenen finanziellen Zugewinns geholt wurde.

Lutons ehemaliger Trainer Mike Newell räumte 2006 ein, dass man ihm Geld geboten hätte, und dass er bereit sei, Namen korrupter Spielerberater zu benennen. Unterstützt wurde er vom ehemaligen QPR-Trainer Ian Holloway, der ebenfalls angab, Schmiergelder angeboten bekommen zu haben. Nach diesen Aussagen war unter Journalisten, Trainern und Spielern einhellige Meinung, dass solche Zahlungen offenbar seit Jahren im Fußball gang und gäbe sind. Der frühere Spieleragent Steven Noel Hill behauptete sogar, dass, wenn seine Erfahrung ihn nicht täuschen würde, „etwa 80 Prozent aller Verträge mit Schmiergeldern zustande kommen". Im September 2006 brachte die BBC eine Dokumentation, in der versucht wurde, mit versteckter Kamera diese Art von Korruption im Fußball aufzuzeigen. Sam Allardyce stand im Zentrum der Sendung. Ihm wurde unterstellt, illegale Zahlungen von Spielerberatern über seinen Sohn erhalten zu haben, der einer von dreihundert lizenzierten Spieleragenten in Großbritannien ist. Viele hielten den Bericht für sensationsheischend, wenig substanziell und im Grunde einen Schuss in den Ofen. Was jedoch überaus deutlich wurde, war die Tatsache, wie leicht es ist, jemanden zu schmieren. Denn jegliche illegale Zahlung erfolgte entweder in bar oder über ein Schweizer Bankkonto, so dass die Transaktion nicht mehr zurückzuverfolgen war.

Jeder, der korrupt genug ist, hätte von George Graham lernen können, der schon 1995 für schuldig befunden wurde, Schmiergelder genommen zu haben. Graham erhielt eine Zahlung von 425.000 Pfund von dem Agenten Rune Hauge, damit er den Spieler Pal Lyderson unter Vertrag nahm. Graham wurde unter die Lupe genommen, nachdem die Steuerfahndung Fragen zu der großen Summe stellte, die unversteuert auf seinem Konto aufgetaucht war. Zur Verteidigung führte Graham an, dass das Geld ihm als Geschenk, als Dankeschön (mit anderen Worten: als Schmiergeld) überreicht worden war. Was jedoch interessant war: Lyderson konnte sich zu keiner Zeit einen Stammplatz bei Arsenal erspielen, de facto absolvierte er nur wenige Partien. Dieser Skandal kostete Graham seinen Job bei Arsenal. Er wurde für zwei Jahre gesperrt.

Nur kurz nach der BBC-Dokumentation gab es einen Bericht von Lord Stevens, der ebenfalls die Korruption im Fußball untersuchte. Stevens fand Verdachtsmomente bei 39 Spielertransfers – und somit in 10 Prozent aller Fälle, die er untersuchte. Bei all diesen Fällen, in denen es sich um Schmiergeldzahlungen drehte, waren die Spieleragenten erwartungsgemäß die Beschuldigten. Ihre Verteidigung erfolgte meist entlang der Argumentationslinie: „Es gibt ein paar schwarze Schafe in unserer Branche, aber die meisten Agenten, die meisten Berater machen einen guten Job." Agenten mögen vielleicht versichern, gute Arbeit für ihre Klientel abzuliefern, aber eins wird man sie nie sagen hören – dass sie eine gute Arbeit *für den Fußball* machen. Schmiergeldaffären und Korruption sind ohne Frage schädlich für den Fußball. Doch Agenten und Spielerberater kommen damit rechtlich ungeschoren davon, und das ist der eigentliche Skandal. Wenn wir als Fans Eintrittskarten kaufen, dann geht ein kleiner Prozentsatz dieses Geldes an Spielerberater. Leider gibt es keine offiziellen Zahlen, *wieviel* Geld die Clubs der Premiership in einem Geschäftsjahr an Spielerberater überweisen, und zwar deshalb nicht, weil sich die Vereine weigern, diese Beträge gesondert auszuweisen. Manchester United machte 2005 eine Ausnahme und nannte 2,2 Millionen Pfund als Summe der Zahlungen an Spieleragenten. Allein 1,2 Millionen davon gingen an eine einzige Spieleragentur; jene, die Wayne Rooney bei seinem Transfer von Everton zu United im Jahre 2004 betreute. Als Malcolm Glazer Manchester United kaufte und den Club von der Börse nahm, war der Verein nicht mehr länger zur Veröffentlichung dieser Zahlen verpflichtet und gab entsprechend keine weiteren Informationen heraus.

Das höchste Beraterhonorar, das je bekannt wurde, waren die 3 Millionen Pfund, die Pini Zahavi für den Transfer von Yakubu Aiyegbeni zu Middlesbrough im Januar 2007 kassierte. Allerdings waren die 3 Millionen daran geknüpft, dass Yakubu fünf Jahre bei Middlesbrough bleibt. Was er nicht tat. Im August 2007 zog er weiter zu Everton, für 11,2 Millionen Pfund.

Aber weine nicht zu sehr über das harte Schicksal unseres Spielerberaters Zahavi. Denn ein weiterer Transfer bedeutet für einen Spielerberater immer auch ein neues Beraterhonorar. Da kommt so manchem der Gedanke, dass hier schlicht Geld dem Fußball entzogen wird und in die Taschen einiger Weniger fließt, deren einziges Interesse es ist, ihn auszubeuten.

Wenn es noch eine Sache gibt, die Fans und Vereine verbindet, dann ist es der gemeinsame Hass auf die Spielerberater.

Man könnte sicher einwenden, dass wir, die wir Spieleragenten verabscheuen, sicher selbst einen hätten, wären wir Profifußballer. Ob man sie mag oder nicht: Sie sind unbestritten Leute mit Einfluss und Kontakten, die die Macht haben, ihren Klienten die bestmöglichen Konditionen auszuhandeln. Das ist zumindest die Wahrnehmung. Aber es gibt Argumente und Beweise, dass dem nicht so ist. Robbie Fowler wurde einer von Großbritanniens wohlhabendsten Fußballern, indem er keinen Spielerberater, sondern einen Finanzberater für sich arbeiten ließ. Gary Neville ist einer der wenigen Spieler, die sich ausdrücklich gegen Spielerberater ausgesprochen haben: „Viele [Fußballer] glauben, sie bräuchten einen [Spielerberater], aber das stimmt nicht. Man braucht einen guten Ratgeber und einen guten Buchhalter, aber nicht Leute, die Hunderttausende abkassieren."

Spielerberater beziehen ihr Einkommen hauptsächlich von einer Provision, die abhängig ist vom Einkommen ihrer Klienten. Rio Ferdinand hatte mal einen öffentlich ausgetragenen Streit mit Manchester United, und zwar vor Beginn der Spielzeit 2005-06. Berichten zufolge bemühte er sich um eine Gehaltserhöhung von 100.000 Pfund auf 120.000 Pfund pro Woche. Allgemein wurde unterstellt, die 20.000 Pfund Differenz seien der Betrag, der die Provision seines Beraters ausmachen würde. Ein Spieleragent kann hiernach also 20.000 Pfund in der Woche verdienen – und zwar durch *einen einzigen Spieler*.

Sollten Beispiele wie diese für die Fans nicht Anlass genug sein, sich mal gerade hinzusetzen und scharf nachzudenken, wohin ihr schwer verdientes Geld eigentlich geht?! Wenn Rio Ferdinands Spielerberater tatsächlich 20.000 Pfund die Woche bekommt, dann kassiert er mehr, als viele Leute durch harte Maloche in einem Jahr verdienen.

Berichterstattung der Medien

> „Wenn du auf hohem Niveau Fußball spielen kannst, dann wirst du ein Spieler in der ersten Liga. Wenn du nur unterdurchschnittlich spielst, wird aus dir ein Spieler der unteren Ligen. Und wenn du überhaupt nichts mit dem Ball anzufangen weißt, dann wird aus dir garantiert ein Journalist."
>
> Johann Cruyff

Journalismus ist eine anspruchsvolle, würdevolle Profession, und eine freie Presse, freie Medien sind für eine freie Gesellschaft unabdingbar. Großer Journalismus bringt uns Erkenntnis, macht uns aufmerksam, stellt Korruption und Filz an den Pranger und rettet sogar Leben.

Es wäre daher unfair, alle Medien über einen Kamm zu scheren. Rechtsaußen-Schreiberling Richard Littlejohn und Tierfilmer Sir David Attenborough arbeiten beide für die Medien, aber sie könnten nicht unterschiedlicher sein, wenn es um Manieren, Intellekt, Charme und Talent geht. Selbst die Boulevardzeitungen haben einige exzellente Autoren, und guter Journalismus existiert nach wie vor.

Aber es gibt zu viele Schmierfinken, die ihrem Beruf Schande bereiten und ihn durch den Schmutz und hinein in die Gosse ziehen. Sensationslüsterne Sportberichterstattung ist nichts Neues, es gibt sie nicht erst seit Gründung der Premiership. Aber in einigen Medienbereichen ist die Berichterstattung noch lächerlicher, noch bösartiger und noch übertriebener geworden als zuvor.

Weil Fußballer heutzutage hochdotierte Medienstars sind, erscheinen sie in schöner Regelmäßigkeit im Rahmen irgendwelcher trivialer, todlangweiliger Klatschgeschichten in Zeitungen und Zeitschriften. Das ist das gleiche Umfeld, indem vormals Unbekannte zu Personen des öffentlichen Lebens werden, und zwar nur deshalb, weil sie mit Fußballern liiert sind. Für ein Mädchen reicht es schon, eine Affäre mit David Beckham zu haben, um in jedem Haushalt bekannt zu werden und in der Folge Millionen abzugreifen. So verrückt es klingt: Von Rebecca Loos – der Ex-Affäre von David Beckham – haben wahrscheinlich schon mehr Briten gehört als von der Magna Carta.

Wayne Rooneys Freundin Coleen McLoughlin ist annähernd 5 Millionen Pfund im Jahr wert, und zwar allein durch ihren Prominentenstatus, den sie durch die Beziehung zu Rooney erlangte. 5 Millionen im Jahr dafür, kein erkennbares Talent für irgendetwas zu besitzen außer Einkaufen – das ist ein toller Job. Alles Gute für sie. In jedem Fall ist nicht sie es, die sich zum Idioten macht, wenn Hochglanzmagazine ihr große Summen zahlen, weil Leser alles über Frau McLoughlin wissen wollen.

Im Sommer 2006 wurde der siebzehnjährige Theo Walcot für die WM in

Deutschland in die englische Nationalelf berufen. Vor dieser Nominierung kannte ihn außerhalb der Fußballszene niemand, doch seine überraschende Berufung ins Nationalteam brachte ihn auf die Titelseiten, und schon bald feierte ihn die Presse als neuen Wayne Rooney. Nur einen Tag später war auch seine Freundin auf den Titeln der Boulevardblätter, und am Wochenende darauf hatte eine Zeitung bereits „weltexklusive" Neuigkeiten über das Sexleben der beiden. Nach nur einem Tag in den Zeitungen gaben Medienexperten bereits an, Walcots Freundin könnte Millionen wert sein. Eine Sechzehnjährige, von der niemand zuvor gehört hatte, die niemand je sprechen hörte, deren Talente unbekannt waren, kann Millionen wert sein, weil sie blond ist und mit einem Fußballer zusammen? Ich weiß, dass gesagt wird, heute könne man megaschnell berühmt werden - aber so etwas ist einfach nur meschugge. Zeit für die Männer in den weißen Kitteln. Aber prüft erst mal deren Freundinnen, vielleicht sind da verborgene Talente zu finden. Reicht schon, wenn sie atmen können! Das bringt Millionen!

Die WM 2006 war dominiert von den Spielerfrauen und -freundinnen der Nationalmannschaft. Einige Zeitungen brachten geradezu faszinierende Stories darüber, wie diese Spielerfrauen ihre Hotelzimmer verließen, in die Stadt gingen und einkauften! Mädchen mit Geld in der Tasche, und die gehen auf Shopping-Tour! Wer hätte *das* gedacht?!

Zu gleicher Zeit hatte *Sun*-Kolumnist und professioneller Heuchler John Gaunt gar die Frechheit, die Zeitung *The Independent* zu kritisieren. Das Blatt hatte eine ganze Seite dazu verwendet, die Problematik großmotoriger Allrad-Jeeps und deren Gefährdung der Umwelt zu thematisieren. Wie immer kommt John Gaunt präzise auf den Punkt: Die globale Erwärmung sei doch ein total unwichtiges Thema angesichts der Einkaufsgewohnheiten der Spielerfrauen, und die müslifressenden Baumfreunde vom *Independent* sollten die Aufmerksamkeit ihrer Leserschaft doch besser auf die wichtigen Themen lenken. So, wie die *Sun* das tun würde.

Viele glauben, im Fußball wäre die Erwartungshaltung zu groß geworden, die Anforderungen einfach zu hoch. Auf den Sportseiten der Zeitungen werden

Äußerungen von Spielern und Trainern analysiert und kommentiert wie die von Politikern. Immer versuchen die Medien auch, öffentliche Meinung zu machen. Hinzu kommen ständige Verdrehungen von Zitaten; eine Methode, die wir auch aus der politischen Berichterstattung kennen. Insbesondere die *Sun* verwendet einen aggressiven, auf Konfrontation setzenden Stil in ihrer Sportberichterstattung. Sie entscheidet, was jemand gesagt hat, um eine passende Aussage zu bekommen, die sich gut verkauft. So hatten sie beispielsweise mal eine ganze Rückseite mit dem Bild von Arsene Wenger und der Schlagzeile:

IHR TROTTEL: WENGER SCHIMPFT AUF CHELSEAS MEGA-EINKAUFSPOLITIK!

Ein wichtiges Detail fehlte in dieser Schlagzeile: die Anführungszeichen beiderseits von „IHR TROTTEL". Keine Frage: Die waren nicht da, weil Wenger diese Worte gar nicht gesagt hat. Es war die *Sun*, die Chelsea als Trottel beschimpft, aber so, wie sie es präsentieren, scheint Arsene Wenger der Aggressor zu sein. Wengers tatsächliche Aussage lautete in etwa: „Chelsea gibt für Spieler einfach zu viel aus." Nicht gerade eine Anschuldigung, die Erzürnen hervorruft. Wenger war vielmehr bemüht, höflich zu umschreiben, warum es derzeit schwierig ist, mit Chelsea mitzuhalten – und trotzdem lässt man ihn dastehen, als würde er respektlos daherreden.

Eine weitere von zig anderen Verdrehungen: Auf einer Sportseite der *Sun* wurde Wenger mit der Überschrift abgebildet:

WIR FÜRCHTEN UNS NICHT VOR CHELSEA

Wieder keine Anführungszeichen, und dennoch manipuliert die Zeitung ihre Leser dergestalt, dass die glauben sollen, dies seien Wengers Worte. Liest man den Artikel, wird klar, dass Wenger Chelsea nicht einmal erwähnt. Sucht man nach einem Wenger-Zitat in Anführungszeichen, dann waren seine Worte in Wirklichkeit: „Ich bin nach wie vor der Meinung, dass Manchester United in dieser Saison unser schärfster Konkurrent ist."

Es folgen einige Beispiele von ausgewählten Fußballschlagzeilen unserer Boulevard-Blätter. Und unter den Schlagzeilen steht dann jeweils das, was die betroffenen Spieler oder Trainer höchstwahrscheinlich *tatsächlich* gesagt haben.

ICH RETTE CITY VOR DEM ABSTIEG

„Wir haben noch neun Spiele, um dem Abstieg zu entkommen. Ich werde alles tun, um City zu helfen, das Maximum an Punkten aus diesen neun Spielen mitzunehmen."

IHR SEID EIN HAUFEN VERLIERER

„United hat eine ganze Reihe Spiele in der laufenden Saison verloren. Dies zeigt, dass sie nicht unschlagbar sind."

CL-GEWINNER? LIEBER LYON ALS CHELSEA!

„Ich habe lange mit dem Trainer von Lyon zusammengearbeitet und großen Respekt vor ihm. Ich würde es ihm daher gönnen, die Champions League zu gewinnen."

WIR VERNICHTEN DIE HAMMERS

„Wir sind zuversichtlich, drei Punkte bei West Ham holen zu können."

ICH HOLE FÜR UNS WM-WELTRUHM

„Ich denke, wir haben gute Chancen, diese WM zu gewinnen."

ABSCHAUM! WIR BRENNEN EUCH NIEDER, HOLEN EURE FRAUEN, ESSEN EURE KINDER UND PISSEN AUF EURE GRÄBER! STELLT EUCH!

„Wir freuen uns auf dieses Auswärtsspiel und werden unser Bestes geben."

Ja, Fußballinterviews sind langweilig, und die Medien suchen nach Aussagen mit etwas Biss, um Interesse für ihre Berichte zu erwecken. Aber das ist keine

Entschuldigung dafür, Aussagen komplett zu verdrehen.

Medienvertreter fordern häufig, Fußballer mögen sich doch bitte als Vorbilder verstehen, besonders für Kinder. Aber wenn ein Fußballer kranke Kinder in einer Klinik besucht, dann kommt das nicht auf Seite eins des Sportteils. Fußballer tun dies übrigens häufiger als viele Leute glauben. Kurz bevor das kleine Mädchen meines Freundes starb, bekam die Krankenstation, auf der es untergebracht war, noch Besuch – von niemand anderem als Thierry Henry, Robert Pires und Patrick Vieira.

Diese Art von Gesten bedeuten den Menschen sehr viel, und weil aus solchen Besuchen keine Schlagzeilen erwachsen, kann man folgern, dass die Spieler aus ehrenwerten, selbstlosen Gründen vorbeischauen.

Geschichten über das Sexleben von Fußballern schaffen es ebenfalls nicht auf die Sportseiten. Nein, es ist viel wahrscheinlicher, dass so etwas auf der Titelseite erscheint, gleich neben dem Schriftzug „weltexklusiv". Keine Frage: Solch „weltexklusive" Geschichten werden im Sudan, in Paraguay und auf den Fiji-Inseln sicher heiß diskutiert.

Wenn sich positive Nachrichten nicht verkaufen, dann stecken Menschen im Fokus der Öffentlichkeit in einem echten Dilemma.

Zeitungen erwarten vorbildliches Verhalten von Fußballern, weil die so bekannt sind, so öffentlich, so prominent. Aber auch Zeitungen sind öffentlich und präsent. Warum erwartet niemand vom Boulevard-Journalismus vorbildliches Verhalten? Jeden Tag lesen Millionen Menschen diese Zeitungen, sogar Kinder und Jugendliche. Also haben diese Journalisten doch mindestens die gleiche Verantwortung wie alle anderen auch, ihren Beruf integer und mit Anstand auszuüben. Aber das Beispiel, das Vorbild, dass diese Zeitungen den Jugendlichen geben, ist dies:

1) Betrug ist nichts Schlimmes. Für eine Enthüllungsstory kann man schon mal etwas Geld an den Informanten zahlen.

2) Man darf Lügen über Leute verbreiten und die Fakten verdrehen.

3) Man darf jemanden öffentlich demontieren, wenn man damit Geld verdienen kann.

4) Es gibt nichts dagegen einzuwenden, ruppig, voreingenommen und nicht objektiv zu sein.

5) Natürlich darf man über andere Länder Klischees und ethnische Vorurteile verbreiten.

6) Und man darf sich selbstverständlich in der Folge schockiert zeigen, wenn englische Fußballfans im Ausland genau jene Klischees und Vorurteile wiederholen.

7) Es ist richtig, eine Berühmtheit bloßzustellen, weil sie mit einer Nutte Sex hatte. Man darf nur nicht vergessen, der Nutte für diese „weltexklusive" Geschichte die versprochenen tausend Pfund zu zahlen.

8) Wir müssen Menschen verunsichern, was ihren Körper angeht, indem wir genau hinschauen und Bericht erstatten. Es ist moralisch einwandfrei, ein zwanzigjähriges Mädchen wie etwa Sängerin Charlotte Church im Bikini abzubilden – unter der Schlagzeile „Cellulite Church".

9) Sind Menschen am Boden, dann darf man auf ihnen herumtrampeln. Zeig keine Gnade. Durchlebt jemand eine schwere Zeit, dann mach ihm diese Zeit noch schwerer. Stiefel richtig auf ihn ein!

Schmierenjournalisten kommen gerne mit der Erklärung, sie würden ja nur liefern, was die Öffentlichkeit haben will. Aber das ist die wohl schlechteste, peinlichste Verteidigung, die ein Journalist mit Selbstachtung vorbringen kann.

In diesem Beruf sollte es um Integrität gehen, um Wahrheit, nicht billiges Schielen nach dem kleinsten gemeinsamen Nenner. Haben solche Leute so etwas wie Berufsstolz? Leider scheint es, dass diese Sorte Journalismus niemandem Rechenschaft schuldig zu sein scheint. Bringt ein Fußballer seinen Berufsstand in Misskredit, wird er vom Verband bestraft und gesperrt. Zeitungen bekommen, wenn es hoch kommt, einen Klaps auf die Hand vom Presserat.

Vielleicht sollte man Journalisten eine dreimonatige Schreibsperre oder eine

Geldstrafe aufbrummen, sobald sie uns einen vom Pferd erzählen. Zeitungen nehmen es hin, dass ihre Schreiber lügen – und zwar so lange, wie diese Lügen helfen, das Blatt zu verkaufen. Selbst wenn als Resultat dieser Lüge die Zeitung verklagt wird, hat man doch mehr Geld mit dem Verkauf der Lügengeschichte gemacht und mehr Publicity hergestellt, als Prozess und Strafe das Blatt kosten.

Bringt also eine Zeitung mal wieder eine Geschichte von einem Fußballer, einem Flittchen und einem One-Night Stand, dann stell dir doch mal diese Frage:

Wer ist es eigentlich genau, der hier der Nation ein schlechtes Beispiel gibt?

Spielanalysen und -wertungen

Ich dachte immer, Fußball wäre ein Spiel, in dem die Mannschaft Sieger ist, die mehr Tore schießt als die andere. Ich habe eben nochmal bei Wikipedia nachgeschaut, und wie es scheint, ist dies immer noch so. Wieso also sind die Zeitungen und das Fernsehen so besessen davon, Spielern Noten zu geben? Bei jeder Länderspielübertragung fragt John Motson wenige Minuten vor Schluss seinen Ko-Kommentator: „Also, wie sieht es aus? Wie viele Punkte auf einer Skala von eins bis zehn können wir der Nationalelf heute geben?“ Dann hält die Nation den Atem an. Denn eine positive Einschätzung vom großen Analytiker Mark Lawrenson, wie etwa acht von zehn, würde Szenen orgiastischen Feierns und unbeschreiblichen Jubels in den Straßen Englands freisetzen. Oder?

Noten von eins bis zehn gibt es vielleicht beim Eistanz, bei der rhythmischen Sportgymnastik oder bei der Hundeausstellung. Fußball ist nicht Gegenstand von Interpretation, hier geht es um Tore. Also lasst den Scheiß!

Seit kurzem hat die FIFA Weltranglisten. Komplette Zeitverschwendung. Wieder geht es um Auswertungen und Deutungen. Damit hat ein Sport wie Fußball nichts zu tun. Ein Land kann sicher damit angeben, welch guten Platz es im FIFA-Ranking belegt. De facto jedoch ist dieses Ranking bedeutungslos. Selbst wenn die erstellten Tabellen auf Ergebnissen basieren, sind sie bedeutungslos, denn einige Länder spielen einfach in schwierigeren Wettbewerben als andere. Mexiko und die USA haben stets einen hohen Tabellenplatz in der FIFA-Weltrangliste - weil sie häufig ihre Länderspiele gegen schwache Gegner austragen.

So sah das FIFA-Ranking vor der Weltmeisterschaft 2006 aus:

1) Brasilien
2) Tschechien
3) Holland
4) Mexiko
5) USA
6) Spanien
7) Portugal
8) Frankreich
9) Argentinien
10) England

Vor der WM 2006 galt die USA als fünfbeste Nationalmannschaft der Welt! Eine Mannschaft, die nicht einmal die Gruppenphase der WM überstand (und von der man es auch gar nicht erwartet hatte). Damit blieben sie weit hinter Mannschaften wie Italien zurück, ein Team, das in dieser Rangliste gar nicht erst auftaucht, dafür aber, nebenbei bemerkt, Weltmeister wurde. Aufstellungen wie diese sind also wertlos. Sie berücksichtigen die Leistung einer Mannschaft über einen Zeitraum hinweg. Wie gut das aktuelle Team ist, ist daraus nicht zu entnehmen. So könnte ein Land im Jahre 2008 hoch gehandelt werden, weil die Mannschaft bei der WM 2006 gut gespielt hat. Aber selbst wenn die Auswertungen aktuellere Ergebnisse berücksichtigen würden: Wer könnte sagen, ob Tschechien besser ist als Spanien, ob Mexiko besser ist als Argentinien? Ein realistischerer und exakterer Indikator für die Stärke einzelner Teams sind die Quoten der Buchmacher vor großen Turnieren. Schau da doch mal nach (mach das nicht, wenn du spielsüchtig bist. In diesem Fall empfehle ich ein kostengünstigeres Hobby)!

Ja, stimmt, dieser Negativpunkt war sicher nicht der wichtigste und insgesamt etwas trivial. Aber ich dachte, ich sollte ihn trotzdem mal ansprechen.

Der folgende und letzte Negativpunkt ist da ein ganz anderes Kaliber: Er ist das Krebsgeschwür des Fußballs!

Krabbenschnittchen

Alle Negativpunkte, die hier angeführt wurden, können im Grunde auf eine Sache zurückgeführt, mit einem Schlagwort zusammengefasst werden. Die Probleme, die der Fußball hat, haben in Wirklichkeit nicht viel mit Spielerberatern zu tun, mit Vorständen, mit Werbung und all dem. Es reduziert sich im Grunde alles auf ein einziges Übel. Die Hersteller einer perversen Backware mit Meeresfrüchte-Belag haben die Schuld am Niedergang. Sprich mit einem beliebigen Fußballfan alter Schule, und er wird dir bestätigen: Das eigentliche Problem des Fußballs ist die „Krabbenschnittchen-Brigade".

Es ist wissenschaftlich erwiesen, dass in Logen und auf VIP-Plätzen servierte Krabbenschnittchen den Kehlkopf so dauerhaft schädigen können, dass das Stimmvermögen, die Fähigkeit der Lautäußerung leidet, was zu leiser Kulisse in den Fußballstadien führt. Zudem agiert das Krabbensandwich wie ein Sedativ; es stellt den Essenden ruhig und macht aus einem Fan eine passive Kreatur, ohne Emotion, ohne Ausdruck.

Also, an alle Mitarbeiter der Fischereibranche: Ich hoffe, ihr seid zufrieden damit, den Fußball zerstört zu haben.

Aber ich muss auch ein Geständnis abgeben, eins, das die Glaubwürdigkeit dieses Buches infrage stellen wird und mich als Betrüger entlarvt, wo ich doch eigentlich gesagt habe, Fußball soll der Sport des Volkes bleiben.

Um ganz ehrlich zu sein: Ich mag Krabbenschnittchen.

Okay, ich bin schon weg. Wo ist meine Jacke?

Kapitel 9

Ein Modell

„Zum Ende des Jahrtausends wird West Ham zwanzig Meisterschaften gewonnen haben."

Nostradamus

Viele behaupten, die englische Premiership ist die beste Liga der Welt. In jedem Fall ist sie die reichste, aber die Frage nach der besten sollte sicherlich nicht nach finanziellem Wohlstand entschieden werden. Andere würden vielleicht die italienische oder die spanische Liga nennen. Wie auch immer, als die drei großen Fußballligen der Welt werden die in England, in Spanien und Italien genannt.

Aber ist dies eine Einschätzung, die auf Zuschaueraufkommen oder Unterhaltungswert basiert? Wenn sich Erfolg danach bemisst, wieviele Menschen sich an den Kassenhäuschen vorbeizwängen, dann nennen die Statistiken zuerst die deutsche Bundesliga, die in den letzten Jahren die höchsten durchschnittlichen Zuschauerzahlen Europas melden konnte.

Die Bundesliga stand immer etwas im Schatten der Ligen in England, Spanien und Italien. Zweifellos zieht die Liga weit weniger Superstars an als die Spielklassen in den drei anderen Ländern. Insofern scheint es zunächst überraschend, dass durchschnittlich etwa 4.000 Fans mehr zu einem Spiel kommen als in der Liga mit dem zweitbesten Zuschauerzuspruch, der Premiership. Aber das beweist, dass man nicht notwendigerweise 100.000-Pfund-die-Woche-Stars im Kader haben muss, um Fans ins Stadion zu locken.

Der Erfolg der deutschen Bundesliga ist einfach erklärt: Die Stadien der Liga sind architektonisch hervorragend und individuell, wie man auch bei der WM 2006 sehen konnte, und ungeachtet des Fehlens von Superstars wird Fußball auf hohem Niveau gespielt. Und Tickets gibt es schon für 10 Euro.

Ein Problem allerdings hat die Bundesliga, und das ist eins, das sie mit den anderen Ligen gemein hat: Es ist die Unausgewogenheit der Vereine, die mangelnde Spannung auf dem Feld. Bayern München ist Deutschlands reichster Verein, und den überwiegenden Teil der vergangenen zwanzig Jahre hat er die Liga dominiert. Allein zwischen 1986 und 2006 holte Bayern zwölf Meisterschaften.

In Europa gilt: Wer am meisten ausgibt, gewinnt auch am meisten. Ende der Durchsage. Doch die Dominanz einiger weniger ist schlecht für den Sport insgesamt, denn Fußball ist nicht schon deshalb unterhaltsam, weil tolle Dribblings gezeigt werden oder viele Tore fallen. Die Unterhaltung, die Spannung kommt durch die Dramatik, durch den Kampf um die Punkte. Ein Spiel mit wenigen Toren kann packend sein, wenn es um viel geht. Man denke nur an Arsenals 2:0-Auswärtssieg am Anfield, 1989, eins der spektakulärsten Spiele überhaupt. Das war der Abend, als die Meisterschaft aufgrund der Tordifferenz entschieden wurde – durch den letzten Schuss der Saison, getreten von Michael Thomas.

Das beste Spiel, das ich je live sah, war Manchester Uniteds 2:1-Sieg über Arsenal im Villa Park, FA-Cup-Halbfinale 1999. Ryan Giggs machte ein hervorragendes Tor Mitte zweite Hälfte der Verlängerung, was United dann zum Einzug ins Endspiel reichte. Dennis Bergkamp hatte in der letzten Minute der regulären Spielzeit einen Elfmeter verschossen, der für Arsenal das Finale bedeutet hätte. Ein vernichtendes Endergebnis, das man nur schwer schlucken konnte – aber es war die ausgeglichenste, adrenalinhaltigste und am härtesten umkämpfte Partie, die ich je miterlebte.

Ein 3:3-Unentschieden zwischen zwei Mannschaften des Tabellenmittelfelds hat vielfach nicht die Spannung, bedeutet nicht die Aufregung, die ein 1:1 zweier Teams aus der Tabellenspitze oder in den Abstiegsrängen hat.

Um die Spannung beim Fußball zu steigern, könnte man das Spiel an der amerikanischen NFL ausrichten. Natürlich nicht, was den Unterhaltungswert als Sport angeht, denn American Football erinnert doch zu sehr an eine in die Länge gezogene Form des Rugby. Die endlosen Unterbrechungen dienen in erster Linie dazu, Werbung machen zu können, und selbst beim Superbowl scheint es eher um die Halbzeitunterhaltung zu gehen als um das Spiel.

Was man aber von der NFL übernehmen könnte, ist die Ausgeglichenheit der Liga. Es gibt keine Mannschaft, die die NFL dominiert. Jedes Jahr stehen andere Teams im Superbowl-Finale. Zwischen 1986 und 2006 gewannen 12 verschiedene Clubs die Trophäe, und 22 unterschiedliche Teams bildeten die Finalteilnehmer. Niemand gewann in diesen zwanzig Jahren den Titel häufiger als drei Mal.

Nun ist die NFL kein perfektes Beispiel. Die Liga ist in sich abgeschlossen, keine Mannschaft kann absteigen, keine aus den unteren Ligen aufsteigen. Innerhalb der Liga besteht jedoch echter Wettbewerb und große Ausgeglichenheit.

Warum ist das so? Die Teams, die am Saisonende in der unteren Hälfte der Tabelle landen, haben Vorrecht bei der Auswahl nachrückender Spieler aus den College-Mannschaften. Ein ziemlich sozialistischer Ansatz also für ein kapitalistisches Land wie die USA. Die amerikanische Major League Soccer verfolgt einen ähnlichen Ansatz. Man könnte fast denken, dies sei ein Anreiz für Mannschaften, in den unteren Rängen zu landen, aber der finanzielle Anreiz, der mit dem sportlichen Erfolg einhergeht, überwiegt doch. Ebenso könnte man unterstellen, dies sei eine Verfahrensweise, die Versagen belohnt und jene Teams benachteiligt, die sportlich gute Leistungen bringen. Und das ist richtig – daher ist das NFL-Modell auch nicht die ideale Lösung. Dennoch: Was übernommen werden sollte, ist der Gedanke, mehr Mannschaften die Möglichkeit zu geben, sich ernsthaft in den Titelkampf einzumischen.

American Football hat mit unserem Fußball wenig gemein. Die Laufbahn eines American-Football-Spielers kann ziemlich kurz sein. Entsprechend sind die aus den College-Teams kommenden jungen Spieler überaus wichtig für die Clubs. Ich vertrete nun nicht die Idee, dass wir Vereinen wie etwa Charlton Athletic die Auswahl der besten Spieler der Universität Oxford überlassen. Das wäre absurd, wenngleich auch ziemlich lustig. Fußballvereine haben ihre eigenen Nachwuchsförderungen und Internate und suchen mit eigenen Scouts nach

Talenten. Wenn Vereine gute Jugendarbeit, gute Nachwuchsförderung leisten, ist das absolut lobenswert und keineswegs etwas, was die Liga unausgewogen macht. Wenn man genau hinschaut, sind es nicht selten die kleinen Vereine, die verhältnismäßig mehr gute Spieler hervorbringen, bevor sie dann zu den großen Clubs wechseln.

Das Problem liegt natürlich im europäischen Transfermarkt, der von einer Handvoll mächtiger, großer Vereine dominiert wird. Hier ist ein Beispiel, wie groß die Kluft tatsächlich ist: 2007 stand Benfica auf Rang 20 der Liste der reichsten Vereine Europas, mit einer Jahreseinnahme von 58 Millionen Pfund. 2001 gab Real Madrid nur 10 Millionen weniger *für einen einzigen Spieler* aus.

Internationale Superstars verschimmeln auf der Ersatzbank, weil die Spitzenvereine genug Geld zur Verfügung haben, um einen ganzen Haufen von ihnen zu verpflichten. Damit unser Fußball weniger berechenbar wird, muss etwas gegen diese Dominanz getan werden.

Es gibt einen ebenso einfachen wie effektiven Weg, die Verteilung guter Spieler auf die einzelnen Clubs fairer zu gestalten. Es sollte ein Limit geben, wieviel ein Verein auf dem Transfermarkt ausgeben darf. So könnte die UEFA beispielsweise eine Grenze von 20 Millionen Euro einführen, die ein Club maximal pro Saison für Spieler ausgeben darf. Keinen Cent mehr. Zahlt ein Verein also für einen einzigen Spieler 20 Millionen, hat sich dessen Einkaufstour für diese Saison damit erledigt. Manche mögen diesen Vorschlag als unrealistisch empfinden, aber er ist nicht radikaler als die derzeitige UEFA-Regelung mit vorgegebenen Transferfenstern, die die Vereine davon abhält, die ganze Saison hindurch Spieler zu kaufen.

In jüngerer Zeit war Chelsea in der Lage, jeden anderen Club zu jeder Zeit zu überbieten. Eine europaweite Obergrenze für Transfersummen würde die Preise auf dem Transfermarkt sinken lassen – und die kleinen Vereine hätten mehr Chancen, mitzugehen. Die UEFA, so scheint es, betrachtet Chelseas finanzielle Potenz als ungesund für den fairen Wettbewerb, und wie es heißt, arbeitet man an Regularien, dem entgegenzuwirken. Diese Regeln würden bedeuten, dass die Ausgaben eines Vereins für seinen Profikader mehr darauf basieren, wieviel jährlich eingenommen wird, und nicht so sehr darauf, wie reich der jeweilige Eigner des Clubs ist. Es wäre also nicht mehr zulässig, Wahnsinnsgehälter zu zahlen, aber gleichzeitig bilanziell überschuldet zu sein. Zwischen 2003 und 2006 gab Chelsea 276 Millionen Pfund für Spieler aus, machte zugleich aber Verluste von 228 Millionen. Die UEFA hat erkannt, dass in jeder anderen Branche Unternehmen, die so arbeiten, wettbewerbs- und kartellrechtliche Sanktionen zu fürchten hätten. Eine Gehaltsstruktur, deren Umfang von den Vereinseinnahmen abhängig ist, würde Clubs wie Chelsea davon abhalten, den Markt komplett im Griff zu haben, nur weil man von einem Milliardär mit offenem Scheckbuch finanziert wird.

Es wurde behauptet, die Millionen, die Chelsea auf dem Transfermarkt ausgibt, seien eine gute Sache, denn so käme Geld in den Fußball. Tatsächlich jedoch sorgt dieses Geld für eine Schieflage in einer Liga, in der niemand mehr mithalten kann. Eine umsatzbasierte Gehaltsstruktur hätte zudem einen Club wie Leeds United davon abgehalten, so sorglos mit Geld um sich zu schmeißen, wie sie es in den ersten Jahren des neuen Jahrtausends taten. Leeds United gab weit mehr aus, als man besaß, ging pleite und stieg dann ab, weil man alle guten Spieler verkaufen musste. Eine Situation, in der sie sich nur wiederfanden, weil ein einzelner Vorstand auf dem Transfermarkt seinen Traum auslebte – der dem Verein beinahe die Existenz gekostet hätte.

Es kann keinen Zweifel geben, dass das NFL-System mehr Wettbewerb für die Liga bedeuten und sie damit spannender machen würde. Lass uns doch einfach mal die Zahl der Superbowl-Finalisten vergleichen mit der Liste der drei angeblich besten Ligen des europäischen Fußballs im selben Zeitraum:

Meister der englischen Premiership, 1986 bis 2006:

2006 Chelsea
2005 Chelsea
2004 Arsenal
2003 Manchester United

2002 Arsenal
2001 Manchester United
2000 Manchester United
1999 Manchester United
1998 Arsenal
1997 Manchester United
1996 Manchester United
1995 Blackburn Rovers
1994 Manchester United
1993 Manchester United
1992 Leeds United
1991 Arsenal
1990 Liverpool
1989 Arsenal
1988 Liverpool
1987 Everton
1986 Liverpool

Das macht ganze sieben verschiedene Clubs in zwanzig Jahren, und seit 1996 nur drei! Von den insgesamt sieben Meistern haben drei – Everton, Blackburn und Leeds – den Titel nur ein einziges Mal geholt. Manchester United dagegen acht Mal und Arsenal fünf Mal.

He, ich meckere nicht! Als Gooner ist das alles nicht mein Problem; mein Verein hat ja fünf Meistertitel geholt! Und ich will auch nicht, dass Clubs wie Portsmouth oder Bolton uns Großen, die wir die Liga anführen, auf den Füßen rumtrampeln. Gute Güte, nein, lass die sich mal bloß Saison um Saison um die UEFA-Plätze streiten. Ich hätte keine Langeweile, wenn mein Team jedes Jahr die Meisterschaft holen würde!

Aber aus einem anderen Blickwinkel, mit etwas Distanz, sorgt diese Situation für eine langweilige Saison für die meisten anderen Fans. Der Abstiegskampf war in den letzten Jahren in jedem Fall weitaus spannender als die Meisterschaft.

2004-05 war ein Alleingang für Chelsea. Der Club hatte unbeschränkte finanzielle Mittel zur Verfügung und erkaufte sich im Grunde die Meisterschaft. Aber am letzten Spieltag dieser Saison schaute keiner mehr hin, als Chelsea allein und unter sich die Trophäe in die Höhe hob – denn alle Blicke hatten sich dem Abstiegskampf zugewandt, wo immer noch nicht feststand, welche drei der vier Kellerkinder den Weg nach unten antreten würden. West Bromwich Albion, Norwich, Crystal Palace und Southampton hatten alle die Chance, dem Abstieg zu entkommen, aber nur einer konnte den Klassenerhalt schaffen. Für den neutralen Zuschauer war das großartige Unterhaltung, und erst in der letzten Minute schaffte es WBA – obwohl die Buchmacher den Club als Abstiegskandidat Nummer eins führten. Jedes Jahr aufs Neue scheint sich die Abstiegsfrage erst in allerletzter Minute zu beantworten, während die Meisterschaft schon lange und höchst vorhersehbar geklärt ist.

Selbst der FA-Cup wird von einigen wenigen Teams dominiert. Von 1984 bis zum Tage, an dem ich dies tippe, hat es kein einziges Pokalendspiel gegeben, in dem nicht einer der folgenden Vereine vertreten war: Manchester United, Arsenal, Liverpool, Chelsea, Spurs.

Meister der spanischen Liga, 1986 bis 2006:

2006 Barcelona
2005 Barceona
2004 Valencia
2003 Real Madrid
2002 Valencia
2001 Real Madrid
2000 Deportivo La Coruna
1999 Barcelona
1998 Barcelona
1997 Real Madrid

1996 Athletico Madrid
1995 Real Madrid
1994 Barcelona
1993 Barcelona
1992 Barcelona
1991 Barcelona
1990 Real Madrid
1989 Real Madrid
1988 Real Madrid
1987 Real Madrid
1986 Real Madrid

Das ist noch einseitiger als die englische Premiership. Nur fünf verschiedene Meister in zwanzig Jahren, und Barcelona und Real Madrid gewinnen zusammen sechzehn Titel! Das macht die Sache zu einfach für die Buchmacher. In der gesamten Geschichte der spanischen Liga haben nur acht Vereine die Meisterschaft geholt. Die anderen, vor 1986, waren Athletic Bilbao, Sevilla und Betis. Seit der Gründung der Liga im Jahr 1929 haben Barcelona und Real Madrid zusammen 47 der ersten 69 Spielzeiten unter sich ausgemacht.

Und in der italienischen Liga sieht es nicht viel besser aus:

Meister der italienischen Seria A, 1986 bis 2006:

2006 Juventus Titel aberkannt, Inter Mailand zum Meister erklärt
2005 Juventus Titel aberkannt, kein Meister
2004 AC Milan
2003 Juventus
2002 Juventus
2001 Roma
2000 Lazio

1999 AC Milan
1998 Juventus
1997 Juventus
1996 AC Milan
1995 Juventus
1994 AC Milan
1993 AC Milan
1992 AC Milan
1991 Sampdoria
1990 Neapel
1989 Inter Mailand
1988 AC Milan
1987 Neapel
1986 Juventus

Sieben verschiedene Meister in zwanzig Jahren. Juventus und AC Milan dominieren mit insgesamt zwölf Titeln in den betrachteten zwanzig Jahren. Schaut man auf die fünfzehn letzten Spielzeiten dieser Periode, sind es gar elf Meisterschaften - und zwei weitere, die Juve nachträglich wieder aberkannt wurden. Seit ihrer Gründung im Jahr 1929 hat es in der Seria A nur zwölf verschiedene Meisterclubs gegeben.

Meister der schottischen Liga, 1986 bis 2006:

Ich lasse diese Tabelle mal frei. Schreib einfach rein, was du glaubst: Hat in dem entsprechenden Jahr Rangers oder Celtic den Titel geholt?

2006
2005
2004

2003

2002

2001

2000

1999

1998

1997

1996

1995

1994

1993

1992

1991

1990

1989

1988

1987

1986

Im Grunde ist die Champions League die einzige große europäische Liga, in der es so etwas wie echten Wettbewerb gibt. Und durch den Pokalcharakter der Liga steht der Gewinner erst mit dem letzten Spiel fest.

Wenn man mal 1993 außen vor lässt (der französische Verband sprach CL-Sieger Olympique Marseille nachträglich den Meistertitel ab), so haben wir in den verbleibenden Endspielen zwischen 1986 und 2006 dreizehn verschiedene Sieger. Das ist noch abwechslungsreicher als die Superbowl-Resultate dieses Zeitraums. Zudem gab es zwanzig verschiedene Endspiel-Teilnehmer, nur zwei weniger als die zweiundzwanzig der Superbowl. Es ist gut, dass die Champions League so eine spannende Sache und die am wenigsten vorhersagbarste Liga Europas ist.

Diese Spannung ist auch ein wunderbares Argument gegen die europäische

Super League, die die Geldleute der G14 seit Jahren anzustoßen versuchen – und die niemand außer ihnen will (die G14 hatte so illustre Vereine wie Milan, Ajax, Barcelona, Bayern, Juve, Liverpool, Man United, Real Madrid und andere als Mitglieder. Sie ist mittlerweile durch die „European Club Association" abgelöst worden). Aber so toll die Champions League ist, was die Spannung und Ausgeglichenheit angeht, so richtig ist auch, dass nur die Spitzenvereine die Möglichkeit haben, hier mitzuspielen. England, Spanien und Italien können bis zu vier Clubs stellen, andere, kleinere Ligen in Europa weniger oder gar keine. Die weniger privilegierten Vereine bleiben also in ihren jeweiligen Heimatligen und vom großen Wettbewerb ausgeschlossen.

Weil die Champions League für die teilnehmenden Vereine so lukrativ ist, tut sich in den Heimatligen eine noch größere Kluft zwischen den Clubs an der Spitze und denen im unteren Tabellenbereich auf. Das Geld aus der Champions League lässt die Spitzenvereine weiter davonziehen. Die Premiership hat mittlerweile einen Punkt erreicht, wo die Vorhersage, wer die laufende Meisterschaft gewinnt, denkbar einfach geworden ist. Es gilt schon als großer Erfolg, wenn ein anderes Team als Chelsea, United, Arsenal oder Liverpool auf den ersten vier Rängen landet.

Diese derzeitige Dominanz einiger weniger Vereine ist einzigartig in der englischen Fußballgeschichte. In den Achtzigern war es nicht unwahrscheinlich, dass Liverpool Meister werden würde, aber die nächsten drei Tabellenplätze waren kaum vorhersagbar (und ob man es glaubt oder nicht: Vereine wie Ipswich, Watford und Southampton wurden in dieser Phase Vizemeister).

Die gleichen vier Mannschaften, die heute die Meisterschaft unter sich ausmachen, sind auch, wenig überraschend, die Teams, die die höchsten Einnahmen generieren. Wenn Fußball die Welt widerspiegelt, dann sicher in einer Sache: Die Kluft zwischen Reich und Arm wird mit jedem Jahr größer.

Die englische Premiership wird niemals wieder eine spannende Liga, wenn nicht frühere Meister wie Aston Villa, Newcastle United, Spurs, Manchester City und andere mit der realistischen Aussicht auf einen Titelgewinn in die Saison starten. Mit Beginn der Spielzeit 2007-08 war Everton bei den Buchmachern auf Platz sieben der getippten Meisterschaftskandidaten – aber mit einer Quote von 1:250 (so jedenfalls bei William Hill Online-Sportwetten)! In den Jahren davor waren die Teams, die diese Quote auf eine Meisterschaft hatten, jene, die gegen den Abstieg spielten, nicht jene, die als siebtbeste Mannschaft des Landes galten. Dieser Quotient zeigt, wie langweilig die Liga geworden ist. Und dennoch wird sie uns als die beste der Welt verkauft.

Die englische Football League/Premiership ist die älteste Liga der Welt und datiert zurück ins Jahr 1888. Insgesamt gab es dreiundzwanzig verschiedene Vereine, die Meister wurden; ein guter Wert, der für eine spannende, ausgewogene Geschichte spricht (wen es interessiert: Diese Meister waren Preston North End, Everton, Sunderland, Aston Villa, Sheffield United, Liverpool, Sheffield Wednesday, Blackburn Rovers, Newcastle United, Huddersfield Town, Arsenal, Manchester United, West Bromwich Albion, Ipswich Town, Portsmouth, Spurs, Chelsea, Burnley, Wolves, Manchester City, Leeds United, Derby County und Nottingham Forest).

Der Verein, der als letztes zum ersten Mal in seiner Geschichte den Meistertitel gewann, war Nottingham Forest: 1978! Noch eine Saison zuvor war Nottingham in der alten zweiten Division und galt allgemein nicht als einer der großen Clubs. Brian Clough führte Nottingham zum Aufstieg, und innerhalb nur einer Spielzeit waren sie englischer Meister. Schon sechs Jahre vorher schaffte Clough ähnliches mit Derby County, die 1972 der zweiundzwanzigste Club wurden, der sich den Meistertitel holt. Auch Derby war erst drei Jahre im Oberhaus vertreten gewesen.

Die Wahrscheinlichkeit, dass ein Verein der zweiten Liga heutzutage Ähnliches vollbringt, liegt bei null Prozent. Damals in den Siebzigern reichte ein guter Trainer, um Derby und Forest nach ganz oben zu führen.

Jose Mourinho hat man den Spitznamen „the Special One“ verpasst und ihn auch mit Brian Clough verglichen. Ob man ihn mag oder nicht: Mourinho ist ein sehr guter Trainer, dessen Erfolge für sich selbst sprechen. Aber stell dir doch mal vor, Mourinho wäre Trainer eines durchschnittlich großen Vereins in den unteren Klassen, der noch nie eine Meisterschaft geholt hat. Sagen wir mal, er wäre Trainer bei Southampton FC. Wäre Mourinho in der Lage, mit Southampton aufzusteigen und mit einem kleinen Budget in der folgenden Saison die Meisterschaft zu holen? Oder meinetwegen in einer der *zehn* folgenden Spielzeiten? Die Antwort lautet natürlich nein (obwohl Jose sicherlich behaupten würde, er könne mit Southampton nicht nur die Meisterschaft, sondern auch obendrein noch die Superbowl holen). Egal, wie begnadet ein Trainer auch ist, mit einem Verein, der nicht ganz oben in der Rangliste der finanzstarken Vereine mitspielt, würde er definitiv scheitern. Arsene Wenger ist ein Trainer, der Erfolg hatte, obwohl er weniger Geld ausgab als seine ärgsten Rivalen. Obgleich Wenger hierfür ein großes Lob gebührt, hat Arsenal doch in absoluten Zahlen riesige Summen ausgegeben und hohe Gehälter gezahlt, um Spitzenspieler an den Verein zu binden.

Wir wissen es alle: Im heutigen Fußball geht es ums Geld. Will aber der Fußball noch mehr Geld machen, würde ich ihm raten, für einen abwechslungsreichen, spannenden Wettbewerb zu sorgen. Der Beliebtheit der NFL jedenfalls tut das keinen Abbruch. Ohne Zweifel würde eine spannendere Liga auch die Zuschauerzahlen wieder stark steigen lassen – und die Einschaltquoten bei den Fernsehübertragungen ebenso. Alle wären glücklich; die Fans und die Geldleute. Ich hoffe, dass wir eines Tages einen kleinen Verein quasi aus dem Nichts aufsteigen sehen, der das erste Mal in seiner Geschichte den Meistertitel der Premiership holt.

Es wäre grauenvoll, würde die Zahl jener Vereine, die schon mal englischer Meister waren, für immer und ewig bei dreiundzwanzig stehenbleiben. Im Moment sieht es ganz danach aus, also: Nummer vierundzwanzig, Auftritt, bitte!

Ihr seid schon lange überfällig!

Kapitel 10

Eine ziemlich unkommerzielle Haltung

Ich bin in der glücklichen Situation, einen großen Kreis von Freunden zu haben, die alle Arsenal-Fans sind. Die meisten leben in den gleichen Bezirken Londons, wie Haringey, Islington, Hackney und Camden. Die Mehrzahl geht allerdings nicht mehr zu den Spielen. Stattdessen sitzen wir in diversen Pubs und Bars zusammen und klagen über den kommerziellen Weg, den der Fußball eingeschlagen hat.

Einer meiner Kumpel, Will, hatte die Nase voll von unserem ständigen Gejammer und Gemecker. Besonders hasste er das Wort „damals". 2006-07 wurde er Dauerkartenbesitzer im Emirates - zum Preis von 895 Pfund (du weißt ja, die „billigen Plätze"). Was Will nicht verstand: Jahrelang war ich von meinem Verein mies und mit Missachtung behandelt worden, und erst dadurch wurde ich zum Zyniker. Sicher war ich nicht von Anfang an so.

Schon kurze Zeit nach seinem Dauerkartenkauf begann Will mich zu verstehen. Für die Saison 2007-08 verlängerte er seine Dauerkarte nicht.

Er erlebte, dass Arsenal FC wenig hilfsbereit, dafür aber arrogant und unverschämt ihm gegenüber auftrat; am Telefon, aber auch persönlich. Dort glaubt man offenbar, man tut den Fans einen Gefallen, indem man ihnen ihr Geld abnimmt. Arsenals Einstellung gegenüber den Fans ist, dass diese leicht zu ersetzen sind: Wenn einer von ihnen geht, wird es das Geschäft als Ganzes nicht beeinträchtigen. Eines Abends, nach einigen Halben, ließ Will durchklingen, wie unzufrieden er mit der Behandlung durch den Club war, und im Verlauf unseres Gesprächs machte er diese bemerkenswerte Aussage: „Ich glaube nicht, dass Fußball wirklich kommerziell geworden ist. Wäre der Fußball kommerziell, dann hätte er besseren Kundenservice und besseres Kundenmanagement. Wenn Fußball ein Geschäft ist, dann ist er ein ziemlich schlecht geführtes Geschäft." Das erinnert mich an Kapitel 3, „Kundenzufriedenheit". Das Kapitel habe ich keineswegs so leichten Herzens geschrieben und ironisch gemeint, wie es vielleicht scheint. Über zwanzig Jahre war ich ein *Club Member* bei Arsenal, und kein einziges Mal fragten sie mich nach meiner Meinung. In diesen zwanzig Jahren änderte der Verein seine Identität komplett: Angefangen vom Stadion über das Vereinswappen bis zum *Corporate Image*. Nach mehr als zwanzig Jahren Support und mehreren tausend Pfund für das Privileg einer *Club Membership* wäre es eine nette Geste und an der Zeit gewesen, mal zu fragen, wie ich denn zu den Veränderungen in unserem Verein stehe.

Bevor jetzt irgendwer einwendet, Umfragen im großen Stil kosteten eine Menge Geld, möge man doch bitte bedenken, dass die Vereine ja auch Fanartikel-Kataloge, Kreditkartenangebote und allerlei mehr regelmäßig in den Versand bringen. Fußballvereine fragen ihre Fans nie nach ihrer Meinung. Was, so scheint mir, den Schluss zulässt, dass sie dieser Meinung keinen Wert beimessen. Im Oktober 2007 berichtete der *Guardian*, Spurs würde erwägen, in ein neues 60.000-Zuschauer-Stadion im Londoner Bezirk Enfield umzuziehen. In dem Artikel hieß es, Spurs-Vorstand Daniel Levy würde sich mit den Anteilseignern beraten, ob ein solcher Standortwechsel machbar sei.

Nicht erwähnt wurde, ob Levy auch die Fans der Spurs zu diesem Thema befragen würde. Denn ein Fußballverein mit gewissem Anstand würde einen Wechsel in ein neues Stadion doch sicher nicht über die Köpfe jener entscheiden, die das neue Stadion dann füllen sollen.

Im Gegensatz dazu beraten sich von Fans geführte Vereine wie etwa AFC Wimbledon mit ihren Anhängern über alle maßgeblichen Fragen, inklusive der, wie das Trikot der Mannschaft aussehen soll: Die Vereinsführung stellt den Fans mehrere Designs zur Auswahl, und jenes, das die meisten Stimmen auf sich vereint, wird das Trikot der kommenden Saison. Die meisten Profivereine ändern ihre Trikots und selbst ihre Vereinswappen mit schöner Regelmäßigkeit, befragen aber nie die Fans nach deren Wünschen.

Was ist das für eine kommerzielle Unternehmung, die kein Interesse daran hat was sich ihre Kunden wünschen?

Was unseren Freund Will mehr als alles andere auf die Palme gebracht hat, war eine Geschichte, die einem seiner Freunde passierte: Dieser plante eine Motorradtour durch Afrika, mit der er Spendengelder für karitative Zwecke sammeln wollte. Weil er seit fünfzehn Jahren eine Dauerkarte bei Arsenal hatte, schrieb er den Verein an und bat, ihm ein paar Aufkleber zu spenden, die er auf seine Reise mitnehmen wollte. Die Idee war, diese Aufkleber als kleine Geschenke an Kinder auszugeben. Der Verein lehnte ab, obwohl sicher alles, was den Namen Arsenal FC in der Welt bekannt macht, gute Promotion für den Club ist. Aber es schien so, als würde die Förderung des Bekanntheitsgrades von Arsenal unter Kindern der dritten Welt nicht recht das Interesse der Clubleitung finden - denn von denen würde ja kein Geld in die Vereinskasse zurückfließen.

Was dies Beispiel zeigt, ist die Distanz zwischen dem Verein und seinem Anhang und die Geringschätzung des einzelnen Fans.

Und das gilt sogar für Fans, die von Tausenden geliebt und respektiert werden. Im Oktober 2007 - er arbeitete gerade als Bodyguard für die *Pet Shop Boys* - starb Arsenal-Fan Dainton Connell bei einem Autounfall während der Tournee der Band in Russland. Dainton, eine Legende der Stehränge, hatte eine wilde Vergangenheit, galt aber als liebenswerter und charismatischer Kerl mit einem großen Herz. Es gibt niemanden, der etwas Gegenteiliges über den Mann berichten könnte, den alle auch unter dem Spitznamen *The Bear* kannten. 4.000 Menschen waren bei seiner Beerdigung, darunter auch Ian Wright, Lee Dixon, Frank Bruno, Fernsehmoderatorin Janet Street Porter und die Bands *Pet Shop Boys* und *Madness*. Freunde und Familie hatten sich um die Ausrichtung einer Trauerfeier im Emirates Stadium bemüht, aber das Angebot, das sie erhielten, belief sich auf 65.000 Pfund für ein paar Räume; ein Preis, der weit höher war als erwartet. Als sich die *Pet Shop Boys* einschalteten und anboten, für die Kosten aufzukommen, ließ Arsenal erklären, es sei vom Verein nicht gewünscht, einen Tag vor einem Spiel Räumlichkeiten im Stadion zu vermieten. Entsprechend fanden die Feierlichkeiten anderswo in Nord-London statt.

Vielleicht meint der Verein, dass man im Recht war, eine Gedenkveranstaltung in den Stadionräumlichkeiten abzulehnen. Aber indem man so distanziert auftritt, verprellt man mehr und mehr Fans. Viele Leute waren zutiefst entsetzt über die Haltung des Clubs, und allgemeine Meinung war, dass sich Arsenal nicht um die einfachen Fans schert, sondern nur darauf bedacht ist, seine Business-Kunden zufriedenzustellen. Das folgende Statement von einer Person namens Shad wurde auf *Times Online* veröffentlicht, und es fasst ziemlich gut zusammen, wie viele Fans über diese Geschichte - und mehr und mehr über den Fußball generell - denken: „Es ist bezeichnend für die Richtung, in die sich der Fußball bewegt, wenn mein Verein Schande auf sich zieht und nicht bereit ist, Räume für eine Trauerfeier zur Verfügung zu stellen, mit der der vielleicht größte Arsenal-Fan aller Zeiten gewürdigt werden sollte. Für 65.000 Pfund hätte man sicher eine Putzkolonne bekommen, die die Räume bis zum Spiel am nächsten Tag wieder saubermacht. Ich schäme mich für Arsenal! *The Bear*, ruhe in Frieden." Wenn ein Verein wie Arsenal von Shads Geld profitieren möchte, oder von Wills Geld, oder von meinem Geld oder dem der 4.000 Trauergäste auf Daintons Beerdigung, dann beschreitet er einen ziemlich unklugen und unkommerziellen Weg. Eines Tages wird sich das rächen.

Es gibt jemanden, der einen Proficlub besitzt und dennoch Anhänger wie geschätzte Kunden behandelt: Niall Quinn, dem Sunderland FC gehört. Niall Quinn zeigt in seiner Leitung des Vereins die gleiche Integrität, die er schon als aktiver Spieler an den Tag legte. Er spendete 2002 alle Einnahmen aus seinem Abschiedsspiel an wohltätige Organisationen - man spricht von über einer Millionen Pfund.

Nach einem Auswärtsspiel bei Cardiff City 2007 hatte Quinn mitbekommen, dass eine Flugzeugladung Sunderland-Fans auf dem Flughafen Cardiff gestrandet war und dass ein Ersatzflieger erst am nächsten Tag gehen würde. Quinn fuhr hin - und zahlte allen Fans Taxis, die sie den ganzen Weg hinauf nach Sunderland fuhren. Wie viele andere Vereinsführungen kämen wohl auf diesen Gedanken?

Nicht sehr viele.

Indem er die Fans so gut behandelt, schafft Quinn eine Kultur, die ihm die Loyalität des Sunderland-Anhangs langfristig sichert. Hätten die Sunderland-Fans am Cardiff Airport über Nacht bleiben müssen, wären vielleicht ein paar von ihnen Zweifel gekommen, ob es sich wirklich lohnt, dem eigenen Team durch Dick und Dünn zu folgen. Wenn aber der Verein helfend einspringt, so schafft er eine Gruppe von Menschen, deren Treue auch in der Zukunft gesichert ist.

Kapitel 11

Stadionverbote

Sachverhalt: Hollywood-Stars Jessica Alba und Megan Fox laufen während eines Spiels der englischen Liga (sagen wir mal, Hartlepool gegen Macclesfield) auf den Platz. Sie demonstrieren damit für den Weltfrieden. Bis auf die Perlenketten, die sie um den Hals tragen, sind beide splitterfasernackt.

Frage: Was würde mit ihnen geschehen?

1) Die Verantwortlichen würden sich bei ihnen für die unterhaltsame Einlage bedanken.

2) Sie gewinnen einen Oscar.

3) Sie erhalten die Ehrenbürgerwürde der Stadt Hartlepool.

4) Sie werden festgenommen, ihre Personaldaten in die Hooligankartei aufgenommen, und anschließend erhalten sie für drei Jahre Stadionverbot in allen Grounds der Liga.

Richtig ist Antwort 4).

Damit der englische Fußball sein *Rebranding* vornehmen und neue Kundenschichten anziehen konnte, musste er sich vom Stigma des Hooliganismus befreien. Dieses Ziel wurde erreicht. Krawalle beim Fußball sind in den vergangenen Jahren signifikant zurückgegangen. In Ordnung. Ich stimme zu; es mag sein, dass es Leute gibt, die es verdient haben, Stadionverbote aufgebrummt zu bekommen und England nicht ins Ausland hinterherreisen zu dürfen.

Was wir jedoch auch erleben, sind drakonische Strafen für Fußballfans: Ausreiseverbote und Stadionverbote für „Verbrechen", für die die Polizei, wären sie nicht beim Fußball vorgefallen, kaum aus ihrer Wache ausgerückt wäre. Viel zu weit ist man gegangen in der Bestrafung kleiner, fast alberner Delikte von Fußballfans, nur um die Vorgaben der Regierung zu erfüllen und das neue *Corporate Image* des Fußballs zu schützen.

Ich verfolgte Englands Ausscheiden gegen Portugal bei der WM 2006 in einem Pub in West-London. Nach dem Abpfiff begann eine Gruppe Jugendlicher, die Fassade des portugiesischen Restaurants auf der anderen Straßenseite mit Flaschen zu bewerfen. Die Flaschen hätten Gäste und Personal des Lokals verletzen können, und auch Passanten hätten schweren Schaden nehmen können. Eine Flasche verfehlte eine alte Dame nur um Haaresbreite. Einer der Jungs versuchte seine Freunde zu einem Angriff auf das Restaurant zu überreden. Er war der Anstifter der ganzen Sache, aber doch zu feige, um alleine rüberzugehen. Ich versuchte, auf ihn einzureden, aber das war so, als würde man mit einem Wildschwein diskutieren.

Meine Leute und ich hätten mehr unternehmen können, um ihn zur Vernunft zu bringen, aber es war klar, dass das nur in einer wüsten Prügelei ausgeartet wäre. Und das hätte dann bedeutet: Die Polizei taucht auf, sieht uns aufeinander eindreschen und würde sofort für ein Stadionverbot für alle Beteiligten wegen fußballbezogener Gewalt sorgen. Und außerdem gilt in unserem Land ja als kriminell, wer einen Angreifer attackiert. Wenn es um Delikte in Bezug auf Fußball geht, habe ich kein Vertrauen in unser Rechtssystem.

Viele Leute, die sich auf der Hooliganliste wiederfinden, sind gar nicht so gefährlich, wie man uns glauben machen will. Einer meiner Cousins, ein Darlington-Fan, war lange als Kategorie-C-Hooligan geführt und hatte ein Stadionverbot von zweieinhalb Jahren. Im August 2006 lief das Verbot aus, und jetzt darf er wieder Fußballspiele in England und Wales sehen. Ich bin früher durch ganz Europa mit ihm unterwegs gewesen, um England spielen zu sehen; wir waren in Städten von solch trauriger Öde wie Warschau und Lens bis zu den sonnigen Siedlungen Marseilles und Athens. Wo immer England spielte, gab es auch Ärger, von kleineren Fights bis zu schlagzeilenträchtigen Krawallen. Aber nicht ein einziges Mal sah ich unseren angeblichen Kategorie-C-Hooligan mitmachen. Dennoch musste er für zweieinhalb lange Jahre vor jedem Länderspiel seinen Reisepass bei der örtlichen Polizeiwache abgeben.

Viele Menschen, die mit Ausreise- und Stadionverboten belegt sind, erfahren damit eine recht rüde Bestrafung, denn fußballbezogene Delikte werden nicht individuell und Fall für Fall betrachtet. So kassierte ein Stand-Up-Comedian zweieinhalb Jahre, weil er an der White Hart Lane als Osama Bin Laden verkleidet auf den Platz stürmte! Ein anderer Darlington-Fan erhielt zweieinhalb Jahre, weil er einen Spieler mit einem Schneeball beworfen hatte (hätte da nicht auch ein Stadionverbot für das Winterhalbjahr gereicht?).

Zur gleichen Zeit aber kommen schwerkriminelle Gewalttäter ungeschoren davon – weil ihr asoziales Verhalten nicht in Bezug zu Fußballspielen steht. Hätte ich einen riesigen Haufen Vorstrafen wegen Körperverletzung und allerlei mehr, und hätte ich Hausverbot in jeder Kneipe meiner Gegend, so dürfte ich doch mit England auswärts fahren, weil meine Verurteilungen nichts mit Fußball zu tun haben. Liefe ich aber nach einem Tor meiner Mannschaft begeistert aufs Spielfeld, landete ich für drei Jahre in der Hooligankartei, hätte Stadionverbot in jedem Ground des Landes und dürfte auch nicht ins Ausland reisen, wenn England zu gleicher Zeit jenseits unserer Grenzen spielt.

Dies alles sind weitere Mosaiksteinchen in dem großen Bild, das der englische Fußball bietet: Es ist ein Big-Brother-Umfeld von Orwell'schen Dimensionen entstanden, in dem jegliche spontane Reaktion, jegliches überschwängliche Verhalten sofort im Keim erstickt wird. Die angeblichen Verfehlungen, wegen derer Fans in England Stadionverbote kassieren, würden in anderen Ländern Europas und in Südamerika als Witz verstanden. Fußball ist ein Spiel mit großen Emotionen. Emotionen können Menschen mal aus sich herausgehen oder überreagieren lassen. Ein Fan bei Sunderland, ein Lehrer ohne irgendwelchen Vorstrafen, kassierte drei Jahre Stadionverbot und eine Geldstrafe, weil er angesichts der miesen Leistung seiner Mannschaft seelenruhig auf den Rasen marschierte und dort lässig seine Dauerkarte entsorgte. Bei den richtig heftigen, verabredeten und vorausgeplanten

Sachen lässt sich die Polizei jedoch nie sehen! Vielleicht, weil die Polizisten vor dem Stadion in ihren Bussen dösen und von der Schichtzulage träumen, die sie für diese Arbeit kassieren. Man sollte mal die Kosten ermitteln, die durch die Herbeiführung nur eines Stadionverbots entstehen, und diese dann zu Taten wie Fahrrad- und Handtaschendiebstahl, Ladendiebstahl und Raub in Beziehung setzen – die die Polizei sämtlich *nicht* verfolgen kann, weil man ja gerade am Stadion schlummert.

Warum räumt man dem Fußball diese Priorität ein? Ist eine Prügelei bei einem Fußballspiel die schlimmste Straftat, die in diesem Land stattfinden kann? Wäre die Polizeipräsenz bei nahezu jedem Fußballspiel so hoch, wenn der Fußball nicht das große Business wäre, das er tatsächlich ist? Ich glaube nicht. Wir sprechen hier über den übertriebenen Schutz einer Industrie, die ihr sicheres und sauberes Image braucht, um ihren neuen Konsumenten zu gefallen.

Mein Rat an jeden, der sich Sorgen macht, weil in seinem Viertel kaum noch Streifenbeamte nach dem Rechten sehen, weil kaum noch Polizeipräsenz erkennbar ist: Zieh einfach näher an das nächstgelegene Fußballstadion!

Und was Stadionverbote angeht: Gesetzestreue Fußballfans sollten ihnen gegenüber äußerst skeptisch sein – denn man muss gar kein Gesetz übertreten, um ein Stadionverbot zu kassieren.

Kapitel 12

Nicht die Krabbenschnittchen haben Schuld...

Während ich dies Buch schrieb, hat mich eine Statistik immer wieder sehr irritiert. Sie hat mich sogar daran zweifeln lassen, ob meine Kritik am modernen Fußball überhaupt berechtigt ist, besonders jene, die sich auf die Zeit seit Einführung der Premier League richtet. Diese Statistik sagt nämlich, dass sich die Zuschauerzahlen der Premiership seit 1992 um 62 Prozent gesteigert haben! Wenn man eine kleine Nachfragedelle in jüngerer Zeit mal vernachlässigt, dann sind diese 62 Prozent ein mächtiges Argument für den modernen Fußball. Ich und Leute, die wie ich ticken, mögen vielleicht keine hohen Eintrittspreise, wir mögen den Einfluss der Wirtschaft nicht, auch keine Schwalben und laute Mucke nach jedem Tor und Ansetzungen rund um die Uhr an jedem Tag der Woche, wir finden die hohen Spielergehälter scheiße und auch die inflationäre Werbung und die aggressiven Ordner – aber all diese Dinge sind inzwischen Bestandteil des englischen Fußballs. Und die Zahl neuer Fans, die diese einfach so hinnehmen, ist gestiegen. Massiv gestiegen!

Was kann ich also sagen? Nun, ein Produkt, das beliebt ist, ist nicht notwendigerweise auch gut, egal, wie viele Menschen es kaufen. Es gibt keinen gesellschaftlichen Bereich, in dem Popularität absolut gleichbedeutend ist mit Qualität – im Gegenteil, die beliebtesten Dinge sind häufig auch die oberflächigsten und sterilsten. McDonalds ist die wohl beliebteste Fast-Food-Kette, aber wir brauchen uns sicher nicht über die Qualität des Essens dort zu unterhalten. Es gibt fraglos jede Menge anderer Frikadellenbratereien, wo Leute gemütlicher sitzen und besser essen könnten. Aber sie tun es nicht. *Eastenders* ist eine überaus beliebte Fernsehserie, die von Millionen Zuschauern angeschaltet wird, aber manche sagen, die gezeigte schauspielerische Darbietung sei armselig und die Drehbücher so einfallslos, dass sie auch von dressierten Gorillas geschrieben werden könnten. Doch bessere Sendungen als *Eastenders* und *Coronation Street* erreichen schlicht nicht die gleichen Einschaltquoten. Die *Sun* ist die meistgelesene Tageszeitung. Aber bietet sie einen besseren journalistischen Standard als *The Independent* oder *The Times*? James Blunt ist ein populärer Sänger. *Scary Movie 4* füllte die Kinos. Idiotische Diäten sind beliebt. Reality TV wird gern eingeschaltet. Die Todesstrafe wird immer wieder gern gefordert. In jedem Satz „irgendwie" zu sagen ist modern. Hosen mit niedrigem Bund zu tragen, aus denen dein Arsch rausguckt, ist beliebt. Adolf Hitler war beliebt (*Mann des Jahres* im *Time*-Magazin, 1939!)

Schon klar, oder? Popularität beeindruckt mich kein bisschen. Nur, um es doch noch mal zu belegen: Hier ist ein Zitat von Simon Cowell, Musikproduzent mit Geschmack und Juror bei den allseits beliebten Superstar-Such-Shows: „Ich muss ehrlich sagen: Hätte ich zehn Bob Dylans in der Endrunde unserer Talentshow, würde ich keine dreißig Millionen Zuschauer vor den Fernsehern haben. Es sind nicht die Dylans dieser Welt, die unsere Sendung besser machen!"

Der Erfolg der Premier League besteht darin, die Fans zu überzeugen, dass Profit das Wichtigste im Fußball ist. Aber wenn das so ist, warum bauen wir nicht gleich eine 60.000-Zuschauer-Arena in die Londoner Börse? Wir könnten dort alle auf den Tribünen durchdrehen, sobald einer unserer Lieblings-Broker eine Aktie verkauft. Wenn so viel Geld mit dem Fußball zu machen ist, dann zieht das Leute an, deren einziges Interesse finanzieller Zugewinn ist. Alle paar Wochen aufs Neue scheint ein neuer Investor einen unserer Vereine zu übernehmen, und nicht wenige dieser Investoren haben eine zweifelhafte Vergangenheit, um es mal vorsichtig zu formulieren. Damit sind wir in einem Sport alleingelassen, der von Leuten geleitet wird, die ihr eigenes Wohlergehen immer dem Wohlergehen des Spiels vorziehen werden.

Manch einer wird argumentieren, Fußball sei schon immer auch eine Sache des Geldes gewesen, und bis zu einem gewissen Grade ist dies auch richtig. Seit dem Niedergang der Amateurmannschaften aus der Oberschicht und dem Aufstieg der Profis sind Fußballclubs Institutionen, die als gut geführte Wirtschaftsunternehmen zu überleben versuchen. Damit habe ich kein Problem. Ich freue mich für jene, die in der Fußballbranche arbeiten und damit gutes Geld verdienen. Aber der moderne Fußball ist nun an viel mehr als nur moderatem Gewinn orientiert; es geht mehr um Gier, um Ausbeutung, und das ist es, was so anstößig ist.

Die Diskussion, ob Fußball schon immer ein Business war, ist völlig unwichtig. Fußball mag schon vor zwanzig Jahren ein Geschäft gewesen sein. Er mag schon vor fünfzig Jahren ein Geschäft gewesen sein. Aber er war nicht die unverschämte Abzocke, die er jetzt ist.

Die große Frage ist doch: Wäre es für den Fußball wirklich so schlecht, wenn der Sport nicht so profitorientiert wäre? Muss eine Sache Millionen einbringen, muss sie kommerziell sein, um großen Wert zu besitzen? Nehmen wir mal Musik als vergleichbares Beispiel. Wie sehr gefährdet es die Musik, wenn einige Musikunternehmen durch Downloads im Internet einige Prozente ihres Umsatzes einbüßen? Es heißt immer, die Musik sei - irgendwie - durch die Downloads gefährdet. Nun, gefährdet sind die Plattenverlage als Wirtschaftsunternehmen, aber nicht notwendigerweise die Musik an sich, als Kunstform. Würde nicht das große Geld locken, dann wären die einzigen, die sich um die Musik kümmern würden, jene, die sie nicht wegen des Geldes machen. Noch nicht überzeugt? Gäbe es mit Musik kein Geld zu verdienen, wären dann Leute wie Simon Cowell oder Simon Fuller (*oder Dieter Bohlen - der Übersetzer*) in der Musikindustrie tätig? Nein. Wäre das gut für die Musik als Kunstform? Ja. Ohne Simon Cowell und Co. gäbe es auch keine Boygroups und ähnliche Typen. Bombardieren uns die großen Musikunternehmen mit ihrer mittelmäßigen, weichgespülten Scheiße wegen der Kunst oder wegen der Kohle?

Warum sollte es irgendwen stören, wenn Virgin oder EMI weniger Einfluss auf die Musikbranche hätten als sie gegenwärtig haben? Es ist Unsinn, zu behaupten, die Musik würde darunter leiden. Es gibt die Musik, seit es Menschen gibt - und nicht erst, seit es Warner Brothers gibt. Wenn uns also Sepp Blatter erzählt, die Weltmeisterschaften könnten nicht ausgetragen werden, wenn nicht wenigstens ein Drittel der Eintrittskarten an Sponsoren geht, dann erzählt er uns ein Märchen. Die riesigen Summen, die heutzutage in den Fußball fließen, schaden dem Sport eindeutig mehr als dass sie ihm nützen. Die schlichte Wahrheit ist, dass, egal, wieviel Einnahmen gemacht werden, die Summe nicht ausreichen wird, um die Profiteure zu befriedigen. Für viele Fans wird sich daher die Lage auf dem Eintrittskartenmarkt ihres Vereins, sowohl preislich als auch hinsichtlich der Verfügbarkeit, nie ändern. Schau nur auf Chelsea: Ein Club mit einem Milliardär, ohne finanzielle Schwierigkeiten. Und trotz Abramovichs Reichtum fielen die Eintrittspreise nach seiner Übernahme nicht - *sie gingen in die Höhe*. Chelsea blieb einer der teuersten Vereine der Liga.

Wenn Werbeeinnahmen, Fernsehgelder und hohe Eintrittspreise dazu führen, dass ein Verein einem Spieler 60.000 Pfund die Woche zahlen kann, dann wird es nicht lange dauern, bis dieser Spieler glaubt, er sei ja eigentlich 80.000 die Woche wert. Bekommt er erst einmal 80.000, wird er schon bald der Überzeugung sein, eigentlich 100.000 pro Woche verdient zu haben. Und spätestens, wenn er diese 100.000 auch bekommt, wird er über den Atlantik und auf David Beckham schauen, der 500.000 die Woche bekommt, und sich mächtig unterbezahlt vorkommen. Wie überall im Leben sind die geldgierigsten Menschen meistens jene, denen es schon ausgesprochen gut geht.

Wer ist also verantwortlich, sich um die Interessen der Fans zu kümmern, darum, dass echte Anhänger besser behandelt werden? Die Regierung vielleicht? Zu Beginn des neuen Jahrtausends setzte die Labour-Regierung die *Football Task Force* ein, die von Parlamentsabgeordneten wie David Mellor und Tony Banks angeführt wurde. Geplant war die Task Force als eine Art Wachhund zum Schutz der Fans gegen hohe Eintrittspreise und fortschreitende Kommerzialisierung. Doch das Projekt verlief nach einiger Zeit stillschweigend im Sande - ein Ergebnis, das zu erwarten war. Wie sollte eine solche Task Force auch Erfolg haben, wo doch die Clubs von Gesetzes wegen keinerlei Verpflichtung haben, Preissenkungen vorzunehmen? Alles, was David Mellor und Konsorten machen konnten, war, an die Vereine zu appellieren, doch bitte den Eintritt für alle erschwinglicher zu gestalten. Die Vorstandsvorsitzenden haben daraufhin genickt, ein Lachen unterdrückt, gesagt: „In Ordnung, wir denken darüber nach" – und haben weiter an der Preisschraube gedreht. Die Eigner der Clubs müssen gut über die Football Task Force gekichert haben. Ihnen war die Machtlosigkeit dieser Einrichtung völlig klar.

In jüngerer Vergangenheit, 2007, nahm Sportminister Richard Carbon nach einer Kampagne der *Sun* für die Senkung der Eintrittspreise das Thema mit ins Parlament. Auch er kündigte an, die Vorstände der Clubs aufzufordern, Fußball erschwinglicher zu gestalten. Aber mit ähnlichen Befugnissen ausgestattet wie die Task Force, kann auch ein Sportminister nur „auffordern". Mehr eben nicht.

Hätte die Regierung ein echtes Interesse an einer Besserstellung der Fans, würde sie auf dem Gesetzeswege die Wiedereinführung von Stehplätzen erlauben. Aber das ist wohl unwahrscheinlich: Regierungen haben es lieber, wenn große Menschenmassen ruhig sitzen als für etwas aufstehen.

Und letztlich ist es auch nicht die Sache der Regierung, dafür zu sorgen, dass Fans von ihrem Sport besser behandelt werden. Fußballfans müssen diese Aufgabe selbst in die Hand nehmen. Realistisch gesehen sind sie die einzigen, die den Fußball aus der derzeit vorherrschenden Kultur der Ausbeutung führen können. Ein mächtiges, kraftvolles Statement wird benötigt, gerichtet an jene, die das Sagen im Fußball haben – nicht so sehr ein sprachliches Statement, eher ein kräftiger Tritt für jene, die uns in der Vergangenheit ausgenommen haben.

Als jemand, der als Fußballfanatiker aufgewachsen ist, waren meine Wochenenden naturgemäß rund um den Stadionbesuch organisiert. Und egal, welches Spiel anstand, man hoffte immer auf ein ausverkauftes Haus. Fußballfans mögen es, Teil einer großen Menschenmenge zu sein. Leere Plätze mag keiner von uns sehen.

Doch nun ist es an der Zeit, dass sich genau dies jeder von uns wünschen sollte. Leere Stadien überall im Land, Tausende, die zuhause bleiben – dies würde eine sehr deutliche Botschaft aussenden. Noch besser vielleicht: Am Spieltag nicht zuhause bleiben, sondern vor dem Stadion stehen, während das Spiel läuft.

Die Mehrzahl glaubt sicher, dies wäre nicht umsetzbar, und dass der derzeitige

Zustand des Fußballs unumkehrbar sei. So, wie auch viele die Dominanz der global agierenden Unternehmen nicht mögen, aber denken, sie könnten ohnehin nichts dagegen tun. Tony Benn sagte in seinem Dokumentarfilm *Sicko*, dass die beste Methode, Menschen in Schach zu halten, die sei, sie zu demoralisieren. Lass die Masse ihre Hoffnung verlieren und in Apathie versinken!

Ich weiß: Mein Vorschlag, Spiele zu boykottieren, wird durch dieses Argument begegnet werden: Gehen Fans von Vereinen wie Liverpool, Arsenal, Manchester United, Chelsea, Tottenham und Newcastle United nicht zum Spiel, dann warten schon Zehntausende auf deren Karten und deren Plätze und ersetzen sie. Darin ist ohne Frage etwas Wahres. Doch der Fußball ist nicht unschlagbar. Auch er kann jederzeit steigen und fallen in der Gunst der Menschen. Wenn Fußball ein Geschäft ist, dann kann dieses Geschäft auch pleite gehen, wenn zu viele Geschäftsentscheidungen falsch getroffen werden.

Die neuen Fußballkonsumenten, die den Fußball für sich erobert haben, taten dies, um einem Trend zu folgen und Status zu erlangen (mit der Ausnahme vieler jüngerer Fans, die einfach keine Chance hatten, die alten Stehränge noch zu erleben). Wo waren die Fußballkonsumenten in früherer Zeit? Die meisten von ihnen sind alt genug, um seit Jahrzehnten Stammgast in den Stadien zu sein, und dennoch scheint es, als wären sie erst seit kurzer Zeit dabei. Leute wie ich, wie meine Freunde, Fans, die dem Fußball auch in schlechten Zeiten die Treue hielten – wir waren zu lange fort. Ich glaube, es ist Zeit für uns, zurückzukehren. Und um das zu können, brauchen wir die Hilfe jener, die ebenfalls ihren Vereinen in dieser Zeit treu geblieben sind.

Bei einem Verein wie Arsenal sind viele der Stadionbesucher immer noch echte, wahrhaftige Fans, die seit vielen Jahren dabei sind. Fasse ich all die Gespräche zusammen, die ich mit diesen Leuten führte, so haben sie alle die Nase voll von der Art, mit der sie der Verein behandelt. Aber sie glauben, sie könnten nichts dagegen tun. Würden sie zeitweilig den Spielen fernbleiben, würden andere ihre Plätze übernehmen, das ist wahr. Aber gäbe es genug andere, um ein 60.000-Zuschauer-Stadion Woche für Woche zu füllen? Ein Boykott aller echten Fans würde vielleicht nur für 10.000 unbesetzte Plätze im Emirates sorgen – aber das wäre immer noch ein überaus deutliches Statement! Denn diese 10.000 Plätze würden zeigen, dass etwas, das früher exklusiv war, nun nicht mehr länger exklusiv ist. Die Mitläufer, die Trend-Fans, würden sie Lust darauf haben, Teil von etwas zu sein, das Tausende andere ablehnen? Eine kleine Geste könnte eine viel größere auslösen, wenn man ihr nur etwas Zeit gewährt.

Fans, die ihrem Protest Ausdruck verleihen wollen, sollten Spiele boykottieren. Das fällt jedem Fan äußerst schwer. Aber welche anderen Möglichkeiten gibt es, die Aussicht auf Erfolg haben? Friedlicher Protest führt meistens zu nichts. Gewalttätiger Protest ist häufig kontraproduktiv. Der einzige Protest, der funktionieren kann, ist wirtschaftlicher Protest. Ein Protest, den diejenigen, die das Sagen haben, in ihren Taschen spüren. Ein hypothetisches Beispiel: Würden Großbritannien und die USA in Syrien einmarschieren, könnten Millionen von Menschen in den Straßen Londons dagegen protestieren, es würde sich nichts ändern. Ändern würde man etwas, wenn man die großen Unternehmen boykottiert, die die Parteien mit ihren Geldern finanzieren. Unternehmen wie etwa die Supermarkt-Kette Wal-Mart (in Großbritannien heißen die Asda). Würden die Kunden nicht mehr bei Asda einkaufen, bedeutet das Umsatzrückgang für den Konzern. Lobbyisten von Wal-Mart würden dann im Weißen Haus aktiv werden und die Einstellung aller Zahlungen androhen, sofern die kriegerischen Aktivitäten nicht eingestellt werden. *Erst jetzt* würden die Politiker den Stimmen gegen einen bewaffneten Konflikt Beachtung schenken.

Seit 2007 engagieren sich nunmehr Fans gegen die hohen Eintrittspreise beim Fußball. Kampagnen und Petitionen wurden gestartet und verfasst, um die Kosten eines Spielbesuchs zu begrenzen. Aber all das ist nur verschwendete Energie. *Hört einfach auf, zu den Spielen zu gehen*, und schon bald werden sich die Eintrittspreise im Sinkflug befinden. Aller anderen Maßnahmen bringen höchsten minimale Korrekturen, kleine Rabatte auf Dauerkarten oder eine Stagnation des Preisanstiegs für kurze Dauer.

Wegzubleiben ist für uns Fans die einzige Möglichkeit, wahrgenommen zu werden und zugleich unsere Würde zu bewahren, statt Randfiguren in einem Spiel zu bleiben, das andere reich macht.

Einen Brief an den Vereinsvorstand zu schreiben und sich über die Eintrittspreise zu beschweren dürfte wenig Erfolg haben, wenn der Schreiber weiterhin jedes Wochenende seine 40 Pfund zahlt. Der Fußball ist simplen marktwirtschaftlichen Gesetzen unterworfen. Und daher sind es letzten Endes die Fans und nicht die Vorstände, die mehr als alle anderen dafür verantwortlich sind, welches Bild der Fußball heute abgibt.

Würde ein Obsthändler seine Äpfel für 15 Pfund das Stück anbieten und die Leute sie ihm immer noch abkaufen, dann wäre er ein Idiot, würde er seine Preise ändern. Tausende Fans überall im Lande warten sehnsüchtig auf den wirtschaftlichen Niedergang des Fußballs, während sie gleichzeitig Woche für Woche ihr Eintrittsgeld bezahlen und damit das System am Laufen erhalten. Wenn sie darauf warten, dass die Leute in den Führungsetagen der Clubs endlich so etwas wie ein Bewusstsein für die Anliegen der Fans entwickeln, dann werden sie noch sehr lange warten. Denn dort herrschen Gleichgültigkeit und eindimensionale Betrachtungsweise vor. Fußballvereine werden geführt wie Großunternehmen, und ihr einziges Ziel ist es, so viel Profit einzufahren, wie es nur rechtlich zulässig ist. Sie verstehen nicht die Denkweise, die hinter Fragen steht wie: „Wann ist es genug?" Alles reduziert sich auf die Frage, ob die Fans damit zufrieden sind, wie sich der Fußball heute zeigt. Sind die Fans zufrieden mit dem Produkt, das ihnen verkauft wird? Und: Fühlen sie sich als Kunden auf diesem Markt hinreichend gewürdigt?

Allen Fans, die völlig entspannt und zufrieden sind mit der Art und Weise, in der man sie behandelt, wünsche ich alles Gute. Wenn diese Zufriedenheit für die überwiegende Mehrheit der Fußballfans gilt, dann ziehe ich meinen Hut vor den Fußballverantwortlichen, den Vorständen und Eignern, dankend, dass sie so viel

Zufriedenheit, so viel Erfüllung für die Massen geschaffen haben. Doch mir wird die Überzeugung bleiben, dass wirtschaftliche Überlegenheit eine Gesellschaft nicht glücklicher macht. Die vier wohlhabendsten Länder der Welt sind die USA, Japan, Deutschland und Großbritannien. Ein Teil dieses Wohlstands basiert auf den langen Arbeitszeiten der Werktätigen und auf einer Kultur des Konsumierens. Aber gibt es irgendeinen von uns, der behaupten würde, der Wohlstand allein bringt uns ein besseres oder sinnerfüllteres Leben als den Menschen in Schweden, in Kanada, in Neuseeland, auf Malta oder den Fiji-Inseln, in Norwegen, auf Island, Jamaika oder Trinidad? In einer BBC-Umfrage aus dem Jahre 2006 äußern sich über die Hälfte der Menschen dahingehend, dass das Leben in Großbritannien schlechter sei als noch zwanzig Jahre zuvor. Und das, obwohl das Großbritannien von 2006 weniger Verbrechen verzeichnete und ökonomisch stärker war als das vor zwanzig Jahren. 2006 hatten nur noch 29 Prozent grundsätzlich Vertrauen in ihre Mitmenschen - gegenüber 44 Prozent 1986 und 60 Prozent im Jahre 1950! Eine weitere Umfrage aus dem Jahr 2006 enthüllte, dass zwei Drittel der Befragten eine Gehaltskürzung akzeptieren würden, wenn man dafür mehr Zeit für sich und seine Familie hätte. Soviel also zum Thema „Geld macht glücklich".

Dem Fußball geht es wirtschaftlich besser als in den Jahren 1986 oder 1950. Aber glücklicher sind wir nicht. Und mit Sicherheit vertrauen wir den Menschen nicht, die im Fußball das Sagen haben.

Kapitel 13

Das Licht, das nie verlischt...

„Die einzige Voraussetzung für den Triumph des Bösen ist, dass gute Menschen untätig bleiben."

Edmund Burke

Ja, ja. Schon gut. Ich weiß, das ist jetzt etwas übertrieben. Wir sprechen über Fußball, nicht über Unterdrückung oder Mord. Dieses Zitat von Edmund Burke wird meist mit Millionen Menschen in Konzentrationslagern assoziiert oder mit Völkermord. Aber der grundlegende Gedanke der Aussage ist doch, dass die Bösen nur dann davonkommen, wenn die Guten sie lassen.

Im Jahre 2005 übernahm der amerikanische Großindustrielle Malcolm Glazer Manchester United. Viele United-Fans waren verärgert darüber, vor allem, weil sich Glazer das Geld für den Erwerb der Mehrheitsanteile zusammenleihen musste. Denn dies, so argumentierten die Fans, würde den Club in Schulden stürzen, was wiederum zu steigenden Eintrittspreisen führen würde. Die ersten zwei Jahre vergingen, ohne dass die Tickets maßgeblich teurer wurden, 2007 jedoch stieg der Eintritt für United-Spiele um 12 Prozent.

Ein Resultat dieser Übernahme war, dass die Fans in Manchester einen Verein bekamen, dem sie sich wirklich zugehörig fühlen konnten. Ein Club, in dem die Fans echte Macht und Mitspracherechte haben, und in dem sich die Eigentümer wegen Fußball engagieren, nicht wegen finanziellen Profits.

Ich rede natürlich nicht über Manchester United, sei nicht albern. Ich rede über den FC United of Manchester; einen neuen Verein, gegründet 2005, der seine Spiele im Stadion von Bury austrägt. Nach der Übernahme durch Glazer war eine große Gruppe von United-Fans einfach nicht mehr bereit, der alten Parole „If you can't beat them, join them" Glauben zu schenken. FC Uniteds erste Saison trug der Club in der North West Counties Football League Division 2 aus, aus der man 2005-06 aufstieg. Eine Spielzeit später, 2006-07, holten sie auch die Meisterschaft der North West Counties Division 1, und während ich dies schreibe, spielen sie vier Klassen unterhalb der Football League.

Als ich das erste Mal von den Plänen der United-Fans und ihrem Ableger hörte, hielt ich es für nicht mehr als ein überambitioniertes Projekt, das nicht einmal kurzzeitig Erfolg haben würde. Aber nach einer Fernsehdokumentation über diesen neuen Verein glaube ich, dass FC United einen langanhaltenderen und stärkeren Einfluss auf den englischen Fußball haben könnte, als allgemein angenommen wird. Bereits ein Jahr nach seiner Gründung hatte der Verein einen Stamm von 4.000 Fans, die bereit waren, FC United in den unteren Spielklassen im Norden Englands zu sehen – gegen Teams, die nicht einmal hundert Zuschauer haben. Die 4.000 Anhänger, die man regelmäßig begrüßen kann, sind schon mehr als das, was nahegelegene Profivereine wie Rochdale, Bury oder Stockport County im Schnitt haben. Wenn ein Amateurverein solche Zuschauerzahlen erreichen kann, was würde passieren, wenn es FC United tatsächlich in den bezahlten Fußball schaffen würde? Der Gedanke, dass dies gelingt, ist keineswegs unrealistisch. Mit jedem Aufstieg werden mehr Fans den Club ernst nehmen, und sollte man es in die höchste Amateurklasse schaffen, dürften Zuschauerzahlen um die 10.000 nicht utopisch sein.

Die Kultur rund um den FC United of Manchester erinnert uns daran, was der Profifußball verloren hat, aber auch, wie er in der Zukunft vielleicht wieder sein könnte, wenn alle echten Fans und Anhänger der Geldgier und dem Kommerz den Rücken kehren, derer man uns viel zu lange ausgesetzt hat. FC Uniteds Fans stehen das ganze Spiel hindurch, und sie scheinen lauter zu sein als die 75.000 im Old Trafford. Der Verein ist von einem starken Gemeinschaftsgefühl beseelt und von einem Spaß an der Sache, der überall im professionellen Fußball so sehr zu fehlen scheint. So sagte es auch ein weiblicher Fan in der Fernseh-Doku: „Wenn Fußball zu einer Geldsache wird, dann geht der Spaß flöten, oder?"

Bei FC United herrschen demokratische Prinzipien. Alle Supporter können in allen Angelegenheiten mitsprechen; Ausnahme sind nur rein sportliche Entscheidungen „auf'm Platz", ähnlich also der Situation in Vereinen wie Barcelona oder Real Madrid.

FC United ist eine *industrial and provident society*, eine Konsumgenossenschaft, was bedeutet, dass man durch Mitgliedschaft Aktien erwirbt, diese jedoch nur ein Pfund kosten. Zudem haben alle Mitglieder die gleichen Rechte, unabhängig davon, über wie viele Aktien sie verfügen.

Die Vereinssatzung beinhaltet die folgenden Grundsätze:

1) Der Vorstand wird demokratisch durch die Mitglieder gewählt.

2) Entscheidungen werden durch die Mitgliedschaft auf der Basis einer gleichen Wahl getroffen (ein Mitglied - eine Stimme).

3) Der Verein bemüht sich um eine starke Bindung zu seinem Umfeld und wird sich allen Menschen gegenüber offen zeigen. Diskriminierung findet nicht statt.

4) Der Verein trachtet danach, für alle erreichbar und bezahlbar zu sein.

5) Der Verein ermutigt junge Leute aus der Region zur Teilnahme am Vereinsleben, egal ob als Spieler oder Fan.

6) Der Vorstand wird sich bemühen, kommerzielle Einflüsse gering zu halten.

7) Der Verein ist nicht auf Profit ausgerichtet.

Die Mitglieder des FC United sind keine kopflosen Träumer, die einer unrealistischen Ideologie nachrennen. Sie sind intelligente, engagierte Leute, die man nicht unterschätzen sollte. Die sieben Grundsätze der Vereinssatzung beinhalten Ideale, die Fußballfans überall auf der Welt als die eigenen akzeptieren. Dies sind Prinzipien, auf deren Grundlage *alle* Fußballclubs geführt werden sollten, besonders der Grundsatz, dass der Verein nicht auf Profit ausgerichtet ist. Ein Fußballclub muss finanziell überleben können, aber er muss sich auch denen verpflichtet fühlen, die ihn unterstützen, und er muss dem Gemeinwesen dienen, in dem er existiert.

FC United ist kein einzigartiger Verein und auch nicht der erste seiner Art. Andere Clubs in England, die den Fans gehören, sind zum Beispiel Brentford, Notts County und Stockport County. Der vermutlich bekannteste ist aber der AFC Wimbledon, eine Absplitterung des ehemaligen Vereins Wimbledon FC, die sich mittlerweile in Milton Keynes Dons FC umbenannt haben. Wimbledon FC war ein Verein, den viele Fans anderer Vereine früher recht sympathisch fanden, weil er als kleiner Fisch irgendwie im Haifischbecken des großen Profigeschäfts zu überleben verstand und durchaus für die eine oder andere Überraschung sorgte. Die Milton Keynes Dons auf der anderen Seite sind ein Club, der im ganzen Land verachtet wird, weil seine Besitzer einen Fußballverein, nämlich Wimbledon FC, nahmen, ihn aus seiner angestammten Heimat entrissen, in eine neue Umgebung einpflanzten und ihn umbenannten in Milton Keynes Dons. Damit gilt er in ganz England als nachgemachter Club ohne Geschichte oder Glaubwürdigkeit: „Franchise FC", sozusagen. Der Verein hat somit den gleichen Ruf wie die Stadt Milton Keynes, die weitgehend auf dem Reißbrett entstanden ist.

Niemand verachtet die Anhänger von Milton Keynes wegen der Tatsache, dass sie ihren Verein mögen. Die Abneigung rührt daraus, dass Vorstand und Besitzer den Club Wimbledon FC im Jahre 2003 achtzig Kilometer gen Norden transferierten, von einer Stadt in eine andere. Das Ganze war die Idee von Musikunternehmer Pete Winkelman, der jetzt Vorstandsvorsitzender der Milton Keynes Dons ist. Ihn begeisterte die Idee, dass eine Stadt wie Milton Keynes einen eigenen Fußballverein bekommen sollte. Zunächst scheiterten Bemühungen, Barnet, QPR oder Luton Town nach Milton Keynes zu verlegen. Die Leitung von Wimbledon FC jedoch war bereit, umzuziehen, trotz des umfassenden Protests der Fans. Schon in den Neunzigern mussten die Wimbledon-Fans fürchten, dass man ihren Verein verschieben würde – im Gespräch war ein Umzug über die Irische See: nach Dublin! Zu der Zeit war Wimbledon ein Verein der ersten Spielklasse, daher ist durchaus anzunehmen, dass die „Dublin Dons" kräftig Zuschauer an die Lansdowne Road in Dublin gezogen hätten. Die Idee an sich war völlig neu und auch irgendwie interessant, sowohl für die Fußballfans in England als auch die in

Irland. Als Arsenal-Fan wäre ich begeistert gewesen, für ein Auswärtsspiel in der Premiership nach Dublin übersetzen zu müssen. Aber die Sache scheiterte, und das war auch gut so. Denn die wichtigsten Leute in dieser Sache wünschten, dass ihr Verein weiterhin im Süden Londons Fußball spielte: die Fans von Wimbledon.

Wimbledons Umzug nach Milton Keynes wurde 2002 spruchreif, ein Jahr bevor man den Umzug dann tatsächlich vollzog. In Wimbledons letzter Saison in London bedankten sich die Fans für die Politik ihres Clubs, ihrer Meinung kein Gehör zu schenken, und blieben den Heimspielen fern, woraufhin Wimbledon in Insolvenz ging. Die Heimspiele wurden nur noch von einigen Hundert besucht, und die Anzahl ihrer Auswärtsfans blieb im zweistelligen Bereich. Die Anhängerschaft der Milton Keynes Dons ist zahlenmäßig ähnlich der von Wimbledon FC in den Jahren vor dem Umzug und pendelt um die 5.000er-Marke. Trotzdem hoffen sie auf größeren Zuschauerzuspruch in der Zukunft, und darauf, eines Tages den Großen der Liga Paroli bieten zu können.

Wenn Pete Winkelman und Milton Keynes unbedingt einen Fußballclub haben wollten, dann hätten sie verfahren sollen, wie es jeder Verein in seinen Anfangsjahren macht: ganz unten beginnen und sich langsam in Richtung der Profiligen hinaufzuarbeiten. Es hat schon eine gewisse Ironie, dass der einzige Verein, dem etwas annähernd Ähnliches in letzter Zeit glückte, ausgerechnet der alte Wimbledon FC war. Die stiegen nämlich in nur zehn Jahren aus den Gefilden des Amateurfußballs in die erste Liga auf. Damit wurden sie gleichermaßen Hoffnungsträger und Beispiel für alle Amateurvereine Englands. Ihre weitere Geschichte repräsentiert jetzt jedoch auch eine Furcht, die alle diese Vereine haben müssen: Ein Geschäftsmann kann einen Club einfach mal so übernehmen und ihn aus einer Stadt in eine andere verlegen. Als Erklärung reicht dann die Behauptung, die Zuschauerzahlen seien am alten Standort zu gering.

Dieses *Franchising* ist ein weiterer Amerikanismus, den wir in unserem Fußball einfach nicht haben wollen! Wir wünschen schlicht nicht, unseren Club gegen den Willen der Fans irgendwohin transferiert zu sehen, nur weil es den Eignern in den

Sinn kommt. Die Stadt Los Angeles ist ohne NFL-Team, seit aus den Los Angeles Raiders die Oakland Raiders wurden. Die Oakland Raiders beanspruchen die sportliche Tradition der Los Angeles Raiders für sich und hätten dies vielleicht auch getan, wenn der Verein einmal quer durchs Land verlegt worden wäre und nun Cape Cod Raiders heißen würde. Von 2003 bis 2007 behaupteten auch die Milton Keynes Dons, sie seien sporthistorisch gesehen die Nachfolger von Wimbledon FC. Entsprechend erklärten die Milton Keynes Dons auch in ihrer Vereinshistorie, sie seien 1988 FA-Cup-Sieger geworden – in jenem berühmten Endspiel, in dem der Außenseiter Wimbledon Liverpool mit 1:0 schlug. Aber dieser Anspruch auf die Vereinsgeschichte eines anderen Clubs konnte keinen Erfolg haben, und schließlich gingen Pokal und Medaillen wieder zurück Richtung Süd-London.

AFC Wimbledon beansprucht für sich die Geschichte von Wimbledon FC nur inoffiziell. Auf ihrer Webseite haben sie das folgende Statement veröffentlicht:

„Die Anhänger von AFC Wimbledon glauben, dass unser Club die Fortführung jenes Geistes darstellt, der zur Gründung der Wimbledon Old Centrals im Jahre 1889 führte und Wimbledon Football Club bis zum Mai 2002 am Leben erhielt. Wir glauben, dass ein Fußballverein nicht nur ein Rechtsgebilde darstellt, sondern eine Gemeinschaft von Fans und Spielern, die auf ein gemeinsames Ziel hinarbeiten. Wir führen daher hier die sportlichen Titel des Vereins auf, von dem wir glauben, dass er immer unser Verein war, ist und sein wird."

Es kann kein Zweifel darüber bestehen, dass der AFC Wimbledon der gleiche Verein ist wie Wimbledon FC. Sie haben die gleichen Vereinsfarben, das gleiche Abzeichen, die Fans sind immer noch dieselben, und sie heißen – nur, falls es jemand übersehen haben sollte – Wimbledon. Das Franchise-Team aus Milton Keynes hatte schon seit seiner Gründung nichts mit Wimbledon zu tun. Vereinsfarben und -wappen sind anders, die Fans sind andere, und der Club heißt – nur, falls es jemand übersehen haben sollte – Milton Keynes Dons.

Dieser neue Verein tat nichts anderes, als Wimbledons Platz in der Liga zu übernehmen. Der echte Wimbledon FC jedoch wurde von den Fans übernommen, gab sich einen Extra-Buchstaben und landete vier Klassen unterhalb des

Profifußballs. Aber ungeachtet dieser Ungerechtigkeit könnte AFC Wimbledon eines Tages die Milton Keynes Dons überholen (die gerade zwei Abstiege in Folge erlebten). AFC Wimbledon hat realistische Chancen, eines Tages wieder in den bezahlten Fußball aufzusteigen. Dieser Tag wird ein großer Sieg für alle Wimbledon-Fans sein – und ein Schlag ins Gesicht für alle Fußball-Unternehmer.

Was FC United betrifft: Die Chancen stehen nicht schlecht, dass sie für erheblichen Wirbel im Fußball sorgen werden. Manchester United wird immer ein Weltverein mit einem gewaltigen Anhang sein, egal, wie gut FC United sich macht. Sollte es FC United aber jemals in den Profifußball schaffen, darf man davon ausgehen, dass nicht wenige Manchester-United-Fans sich ihnen zuwenden würden. Sie würden Manchester United nicht aus ihren Herzen verbannen – aber sie würden der geldgetriebenen Gesellschaft der Premiership den Rücken zukehren.

FC Uniteds Fans tragen Manchester Uniteds Abzeichen, und sie singen auch die alten United-Lieder. Ein Fan von Manchester United würde sich bei FC United zuhause fühlen – mehr vielleicht als im heutigen Old Trafford.

Einer meiner Freunde meinte, die FC-United-Fans hätten mit der Neugründung nur ihre Zeit verschwendet und hätten lieber gleich zu anderen Clubs in der Gegend gehen sollen, zu Vereinen wie Stockport oder Bury. Aber wo wäre da der Sinn?

Diese anderen Vereine sind, etwas vereinfacht gesagt, andere Vereine. Sie haben mit den desillusionierten Anhängern von Manchester United nichts zu tun. Der eigentliche Grund, FC United of Manchester auf die Beine zu stellen, war doch der Gedanke, so den verlorengegangenen Geist des Clubs Manchester United wieder zum Leben zu erwecken. Natürlich ist der gezeigte fußballerische Standard nicht zu vergleichen. Keiner kann bestreiten, dass es schwierig ist, einen brillanten Wayne Rooney gegen den Anblick von elf Amateuren einzutauschen. Dennoch: Gelingt FC United der sportliche Aufstieg, dann wird auch der gezeigte Fußball zunehmend attraktiver werden.

Vielleicht löst sich FC United bald wieder auf, so, wie ich es ursprünglich erwartete. Vielleicht aber, ganz eventuell, spielen sie irgendwann in der Zukunft mal in einem Pflichtspiel gegen Manchester United. Stell dir das vor. Sollte das geschehen, so wäre es ein Sieg für alle echten Fußballfans – und eine Warnung an alle Vereine überall im Land, die ihre Fans schlecht behandeln.

In weiten Teilen dieses Buches habe ich andere Fans beschuldigt, an der Kommerzialisierung und der Geldgier in unserem Sport mitschuldig zu sein.

Ich selbst, als Fan, habe aber nicht mehr getan, als den Geldleuten, den Geschäftsleuten des Fußballs, meine Unterstützung zu versagen. Ich gehe nicht mehr hin. Die Fans von FC United oder AFC Wimbledon jedoch gingen noch viel weiter: Sie stellten etwas auf die Beine, etwas, woran sie glauben; sie wurden aktiv, statt nur zu jammern und zu klagen.

Manch einer wird den Gedanken, dass sich Fans von ihrem Verein abwenden, nicht gerade als positiv empfinden. Aber das Schlimmste, was wir Fußballfans tun können, ist, untätig zu sein und zu sagen: „Was kann ich schon ändern?"

AFC Wimbledon und FC United sind rechtschaffen geführte, ambitionierte Vereine, und allein das stellt sie schon auf eine höhere Stufe als jene, die nur aufs Geld aus sind. Diese beiden Clubs beweisen, dass der Geist, die Seele unseres Fußballs nicht tot sind, und ich hoffe inständig, dass sie mehr schaffen als nur das sportliche Überleben in ihren Spielklassen. Möge ihnen eine lange Vereinsgeschichte bevorstehen.

Also, wenn dies die Zukunft des Fußballs ist – los jetzt! Hat irgendjemand Lust, Cannons FC zu gründen? Oder Villains FC? Sollten wir AFC Liverpool ins Leben rufen? Oder wer hilft mit bei Blades United, AFC Everton und Newcastle City?

Quellen

Freemantle Media: „History of Football", DVD
Channel 4: „Totally Bill Hicks", DVD
Charlton, Bobby: „The Rules of Association Football, 1863", Bodleian Library
Clough, Brian: „Cloughie: Walking On Water", Headline
Cole, Ashley: „My Defence", Headline
Evening Standard
Daily Mail
Daily Mirror
The Daily Telegraph
The Guardian
The Independent
The London Lite
The London Paper
The Metro
The Sun
The Times
USA Today
BBC News and Sport
WWW.BBC.CO.UK
Fox News
BBC Panorama 2006
Tax Rate Information Centre
Wikipedia
Powerslam (Magazin)
Sport (Magazin)
Time (Magazin)
Deloitte
Football Fans Census website
The Football Network.Net
TALKsport
Offizielle Webseiten aller Clubs der Premiership bis Saison 2007-08
Offizielle Webseite Leyton Orient FC
Offizielle Webseite Millwall FC
Offizielle Webseite Milton Keynes Dons FC
Offizielle Webseite Oakland Raiders
Offizielle Webseite FC United Manchester

Offizielle Webseite AFC Wimbledon